三十·作品

轻熟男女

三十岁那天
遇见你

I MEET U
WHEN I MISS U

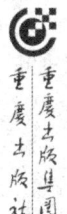

重庆出版集团
重庆出版社

图书在版编目（CIP）数据

轻熟男女——三十岁那天遇见你 / 三十著. -- 重庆：重庆出版社，2011.7（2011.8重印）
ISBN 978-7-229-03073-5

Ⅰ. ①轻… Ⅱ. ①三… Ⅲ. ①长篇小说－中国－当代 Ⅳ. ①I247.5

中国版本图书馆CIP数据核字(2010)第209358号

轻熟男女——三十岁那天遇见你
QINGSHU NANNÜ-SANSHISUI NATIAN YUJIAN NI

三十 著

出 版 人：罗小卫
责任编辑：陶志宏 何 晶
责任校对：姜 玥
装帧设计：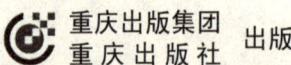

重庆出版集团
重庆出版社 出版

重庆长江二路205号 邮政编码：400016 http://www.cqph.com
北京市雅迪彩色印刷有限公司制版
北京市雅迪彩色印刷有限公司印刷
重庆出版集团图书发行有限公司发行
E-MAIL：fxchu@cqph.com 邮购电话：023-68809452
全国新华书店经销

开本：880mm×1230mm 1/32 印张：7.5 字数：250千
2011年7月第1版 2011年8月第2次印刷
ISBN 978-7-229-03073-5
定价：24.00元

如有印装质量问题，请向本集团图书发行公司调换：023-68706683

版权所有 侵权必究

自　序

我想写一本书，一本好书，这是几年来一直都在想的事情。我想写一本非常非常经典的书，一本不同于以往我所有作品的书，书里要包含我这几年对自己的生活的反思，对生存的这个社会的理解；书里面要有爱情、亲情、友情，要让这些感情真挚动人，触动人心；要精巧地去设计书里的情节，做到环环相扣，高潮迭起；要细致地刻画每一个人物的性格，让他们能够代表目前社会上不同类别的人群，引起人们的共鸣；要做到语言上的精炼并且幽默，要让人读起来轻松愉快；要将一些富有深刻教育意义的理念巧妙地植入其中，让人在阅读简单的故事的时候能够引起深层次的思考；要……要很多很多。

当我开始动笔写这本我理想中的经典之作时才发现，我要的太多了，我自己给不了自己，我无法驾驭自己心中的那个已经升级到传世之作的巨著，我这个半路出家的写手根本达不到完成如此伟大使命的要求。我明白我写不出那样的东西，所以改变了自己的想法，我想写一本在自己能力范围之内最好最巅峰的作品。

我开始动笔写书，写完一段，回头看，问自己这是我能力范围之内的最好水平了吗？答案，不是。我修改，再回头看，问自己最巅峰的状态就是如此吗？答案，似乎还可以更"巅"。我继续修改，继续回头看……我决定先写完一整段的故事。终于，写完了这个故事的第一段，我一遍一遍反复阅读成稿的文字，这时候我明白，我想我写了一本书，它叫《轻熟男女》。

三十岁那天
遇见你

1

今天我生日，三十岁的生日，在无意之间就已经告别美好的二字头年代开始向中年大步迈进。看看我现在的生活，有一个交往两年同居半年的女友，有一份不高但也不算低的薪水，租住着一间精装修的小二居室（如果不是早几年，我突然意气风发地将所有的积蓄拿出来自己创业，也许现在还可以买下一套不在市中心的房子）。接下来，也许我会和女友结婚，一起存钱贷款买房子，然后继续小心翼翼地努力工作，为我未来的儿子多赚一点奶粉钱，这也许就是再真实不过的生活。可是我是否就这样在三十岁的时候看透了自己往后几十年的生活？

也许老天听见了我的心思，他帮我做了一些决定。从我踏进公司到离开公司只用了一个小时，当然不是今天休息，而是我被辞退了。整理着所谓的私人用品，我才发现我对公司确实没有太多的归属感，用秘书小姐借我的一个鞋盒就可以装下所有我可以带走的理论上属于我的东西，还可以盖上鞋盒盖。

辞退以及辞职这种事情对我来说早已习惯，如果算上我自己创业，大学毕业九年来，我换过七家公司，最长的三年，最短的一个月（因为不坚持做满一个月领不到薪水，所以我忍受了二十九天的折磨）。

早点回家，布置一个浪漫的环境，晚上和女友一起庆祝我三十岁的生日，莫不也是件美事，或许我大脑哪根弦没有绷住一时冲动还可能向她求婚？可是在我刚预付了一年租金的二居室前我看见了两个大旅行袋和一个大信封。信封很大，信却很短：“我们分手吧，我不在家，门锁我换了，不要找我。”其实不用我的第六感，只需要五感之中的听觉我就知道在门的那一边有活着的高等生物物种，也许还不只一个。不过我

001

不会敲门，我很早就学会了如果对方选择分手我就选择接受，绝不尝试挽回，"乞讨"回来的感情即使你加倍小心呵护依旧随时都会破裂。

今天，是我三十岁的生日，现在是晚上9:00，我独自坐在公交站台边的石凳上。我已经在这里坐了三个小时，因为我不想在生日这天带着失业和失恋的消息以及一堆行李回去见我的父母，还有一定会嘲笑我的宝贝妹妹。我也不想去打扰我的朋友，他们大多已经有妻有儿，那个关系最铁连女朋友也没有的，却出差在外地，还有一个……还是算了。

天将降大任于斯人也，必先苦其心志，劳其筋骨，饿其体肤，空乏其身，行拂乱其所为，所以动心忍性，曾益其所不能。人恒过，然后能改；困于心，衡于虑，而后作；征于色，发于声，而后喻。入则无法家拂士，出则无敌国外患者，国恒亡。然后知生于忧患，而死于安乐也。这是我的座右铭之一，小学的时候我背诵最好的这一段。（纯属凑字数，可略过）

就在我默默背诵着这段经典名句的时候，一张五元钱的纸币飘落到我的面前。我知道我现在的样子很落魄，神情很哀伤，可是起码我还穿着上万元一套的西装（唯一一套购置于我经济状况良好的岁月），尤其是我的皮鞋今天早上还特意上了鞋油把它擦得很亮，怎么看我也不至于是个乞丐吧。在这个我满肚子情绪无处宣泄的时候，就当这个好心人不走运吧，我决定把吵架作为我现在唯一可以选择的"娱乐活动"。

我捡起那五元钱，紧紧地捏在手中，刻意地激发自己愤怒的情绪，尽力地摆出一副受尽屈辱的样子，然后不用正眼看对方说道："你这是什么意思？"

"我……"这是一个悦耳的女声，不过被我准备爆发的情绪给忽略了。

"你什么你，你以为我是乞丐吗，我从头到脚哪一点让你觉得我是乞丐，你这是对我的侮辱，你认为你很有善心吗，五块钱，你要是有善心怎么不多捐点钱去给山区儿童盖学校，支持我们国家的教育。教育乃治国之本，要富民强国就要先搞好教育……"愤怒这种情绪人们不轻易爆发，但是爆发出来是会上瘾的，我越来越激动，口沫横飞地说了一些我自己都不记得的话，一直说到我一口气用尽。

对方被我突然爆发的情绪震慑当场，这时我才用眼角的余光仔细打量了一下被我骂得愣住的人。我开始有点后悔，因为站在我对面现在面部表情呈惊愕状的居然是个年轻漂亮的女孩（以前我形容女孩只会用漂亮，不知道从什么时候起加上了年轻这个词），不是那种惊艳的漂亮，但是略施粉黛的她有一种很致命的吸引力，让我产生了一个连自己都惊讶的感觉——我喜欢她。三十岁之前的所有日子里我都不相信有所谓一见钟情这种事情的存在，我认为充其量不过是见色起意的一种纯生理反应。在过去的岁月里我也从来不知道自己到底喜欢什么样的女孩，不仅我以前的女朋友属于各种不同长相类别和性格种类，连在和她们确定恋爱关系之后我依旧会琢磨我到底喜欢她吗？可是这一刻我竟然产生了"这就是我一直在寻找的女孩"这种从来没有过的想法，甚至思维迅速蔓延到"如果我可以和这个女孩在一起那么……"的假设问题之上，并准备展开无限的幻想。

可是在我还没来得及展开这种幻想的时候，女孩开口说话了。

"你……"我的屁股刚刚落在石凳上又弹起来听完女孩下面这段话："你神经病啊，我施舍给你钱？就你这个样子，就算你是个乞丐，我也一毛钱都不会给你，就算要给你五块钱，我也是换成五百个一分的钢镚砸死你（我很想告诉她现在一分的钢镚换不到了，但是我忍住了），还捐钱盖学校，你知道捐的那些钱都去哪了吗，被那些贪官污吏层层盘剥之后，能有多少真正用于盖学校搞教育的，你要是有爱心，你在城市里待着干吗，你怎么不自愿去山区当老师，去一个老师比盖一所学校都重要，你知不知道……"我还真没想到遇到个比我还能说的女孩，而且比我脾气还大，不然就是她今天也失恋失业？

女孩也终于用尽一口气，大口大口的呼吸，回复着生命值，似乎为下一轮的言语轰炸做准备。也好，如果她愿意骂，我就愿意等着让她骂，电视上不都是这么演的吗，骂着骂着说不定就成了欢喜冤家。

可惜，电视剧都是骗人的。

"神经病。"女孩只是加强语气再给我一个准确的定义之后就转身离开了。

"哎，你……"我本能地想叫住她，可是我不知道我叫住她之后要说些什么。

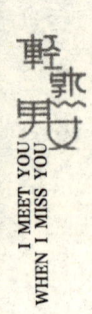

女孩听到我的呼唤转头向我走来,这倒让我非常意外,难道电视剧演的是真的?我太天真了,女孩只是从我手中将那五块钱抽走恶狠狠地对我说:"还给我。"

今天我三十岁生日,失恋、失业、被人骂做神经病,然后乞丐一般的在石凳上睡了一晚。

2

葛优在《非诚勿扰》里说过一句话大概意思是"不缺钱,缺朋友"。这句按照剧中人物出自四十多岁男人口中的话却成了我这个三十岁男人一半的写照。说一半,是因为不缺钱那个部分我还没能完成,完成的只是缺朋友的部分。随着岁月在不知不觉中的流失,往日那些随传随聚的狐朋狗友也好,酒肉朋友也罢,都已经开始步入正常的婚姻生活,而我还站在婚姻的大门之外,不知道里面到底是一个什么样的景象。钱大人说过婚姻像围城,外面的人想进去,里面的人想出来。可是我的好奇心终究抵不过我的恐惧感,我还没进去之前想到最多的就是一旦进去,我还出得来吗?

"还好你回来了,要不然我可惨了,昨晚在石凳上折腾了一晚上,冻死我了。"那个和我关系最好并且同样没有结婚的朋友陈涛终于回来了,我也有了一个暂时的落脚之处。

"那也是你自找的,你不会去找个宾馆酒店什么的住一晚上?现在经济型连锁酒店挺实惠的。"

"在这座属于自己的城市还住酒店,会让我觉得没有归属感。"这是我的原则,在属于自己的城市不去宾馆酒店(当然除了某些特殊时刻),我知道这个原则很可笑,我还有很多可笑的原则。

"我看你是神经病。"这句话怎么这么耳熟,两天的时间我两次和这个词画上等号。

"凌少(这是我的名字,全名应该是凌少帅,我也不知道我老爸老妈为什么给我起了这么一个牛×却和我不太相符的名字），你倒是和我说说，你怎么又辞职了？"

"事情是这样的……你说气不气人。"终于找到个愿意听我诉苦的人，还不一口气把我的怨气添油加醋地说出来。我三个多月以来辛辛苦苦准备的项目，被老板抽调了所有的资金给了另外一个项目，重要的是不仅仅没有进行任何的商议，连最起码的通知都没有，我还是在别人的口中得到了这个已经成为事实的消息。这种行为是对我的付出和努力极大的藐视和不尊重，对于我这么有才华有自尊的人就是最大的侮辱，所以我就在开大会的时候当着全体员工的面用超过普通音量三倍的音量，带着满腔的正义感使命感和老板理论了一番，然后就是现在的结果。叙述完整件事件，我用期待的眼神等待着陈涛对我的行为表示赞同和支持。

"就因为这个，你就在全公司员工的面前和老板吵架？"陈涛似乎没有打算给予我坚定的支持。

"不然呢，发生这种事情我还不能义愤填膺？"

陈涛长长地叹了一口气："凌少，你知道你多大了吗？"

"三十，昨天刚过生日。"

"你有没有注意过所有公司的招聘启事，里面有一条共同的标准，普通职员一般都要求在三十岁以下，主管经理级大多也要求在三十五岁以下，也许只有少数副总以上级别的职位才会突破这个年龄限制。"

"我知道啊，可是我不一样，像我这样不受年龄约束的族群有个统称叫做人才。"

"人才？你知道什么叫人才吗？你以为你做过几个不错的项目当过几年的主管就叫做人才？你老实点给我回来坐下！（我准备去冰箱拿瓶饮料被陈涛给叫了回来）首先，你有名牌大学的学历吗？没有，你甚至因为被处分而没有学士学位，只有一张三流大学的毕业证书。你懂外语吗？你的英文烂得像狗屎一样，你学的居然是外贸专业，你的毕业简直就是对我们这个专业的一种侮辱。除了中文你说不出第二种语言，不要告诉我你看了几年小品，你会说东北话。你有国家认可或者权威机构认可的专业技能证书吗？没有，你总认为那些东西根本就是狗屁，自身

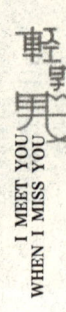

的能力最重要，可是没有那些东西即使你再有能力你也是狗屁。你有什么？你有的只是跳槽过七家公司的不良记录，还有开公司赔光所有钱的失败经历。"

任何人用这种态度和口气和我说以上这番话，我都一定会和他争辩一番，包括我老爸。但是对陈涛我不会，因为我亏欠他的。

在我们差不多都二十五六岁年纪的时候，那是我们生命到目前为止最风光无限的时候。我在某新兴行业中当上了和我资历完全不符的高级主管，而他因为他父亲的关系在有政府性质的单位成为他们那个重要部门最年轻最有前途的正科级干部，并且握有实权。"官商勾结"更是让我们俩在两年的时间里获得了不少的收益。那时候英姿勃发的我们，更是引来无数MM竞追随。

可是我所在的公司却遭遇了重大的危机，管理层的决策失误加上激烈的内部斗争，不到半年的时间原本偌大的公司就已经轰然倒下，我自然也就从高级主管的位置加入了失业大军。心高气傲的我在连续遭受应聘失败的结果后，我做了这辈子最错误的决定之———自己创业。

我最先想到的合作伙伴自然就是和我一起赚了些钱的陈涛，我给他描述了一个伟大的未来梦想，加上十几年的兄弟感情，不仅获得了他资金上的支持，还让他"勇敢"地辞去了很有前途的政府部门工作，和我一同为那个伟大而空洞的未来梦想努力。可惜，最后的结果……

"那我不还没到三十五吗，我明天开始就努力地去找一份主管经理的工作就是了。"

"主管？经理？你以为这么容易的？有那么多主管经理的职位等你去吗？"

"我不一样，我是人才。"

陈涛看着我无奈地摇摇头："那你要尽量快点了，我这里你住不了几天。"

"为什么？"

"为什么你还要问吗？你不知道我这个房子的房东是谁，她能不能同意你今晚住在这儿，我还不确定呢。"

陈涛的话音刚落，门口就传来了清脆的高跟鞋撞击花岗石地板砖的声音，跟着门打开，这栋房子的主人出现在我的眼前。这是栋复式结构上下两层建筑面积高达两百五十平米，拥有4个卫生间的房子，它属于一个"三十"岁的女人。之所以说三十岁，是因为我始终不知道她具体的年龄，她的外貌像是二十七八岁，穿着打扮就有三十多岁，财力则超过四十岁，凭她可以买下这么一栋房子就可见一斑。

　　她之所以成为陈涛的房东，首先当然是陈涛需要租房，其次是因为她有房可以出租，最后陈涛第一次向我介绍她的时候说她是他大学时候的学妹。陈涛这小子也许忘记了我和他是一所大学一间学院同样专业一个班级毕业的，我怎么不记得有这么一个学妹？还是一位颇有姿色的学妹。我知道的仅有这么多，至于为什么她愿意把这么一栋豪华房子中的一间以每个月1500元的价格租给陈涛，我就不得而知了。另外，她叫林琪。

　　"前几天和你说的书房的插头有问题你看了吗？家里冰箱里面的东西可能有过期的，你处理了吗？还有……哎，你怎么在这？"女主人一进房子就开始说话，前边的部分当然是对陈涛说的，最后这句是给我的。

　　"啊，我来看看陈涛。"

　　"看陈涛？那这些行李是谁的？"女主人的眼光非常锐利，迅速地扫描了整间房间将目光锁定在和整个房子都很不协调的我的行李上。

　　"啊……这个，我……"我被她凌厉的目光压制得有些不知如何开口。

　　"陈涛，我和你说过吧，不可以留宿外人。"女主人的判断力非常准确，回应也很及时。

　　"我知道，只是凌少他出了点事，所以……"陈涛试图为我说情。

　　"他出了事，应该他自己解决，和我没有任何关系，我不应该承受他出事之后而引起的任何麻烦。"

　　"你说的没错，不过他是我朋友，作为朋友，我……"

　　"他是你的朋友，你要帮助你的朋友，这很合理，可是要在你自己的能力范围之内，你只是这里的租客，你缴纳的租金只用于你自己在这里居住，并不包括你的朋友。"

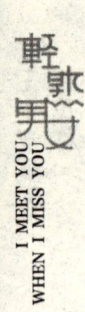

"哟，哟，哟……"我终于忍不住要出声了，虽然我现在是寄人篱下求助朋友，可是我也不愿意看到我的朋友因为我而受到别人的刁难，我是有义气的。通常我在三声哟之后，就可以用澎湃的情绪说出许多极尽嘲讽之能的词汇。

"你闭嘴。"陈涛很了解我的能力，及时地制止了我。

"我……"

"闭嘴。"

陈涛将我喝止之后，然后将林琪拉到旁边的房间里不知道做了些什么，总之林琪再次出现在我面前的时候说了句："最多三天，这三天里，你要遵守所有的规定。另外，绝对不能睡在客厅。"说完就上楼去她的主卧室了。

"她的病怎么越来越严重了？"看着女主人消失在视线里我问道。女主人从我当初第一眼看见她就觉得她是一个很奇怪的人，拥有可以让一定数量男人拜倒的姿色，却总将让男人倒胃口的表情挂在脸上，不利用姿色去找一个长期饭票，却非要自己辛辛苦苦的打拼，不过对于她的能力我还是表示非常的钦佩，她用了比我少的时间完成了比我多很多的财富积累。

"我看是你有病。"

"不是，她是不是还是一直没有男朋友，你说她应该也有三十了吧，不结婚，连男朋友都没有，整天把自己塑造成女强人似的，还不是有病？"

"女强人怎么了，难道像你，狗屁不是？睡觉。"

"我睡哪啊，那边那个房间我刚看过了，还行，要不我就那间委屈一下？"

"还委屈你？厕所那浴缸大，要不你去那享受一下。"

"你真是和她待在一起时间太久了，说话越来越刻薄了，那你说我到底睡哪吧。"

"在这栋房子里，我拥有支配权的就一间房，你说你睡哪。"

"你真够屈辱的。"

"还行，比你这个需要一个屈辱的人收留的人强点。"

"睡觉。"

陈涛将他的床让给了我，但是我怎么能让朋友为了我睡地板呢，我是有义气的。可是两个男人更不可能挤在那张只有一米五宽的床上，所以我们俩都选择了地板，让床空着。

这是我失恋失业的第二天，我睡不着，不过睡不着并不是因为我失恋失业，那些事情我已经学会如何面对和接受，而是我知道明天我不需要按时起床，这么早睡属于浪费难得的机会。回想我这一辈子到现在，除了不太懂事的年纪，一直就在和早上起床这件事情做斗争，上学的时候要早上按时起床去上课，工作后还要早上按时起床去上班，我原本想等我赚多一点钱，有了一些事业基础之后，也许可以不用早上按时起床了，可是转念一想，到那时我也许有了一个孩子，而他需要早上按时起床，那么我就会因为他早上按时起床。睡觉睡到自然醒这句话列为人生四大快事之一绝对是有充分的理由的。

"陈涛，你睡着了吗？"我挤了挤旁边假寐的陈涛。

"快了。"

"这样的情景不禁让我想起我们在大学时候的岁月。"

"嗯。"

"你说这日子是怎么过的，怎么一转眼就快十年过去了，这十年我们都干什么了，在这么激情燃烧的岁月里，我怎么就没多少值得回忆的事情呢。"

"你还没回忆啊，你不是一直都在努力地让自己每天都快乐吗？"

"可是每天的日子都是一种机械的重复，早上上班的时候想着中午吃什么，下午上班的时候想着晚上去哪玩，有女朋友的时候就觉得累，没女朋友的时候又想要有，你说这日子过得有多失败。"

"你不是打算今晚对你自己这近十年的生活做一个总结和反省吧。"

"你这个建议很不错。"

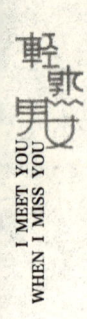

"那你起床穿上衣服,楼下有个小花园,那里最适合总结和反省人生了。"

"为什么啊。"

"因为我明天要上班。"

3

今天感觉很幸福,因为早上我可以感觉到陈涛艰难地起床去上班,而我可以继续睡觉。一直睡到中午,然后又看了一下午的电视,购物频道。看着一男一女用疯子一样的语气吹嘘着某种烂到家的产品,据说销量还非常不错,看来这世界上疯掉的人不少。

过了下班的时间,林琪以女强人的姿态不可能按时回家,陈涛也因为加班晚归,剩下我独自面对这栋我梦想却不拥有的房子。

看来我需要找个人陪陪,毕竟我现在处在双失的困境当中,虽然我自己不觉得多么悲伤,但是我很无聊。所以,我决定找那个我轻易都不会打扰的人,这近二十年来我唯一的一个女性朋友林诺诺。她是我的初中高中都在一起的同学,大学时代失去了联系,工作后在外地偶遇,那种他乡遇故知的情绪让我们俩的感情迅速升温,不过升到好朋友的水准就再也升不上去了。原因很简单,她看不上我。

"想我了?"我这位唯一的女性朋友进门的第一句话。

"你别总把我们俩的关系弄得这么暧昧好不好。"

"那你想不想?"

"说实话还真想,昨天晚上我做梦的时候还梦见你了。"

"行了,往下的我就不想知道了。"

"你最近都忙什么呢?"

"忙着找愿意娶我的人呗。"

"那就是闲着呢。"

010

"为什么？"

"就你那标准？完全是一个自相矛盾的标准。你要长相英俊，有内涵、幽默、成熟、浪漫，还要有经济基础，有房有车，收入丰厚且稳定，年龄35岁以下，身高1米80以上，未婚，无子女。"

"有问题吗？"

"上面说的那些虽然很挑剔，但是这样的人也不能说没有，问题是除了那些，你还要求对待感情专一，不能有滥情史，括弧，谈恋爱不超过三次。你说就符合你上面那些条件的男人，他怎么可能达到你下面的这个要求，伟人都说过没有不花心的男人，只有没条件花心的男人，就你说的这种男人，他就是站着不动，那也有大把的女人前赴后继视死如归地猛扑上来，面对这么汹涌的女人潮，你说能有几个男人保持淡定的？"

"可是我已经找到了。"

"做梦的时候？做梦的时候我还和小宋佳、陈好、杨幂等等等那什么呢。"

"你年纪大了想象力倒是还在，不过我说的是真的，要不要我带你见见？"

"好啊，什么时候，我倒要看看天底下会不会有这么畸形的男人。"

"现在就见，我打电话叫他过来。"说着诺诺就拿出手机开始拨打电话，看她的神情这事还真的靠谱。

"等、等，先别打了。"

"叫你见见面啊，要不你又不信。"

"那信了还不行吗？"

"信了？"

"暂时信吧，那你和他认识多久了，发展得怎么样？"

"认识了三个星期了，发展得挺好，我们考虑结婚了。"

"三、三个星期你就考虑结婚？你用不用那么急啊，就算你是快收市的烂菜叶，你也不能这么便宜大甩卖啊。"

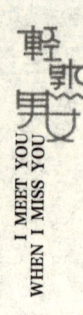

"你才是烂菜帮呢,三个星期怎么了,谈三天就结婚的未必比谈三年的差。"诺诺说的有道理,现如今谈恋爱的时间长短和婚姻的稳定幸福指数没有太大的关系,先结婚继续谈恋爱未必不是好的选择。

"可是……"

"你不想我结婚?"

"你不是明知故问吗。"

"为什么啊。你不会喜欢我了吧。"

"行,行了,你非要全天下的男人都喜欢你。我的意思是你是我朋友中保持未婚并且让我觉得最欣慰也是唯一的一个了。"

"陈涛不是也没结婚吗?"

"陈涛不一样。"

"有什么不一样,他年纪比你大,也没结婚,你不是应该更欣慰吗,我还比你小呢。"

"他年纪就比我大141天,他是个男人,和我属于同等水平,而你就比我小173天,你还是个女人,女人你这个年纪不结婚,让和你同岁的我颇有优越感。"

"就为了让你有优越感,我就不结婚?过了这村,我要找不到那店了怎么办?"

"如果到时候你真找不到店,我也没有落的村,那我们就凑合一下呗。"

"你想得美,你符合我哪个条件,你有1米80吗?你连诈称都只敢说自己1米78,你有事业基础,经济稳定吗?你银行户头里最大的金额就是你当月的工资,还时有时没有的,就你这长相,我看了十几年也算看习惯了,也就给你个还行的评价,这辈子你和英俊是没什么关系了,你能符合的条件也就35岁以下,未婚这两条。"

"打击我是你的爱好,这我理解,可是感情专一,没有滥情史我总算符合吧。"

"你感情专一?你对谁专一?你吝啬得连感情都不肯付出,谈什么专一。你没有滥情史,不是因为你不想,是因为你不能。"

012

"行了，你还是去见你的畸形男吧，我就是一个贱人，在这么悲惨的时候，还要找个人来挖苦自己，将本来就已经遍体鳞伤的自己弄得体无完肤，你快点走吧。"

"那我走了。"

这家伙，我以为她就是说说，谁知道拎着包真的走了。

4

三天的时间过得很快，我的性格让我不可能在三天内发愤图强地去寻找新的工作新的住所。作为一个可怜的白领（据说奶牛已经被评为白领的最佳代言人，吃的是草挤的是奶，外带还要被性骚扰），每天过着上班下班继续上班下班的生活，私人的时间少得可怜，现在总算有一个可以休息的时间，口袋里还有点钱（因为是公司辞退我，非常慷慨地补了我三个月的薪水，这是近几年我拥有的最高金额存款），所以我想给自己放一个不悠长的假期。

"你的大限已经到了，还坐在这里看电视？"陈涛一进门就开始训斥躺在沙发上吃着零食喝着饮料看电视享受假期的我（我承认这个行为有点女性化，这是被我那个宝贝妹妹凌小靓影响的，因为她的爱好是看电视，而我的爱好是让她不高兴，所以我就和她抢电视，抢着抢着我自己也爱看电视了）。

"那就让我在死前最后享受一下现在的快乐时光吧。"我的话音刚落，陈涛就将一罐饮料准确地丢向我。

"说实话，今天你就要搬走，你想好去哪了吗？"

"没有。"

"那你怎么办？"

"等你替我想办法。"

"你就这么确定我会帮你想办法？"

"本来不确定，现在确定了。"我笑着说道。陈涛是一个绝对热心有义气愿意帮助别人的人，在大学时代一群朋友十几个人当中，无一没有得到过他的帮助。

女主人今天准时下班回家，应该是来监督我的，当她看到我还在客厅并且毫无离开的意图，她原本冰冷的表情上浮现了一丝的愤怒，越发地可怕。我及时地把陈涛推到她的面前作为抵挡这股冰冷寒气的防御工事。

"不行，他今天一定要搬走。"林琪毫不客气地说道。

"可是他真的没地方去，你看这样行吗，让他和我一样住在这里，他会付房租，反正你这里有这么多空房间，空着也浪费。"

"首先我不觉得是浪费，其次你看看他，才住三天已经把家里搞成什么样了。"关于林琪对我的这种指责我要解释一下，我也没把家里怎么样，就是吃了饭的碗没洗，脱掉的鞋乱摆，桌上堆了点零食袋子饮料罐子什么的。

"如果你愿意让他住的话，我一定让他遵守你的规定，如果他违反，随时可以赶他走。"

"不行，你说什么都不行。"

"可他是我的朋友，我不能就这么赶走我的朋友。"

"那就连你也一起出去。"

两个人关于我的对话从开始商量的口气到越来越激昂，最后陷入一个冰点，整个房间的空气有些凝结。这件事情怎么都是因我而起，我应该说句话了，我很喜欢利用陈涛，可是我绝不能让他因为我而被赶出住所。我在这座城市还有家，而陈涛没有。

"啊，不好意思，大小姐，你别生气，我这就搬走，你别为难陈涛了，好吗。"我用很谦和的态度向林琪表示道歉。

"不用，我们一起搬。"我却没想到陈涛这么大的火气，在我还没来得及劝说他之前，他已经拉着我冲出门外。

"不用这样吧，我走就可以了，最多就回家向父母交代一下最近发生的事情，听几个小时我老妈的唠叨，再被我那个幼稚可恨的妹妹笑话几个钟头,我想我还能够承受的……你说话啊,不用这么生气吧,她赶我走也是有道理的,我们也不应该强人所难……你真下定决心了?那好,你既然这么有决心,你说我们去哪吧。"我一边下楼一边和陈涛说话。

"哪都不去,就在这坐着。"陈涛就在楼下花坛边坐了下来。

"就在这坐着?"

"嗯。"

"然后呢。"

"然后等她叫我们上去,签署让你入住的协议。"

"她,主动,来找我们?你没病吧。"

"林琪不像你想的那样,虽然表面上看着冷冰冰的,其实是个心地很善良的女孩,我不是就一个月缴1500住她这里了嘛。要不是你太讨人厌,我也不至于出动苦肉计了。"

"你把这种离家出走的行为叫做苦肉计?这属于小媳妇闹情绪。"

"你闭嘴行不。"

……

时间一点一点地过去,我从很相信陈涛到怀疑他的苦肉计再到现在完全不相信,已经三个小时了,楼上一点动静都没有。

"陈涛,我看你说的一点都不对,什么表面冷冰冰,内心一团火,我看从里到外都是零下2度的水,陈涛你怎么能忍受这么一个女人的,整天摆着一副苦瓜脸,本来脸长得就长,整天这么拉着也不怕下巴脱臼,她应该和我们差不多大吧,看来是因为年纪大了没人要造成的心理疾病,中国没什么好的心理医生,不然应该带她去看看,你说一个女人工作上这么拼命干什么,难道她不知道赚的钱越多给男人的压力就越大……"我越说越生气,突然注意到陈涛的表情有了变化,他的眼神穿越我投向我的背后。

"等一下,她是不是已经站在我背后不到80公分了?"我想超过这个距离的话,也许我的话还不会被听得那么清楚。

"不是。"

"还好。"

"是不到30公分。"

"那我现在开始赞美应该已经晚了吧。"

"对。"

"林琪小姐,对不起,我想我如果不是神经失常就是喝多了,我说的话完全都是废话,也不是我的真心话……"我迅速转身向大小姐认错。

"求饶也来不及了。"林琪很平静地说道。

我犯了如此大的错误,但是结果却在陈涛的意料当中,林琪还是同意让我住下,并且享受和陈涛一样的待遇,1500元一间房。不过有个附加的条件是我必须在一个月内找到新的工作,林琪的理由是这样才能保证及时缴纳租金,可是看着这么大的房子这么多的空房间就知道林琪不缺我这点租金。我开始觉得陈涛说的是对的,这被零下2度水包裹着的女人里面说不定真的有团火。

5

我一直以来最怀念的岁月就是大学时候的岁月,不仅仅因为那时候没有太多的生存压力,更多的是身边有许多志同道合的朋友,随着年纪的增长朋友虽然相聚太少,现在能够和陈涛住在一个屋檐之下,也算是一种幸福。

"陈涛啊,你说现在的人怎么都这么奇怪呢,上帝多不容易花这么多心思好不容易造出两种人,男人和女人,可是这男人不好好地当男人,女人不好好地做女人,总抢别人的活呢。"这些年中性当道,现在倒好,搞个什么"伪娘"出来,一个个小伙子纯爷们不做,要做女人。

"你不是也一样。"

"我哪有,我从里到外都是纯爷们。"

"我是说你三十岁的人不好好做三十岁应该做的事情,总抢人家十几岁小孩的特质。"

"什么特质？"

"幼稚。"

"我幼稚？我……"我的电话响了，不然我一定和陈涛好好辩论一下这个问题，虽然我知道他是对的，但是我明知道他是对的，我还是要和他辩论，这一点又一次证明他是对的。

"今天中秋节，你给我滚回家来。"这是我老妈的电话，她是我们一家之主，说话一向这么有力度，尤其注重过节时一家人团聚，我老爸最近两年临近退休却长期驻外，一年难得回来两次，老爸这次过节不能回来，我更不能在这个日子里让家里只有老妈和老妹。可是每次回家老妈都要对我的近况做彻底详尽的询问，其实我并不怕老妈知道我失业后对我的唠叨，我不想看见的是让她为我担心。

"把小邱（我的前女友）也一起带回来吧。"老妈临挂电话又补了更可怕的一句，我老妈对于我的感情问题的关注度超过对我的事业。

"怎么就你一个？"一开门我老妈就打量我周围方圆几米的范围。

"她今天同学过生日，所以来不了了，让我帮她向您道歉，这是她叫我带给您的礼物。"我还是决定暂时隐瞒失恋的消息，能躲一天是一天吧。

"脑白金？你们分手了？"我就知道临时去超市买这么一个产品是个错误的决定。

"啊，没有啊。"

"没有？啊？现在坦白，我就当你是自首，你要再拒不交代……"

"分手了。"我老妈从小就教育我们不准说谎，尤其是不准对家人说谎，所以既然有自首的机会，我还是别抵抗了。

"嗯，那快点滚进来吧。"我这个老妈唉，用词怎么就这么犀利呢。

"妈，我能问你件事吗？"

"说。"

"你怎么就从脑白金看出我和小邱分手的？"

"和脑白金有什么关系，我就是随便吓唬吓唬试探你一下。"

……

"哥，你回来了。"我的宝贝妹妹凌小靓出现在我的面前。

"嗯。"

"我真的想死你了。"宝贝妹妹给了我一个热情的拥抱，说实话来自家人的关怀真是世界上最温暖的事情，这个拥抱让失业失恋的我有一种莫名的感动。

"傻丫头。"我怜惜地摸了摸这个比我小6岁半超生出来的妹妹的头发。

"这段时间家里好无聊的，你回来，今天晚上就有好戏看了。"

……

凌小靓说的没错，今晚是一定有好戏了，戏的主角也一定是我，谁叫我是目前家里唯一一个不住在家里又没成立自己家庭的人呢。

"说吧，怎么分手的？"老妈让我先填饱了肚子，拉开了审问我的序幕。

"她提出的，留了封信给我，就分手了。"我准备坦白交代一切，因为在这种气氛下，撒谎绝对不是一种明智的选择。

"不是你做了什么对不起人家的事吧？"老妈最讨厌对感情不专一的人，所以用很严厉的眼神看着我。我立刻开始在脑海里回忆我过去的行为，以确定我没有做过任何对不起小邱的事情。

"我哥不会劈腿的。"凌小靓在旁边非常坚定地替我说了句话，可是我还来不及将感激的眼光投向她呢，她又接着说道："就我哥那样，哪有劈腿的条件啊。"哎，这个妹妹。

"那还能挽回吗？"我老妈继续问道。

"不可能了，她应该找到其他人了。"我说得很坚定，因为我不想再在这件事情上纠缠。

我老妈叹了口气，沉默了几秒说道："那算了，不过你要好好反省一下你自己到底有哪些方面做得不好，要知道自己有哪些不足的地方，以后好好改进。"

"唉，我知道。"我舒了口气用更坚定的语气回答，希望尽快结束这个话题。

"那什么时候再给我往家领一个？"可惜一切不如我愿，老妈继续问道。

"妈，那也要点时间啊，这又不是买东西，随便就往家领一个。"

"那你要多少时间，一个月够不？"

……

"妈，哪能这么快，最近这段时间我真的没空，我，我还要找工作呢。"我决定将话题引向另外一个方向，因为一直以来失业在我老妈的心目中始终没有失恋来的严重。

"你又辞职了？"这句话不是我老妈说的，是我那个宝贝妹妹凌小靓，还用一种特别夸张的语气，我知道这小丫头不怀好意就希望挑起老妈对我不满的情绪。

"你能不能闭嘴。"我狠狠地瞪了凌小靓一眼。

"妈，我哥欺负我。"小丫头从小告状就是一流的。

"你们俩的事情自己解决，要掐回房自己掐去，我收拾桌子。"老妈意外的没有给我教训，站起身开始收拾桌子，老妈对于失恋和失业采用了两种不同的态度，可是后面一种态度对于我来说反而更有压力，因为我看到老妈眉头深锁的担忧情绪。唉，我白活了三十年，到现在为止还要让他们继续为我操心。

一直以来我都想为父母包括我的宝贝妹妹找一份工作，这份工作就是为我感到自豪，他们的工作内容就是骄傲地向他们认识的每一个人说他们的儿子，她的老哥是多么地有出息。可惜的是这个愿望至今没有能够实现。

"我又被批斗，你高兴了吧。"我和小靓回到她的房间，我说道。我每次回家除了接受父母的问询之外都要和我这个宝贝妹妹聊上一会儿，虽然我对这丫头有诸多的不满，因为她夺取了我一半来自于父母的宠爱，还是一大半，但是我也获得了完整一份兄妹的感情。

019

"还行，哥，你被赶出来了，你现在住哪啊。"

"现在你哥住的地方可不一样，上下两层，光厕所就4个。"我骄傲自豪地说道。

"切，朋友的房子吧，几个住？"小靓不屑地说道。

"三个。"

"男的，女的？"

"两男一女。"

"太好了。"

"好在哪里？"

"我可以把这件事情告诉妈，又可以看你被教训了。"

……

好在我的反应也非常迅速，在小靓这死丫头喊出"男女混居"这个词汇之前将她推倒在床上。（这个描述怎么看着那么奇怪）

6

以前，找工作这件事对我来说一直不算一件难事，我有着比别人丰富许多的经验，七次跳槽的经历背后起码有超过百次的面试经验，让我总结出一套很有针对性的策略。在这个全世界经济不景气的大环境下，虽然我们国家号称受到的冲击最小，但并不是没有，所以我做好了从普通员工做起的准备。

我将我的简历好好地整理了一番，别人写简历也许是尽量将自己过往的成绩都塞进去，我恰巧相反，我尽量删减我过去的经历，原因一，是因为我过去七次跳槽的经历并不是一个良好的记录，原因二，我现在应聘的是一个普通员工的职位。你还是不明白我说什么？没有一个主管会愿意招纳一个比自己经验丰富，能力强，业绩更多的人做下属。所以我对自己简历的要求就是简单，实在，有针对性（我的简历绝对不是一份标准范本复印很多份，而是针对不同的公司进行不同的删减、捏造，例如招聘启示上说需要3年某项工作经验，我就编5年给他，只要不是需要出示硬件实物的，我一概全部符合，并且超过标准一点点）。

很快我就接到了不少公司要求前往面试的电话，我开始挑选我的第八家就业单位。我挑选公司有三个原则：一、公司太小的不做，因为没有发展空间；二、主管能力太强的不做，原因和第一个一样（你指望他升上去留给你空间，我更喜欢选择干掉他）；三、就是女员工少于男员工的地方不做，因为工作缺乏乐趣。我本着这三个原则面试了二十多家公司，结果是我继续失业。

"凌少，你的前两条原则我赞同，可是你能把这第三条给去掉吗？"两个星期过去了，陈涛终于忍不住开始教训我了。

"你开玩笑呢，这第三条原则比前两条加一起还重要呢。"

"你二十岁的时候色迷心窍我赞同你，你二十五岁的时候依旧色迷心窍我理解你，可是你现在三十岁了，怎么一点长进都没有？"

"那我才刚刚三十，还没来得及长进呢。"

"你等到三十才开始长进啊，那你前十年干什么去了？"

"为三十岁开始长进做准备呢。"

"你别逼我揍你啊，把你那第三条给我去掉，现在到哪找这么多女员工多于男员工的地方。"

"怎么没有，酒吧，餐厅，夜总会。尤其夜总会，那一定是女员工多。"

"那你去吗？"

"想去啊，可是消费太高了。"

"我很认真地问你一个问题，你说我打得过你吗？"

"我去掉第三条。"

我原本以为去掉第三条后，我找工作这件事情就会发生巨大的改变，而事实真的发生了改变，不是我找到了工作，而是我找不到工作的理由发生了改变。我开始意识到陈涛话的正确性，我的学历无法敲开那些著名大企业的门，没有得到面试机会我就已经被挡在门外，而普通企业的面试程序各不相同，更多的取决于直属主管的喜好，而我三十岁的年龄和希望薪水那一栏填下的数字似乎成了我最大的障碍。

"陈涛，你说我们原来可是同学朋友里混得最风生水起的，可是现在怎么这么惨呢，连找个五千块一个月的工作都这么困难，而那些小子现在不是什么经理主管，就是什么主任科长的，更好点的还有自己当老板的。"

"也不都是吧，按照金字塔型的结构来说，应该还是普通员工比较多。"

"可是我就没看见我这个年纪还当普通员工的，你说还有谁没个头衔？就连像大刘那种笨得前无古人的现在也是副厂长了。"

"你咯。"

"你气我是吧。"

"我咯。"

"你继续气我是吧。"因为我之前说过了，陈涛会变成今天这样，我有很大的责任。

"还有一个，阿杰。"

"阿杰在一个月前已经成为副主管了。"

阿杰就是那个我们这群朋友当中没有结婚的三个当中最后的一个，他也是我们的大学同学，准确的说是同校的同学，比我们小两届，从我认识他开始，他一直都把他的热情和能量奉献给了泡妞事业，在这个方面我不得不承认受了他不小的影响。

说曹操曹操到这种事情其实在现实生活中发生的几率很小，如果经常发生谁还敢放心大胆地在别人背后说坏话，八卦流言系统会遭受毁灭性的打击。不过在故事里就是经常发生的事情，因为写故事是为了让曹操到才说曹操的。

"哇，你们两个可真会享受，住这么好的地方。"阿杰一进屋就到处转悠，陈涛一直封锁自己住在林琪这里的消息，要不是因为我也搬了进来，阿杰还不会知道。

"停，楼上是禁区，不准上去。"在阿杰刚想往楼上走的时候，我及时制止了他，林琪明确地规定没有她的许可任何人不得踏足二楼，如果让阿杰上了二楼,我想我和陈涛会被赶出一楼。

"为什么?楼上有什么?"

"有炸弹,问这么多,叫你别上你就别上吧,好奇心那么强又赚不到钱。"

"我能问一下你们几个人住吗?"

"我,陈涛还有房东。"

"哇,真浪费,这楼上楼下最少还有三间空房吧,你们一个月缴纳多少租金啊。"

"一千五,你怎么这么多问题啊。"

"一千五这么便宜,那我也搬来好不好,我现在那房子二千五一个月,比你们这差多了,再说我们要是住在一起,那可以重温学校时候的美好时光啊。"

"你说的美好时光指的是每天晚上被你打呼的声音吵得睡不着觉的日子?"虽然阿杰比我们小两届,但是我们曾经有过一起居住的日子,不过这里先不解释了。

"还是你总是赖着我们蹭饭的岁月?"陈涛说道。

"你们别这么小气好不好,那我不是也为你们做出过贡献嘛,那,凌少,你有个女朋友青青还是我帮你介绍的吧。"

"对,一个十六岁的清纯少女,你和她约会一次,强吻了人家,让她认定你是她男朋友,你却立刻将她抛弃,接着为了担心她想不开,就把她推给了我照顾,再次说明,她从来没有成为过我的女朋友,我只是在替你擦屁股,安慰她足足一个月的时间,一,个,月。"

"哦,那我搞错了,那,陈涛,你违反校规深夜外出不归被抓到那次,是我陪你去系主任家送礼求情才免除处分的吧。"

"对,不过不是你陪我去,是我们两个一块去,而之所以夜不归宿,是因为你醉得像个死猪一样,抱着路边的电线杆不撒手,我一个人没法把你弄回去。"

"哦,那我记忆又出了点偏差,那你为什么不打电话找人帮忙?凌少,一定是你见色忘友不肯帮忙对吧。"

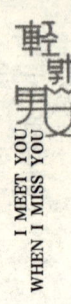

"他是有见色忘友的习惯,可是他不去接你是因为那时候我买不起手机,路边的电话亭,只有亭子没电话。"

"呵呵,呵呵。"阿杰傻笑了两声,每当他没词的时候都会这样,他的笑声是有点傻,但是笑容却很迷人,这是那小子最大的长处之一,阿杰带着微笑继续说道:"那都是过去的事情了,不提了,不提了好吧,不过如果我以前做的不好,现在我更应该和你们一起住,才能补偿你们。"

"我们其实也没意见,你自己和房东小姐说,你能不能住进来不取决我们,取决于她。"我和陈涛相视一眼。林琪怎么可能让阿杰这家伙住进来。我们需要做的就是等着看笑话。

7

随着高跟鞋的声音,女主人登场了,我和陈涛一人抱个抱枕找好位置以期待的心情等待好戏上场。

"你好,你是林琪小姐吧,我自我介绍一下,我是陈涛和凌少帅最好的朋友,我叫王杰,就是和那个歌星同名的王杰。"

"哪个歌星?"

"王杰啊,就是那个唱(阿杰开始唱)把我的悲伤留给自己,哦,不对,应该是(又开始唱)多少脸孔,茫然随波逐流,等等,好像也不对,那应该是……。"

"是一场游戏一场梦。"我实在忍不住插了句嘴,不提醒他的话,我担心他把那一辈的歌星的歌都唱一遍也找不到和他同名歌星的歌。

"对,是一场春梦一场戏。"我靠你大爷,这样也行。

我们伟大的房东小姐果然以她一贯的态度面无表情地看着阿杰,换成我和陈涛一般看见这种表情就什么话都没有了,可惜阿杰不是我们。

"我明白了,你这么年轻的女孩应该不知道王杰,太古老了,真不好意思。"

"哦，那也不是，我也应该听说过。"林琪轻描淡写地说道。不过这已经足够让我和陈涛面面相觑了。

"真的，那你应该蛮喜欢听老歌的是吧，说实话你这个年纪的女孩喜欢听老歌的真不多，其实那个年代的歌曲还是很经典的。"

"你别总这么说，其实我也就比你们小……几岁而已。"

"不……可……能（我真想抽阿杰一嘴巴，那表情也太夸张了点吧）。你在和我开玩笑是吧，就你这模样，说你十八一枝花那是骗人，撑死了也就二十一二岁吧。"我不得不赞叹一下阿杰，睁着眼睛说瞎话还能说得这么义正词严。

"谢谢。"看着林琪嘴角上扬，喜上眉梢又极力抑制的样子，还真的大出我和陈涛的意外。林琪在我们的印象中那就是理性的代表人物，就被这么几句虚无缥缈毫无诚意的假话给甜晕了？

"不仅这样，其实我对你更加佩服的是，你不仅年轻漂亮，还这么能干，小小年纪就能购置这么大的产业，你看我们三个都三十岁的家伙，还一无所有，还要赖在你这里，想想都惭愧。你这里的装修一定是你自己设计的吧，一看就知道是很有个性很有品位的风格，懂得生活懂得享受，说实话能住在这里就是一种幸福。"

"你是想住这里？"眼看着林琪就被阿杰这小子的花言巧语给迷惑住了，还好她及时回复了往日的冷静，直接看穿阿杰的心思，又用那冷酷的语调问道。

"对，不知道可不可以？"

不仅阿杰伸着头期待林琪的答案，我和陈涛也不自主地伸长脖子等候答案。

"楼下还有间房，你喜欢的话就住那吧，至于租金你就和他们两个一样吧。"虽然林琪的声调依旧没有表情，可是答案也太出乎我们意料之外了。

阿杰回头对我和陈涛做了一个非常令人讨厌的得意表情。

"林琪，不好意思，能借一步说话吗？"我实在忍不住自己的好奇心，想要弄明白这到底是怎么一回事。

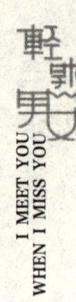

"说吧。"林琪还真的就只向侧面移了一步问道。

"借一步。"我示意林琪再挪动一下。

"借了,一步。"林琪很认真地回答我。算了,一步就一步吧。

"我想说像你这么冰雪聪明的女孩,你不会听不出阿杰那小子说的话不是真心的吧。"

"他说的哪句话?"

"就是说……你……二十一二岁那句。"

"我当然可以听出不是真心的了。"

"那你还把房子租给他?"

"我知道那不是真的,可是我喜欢听,我讨厌的是有人非要在我面前强调一次那是假的。"都说好奇心不是什么好东西。

"你别生气啊,我可是真心地夸你冰雪聪明了。"

"我宁愿别人虚假地告诉我我很年轻,也不愿意你真心地告诉我我很聪明,另外,真的很聪明的我不想再听你说我很年轻是虚假的了,不然你可以开始去看房屋信息专栏了。"说完,林琪气呼呼地准备上二楼,惹恼了林琪是件大事,怎么说她也是我的房东,并且我非常喜欢住在这里。

"林琪,其实我也觉得你很年轻,一点都不像快三十的。"我想挽救我的过错,大声地喊道。

……

结果可想而知。

阿杰的动作一向快速,吃饭快速,洗澡快速,和女孩上床更是快速。从林琪点头到他把他那点家当全部搬进我们这里,只用了一天不到的时间。然后又用了三十分钟随意收拾了一下就杵在客厅我和陈涛面前。

"你干吗呢,你不知道你背后有个东西叫电视机?"我和陈涛正在看体育新闻呢。

"两位兄弟,我今天搬来了。"

"然后?"

"我这也算乔迁之喜了,两位是不是应该帮我庆祝一下。"

"就你那点破东西连你这个破人挪个窝就乔迁之喜了？那我前几天也刚乔迁，你先封个红包给我。"

"你先再挪动一下你那条破牛仔裤里面的屁股，挡着我看新闻了。"陈涛给了阿杰一脚。

"一点没变，十年了，一点都没变，你们就知道欺负我，都欺负了十年了。"阿杰赌气似的坐到我和陈涛中间，把我和陈涛两个人给"弹"了起来。我们俩同时拿了件外衣就走向门口。

"你们俩哪儿去啊？"

"不是乔迁之喜吗？出去吃饭喝两杯。"

阿杰就是快，第一个穿好衣服出门了。

8

阿杰的入住，让我们这群朋友中仅存的三个还没有结婚的人聚在了一起，说实话还真有点往昔重现，让我有了一点回到大学集体宿舍时的感觉。人都说当老了以后，就开始喜欢回忆从前的日子，我才刚刚三十岁为什么就有了这种毛病。

"阿杰，你个王八蛋，你又把我袜子偷走了。"我打开抽屉就不见了我的袜子，冲到阿杰的房间把他揪了起来，阿杰这小子从来不洗袜子，却每天都换袜子。

"恩？谁，谁是小偷。"这小子还在床上睡得迷迷糊糊的。

"还有谁，你。"

"哎呀，我说凌少，你什么时候变这么小气了，不就一双袜子吗。"

"一双袜子？你住进来两个多星期，我已经不见了十双袜子。"

"阿杰，你个王八蛋，你又偷我袜子。"说着一样的台词，陈涛也冲进阿杰的房间。

"两位兄长，我昨天晚上凌晨五点才回来，你们让我先睡觉，睡醒

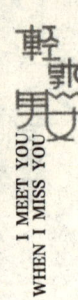

了再解决袜子问题行不。"

"你凌晨五点回来,自己开心去了,关我们屁事,给我们起来。"我说道。

我和陈涛两人强行将阿杰拖下床,拖到客厅摆着,这小子还真有特质,挤着沙发角还保持睡觉的状态。

"你要不想洗冷水澡呢,就睁开眼睛。"我说道。

"两位老大,袜子我已经偷了,你们说怎么办吧。"

"赔。"陈涛说道。

"行,一会儿起床我就去超市,我买三打回来,一人一打行不。"

"六打。"陈涛说道。

"一人六打。"我补充道。

"行,一会儿就去。"

"不行。"陈涛说道。

"现在就去。"我补充道。

"等下,今天有球赛吧。"

"对哦。"

"看完球去,行不。"

"行,你去拿啤酒。"

三个人喝着啤酒看球赛,天南地北的不知道在侃些我们自己都不清楚有什么实际用处的东西一直到中午,把袜子的事情给忘了。

"中午了,肚子饿了。"

"出去吃?"

"懒得动。"

"方便面?"

"懒得煮。"

"那就饿着吧,就当清肠胃了。"

"好吧。"

（以上部分对话，无需注明每句话出自何人之口，因为无论谁开口，另外两个都是这么回答）

"我实在看不下去你们三个了，能不能和你们聊聊。"林琪不知道什么时候出现在我们面前。

"当然好啊，来，坐这边，你想聊什么？"随着居住在这里，慢慢地对林琪有了一些了解，她确实如陈涛所说不总是表现得那么冷漠，能和她多聊聊，是我一直的想法。

"我问你们，如果你们明天就要死了，你会有什么想做还没做的事情？陈涛你先说。"林琪这个姑娘聊天的方式还真的与众不同，喜欢假设性的问题。

"我想应该是还没来得及告诉我爱的人，我爱他们。"陈涛的回答让我和阿杰都诧异地看着他，我们俩从来没想过平时感觉有点木讷的陈涛居然会说出这么感性略带肉麻的回答。

"那你为什么现在不说。"

"因为我知道我明天不会死。"

"凌少你呢？"

"我想做的事情应该很多吧，我还没来得及赚足够多的钱，没有享受过有钱人的日子，我还没有找到一个老婆，生一个儿子，我还没有帮我老爸老妈买一套大房子让他们舒舒服服的享受，还没有全家一起去世界旅行，还没有……"

"那你为什么不从现在开始去做，认真去找一份工作，好好努力，认真去寻找一份感情，结婚，生子等等等等。"

"因为我知道我明天不会死。"

"也许会呢，起码有万分之一的可能。"

"所以只有万分之一的可能，我会现在结婚，生子，不过工作我还在找。"

"阿杰你呢？"

"我明天就要死了，哇靠，明天就要死了，这件事情听上去也太恐怖了吧。"

"你还有什么想做的事情？"

"我怎么知道，我没想过这个问题。"

"那你现在想想。"

"我明天就要死了，我现在哪还有什么心情想啊，你们太可怕了，我不和你们聊天了。"

"你去哪啊？"

"我明天都要死了，你管我去哪。"

……

我想林琪之所以问这个问题，也许只是想侧面地对我们有一个提醒，结婚和生子对于我来说也许依旧不那么急迫，但是工作应该好好考虑一下了。不经意间，我已经失业一个多月，这也许可以算是我被动失业（我曾经最长给自己放过半年的假期，那是我自己主动选择不去工作）最长的一次，现在我不是应该努力工作，而是努力找份工作了。

9

我终于力破三道关卡，进入这家虽然不是世界五百强但是也具备相当规模的集团公司的最后一关，直属部门领导的面试。我非常重视这一次的面试，因为我已经快两个月没有找到工作，并且这家公司的女性员工居然大于男性员工。（好吧，我知道我老毛病又犯了）

坐在我对面的即将成为我的直属主管的家伙居然是一个比我年纪还小的家伙，皱着眉头故意装作一副老成的样子。然后装作很内行地问了我许多问题，这一刻我突然觉得三十岁是一件好事情，因为我意外地发现通过简单的问答，我年纪的优势得到了体现，由于我比他多几年的工作经历，让我对于他能够有更清楚的认知，能够有针对性地应付他的提问，而他对我的回答却稍显迷茫。

经过长达十五分钟的问答交锋，他终于略带迷惑又装作很明白地和我有力地握了握手，我正式成为这家公司的员工。

上班的第一天，带着踌躇满志的心情，最关心的事情就是我的座位会被安排在哪里，周围会有什么样的……女同事。

就在人事部的小女孩带领下走向我的座位时，一个身影吸引住了我的目光，她正坐在座位上不知道想些什么，眉头微蹙，咬着笔杆的样子让我的心脏发生了短暂的心率不齐。我看着这个女孩有一种似曾相识的感觉，不是上辈子有什么纠结，是这辈子我见过她，她就是在我失恋失业那天晚上要拿五百个一分钱钢镚砸我的女孩。

这个女孩在我的记忆中并不仅仅是一个曾经见过的美女，而是一个让我对于感情的观念产生了变化的特殊人物。从见过她第一面到现在的这段日子里，她很多次地出现在我的脑海里，我也很多次地幻想过如果我再一次遇见她我会如何表现自己。不过我知道那一切都只停留在幻想中，不仅仅因为我知道我遇见她的机会很渺茫，更重要的是我知道自己是一个典型的"卒仔"，我一向不敢于向别人表达自己的情感，尤其对自己喜欢的女孩。

可是那个女孩却从座位上站了起来，径直向我的方向走了过来，我的大脑开始陷入一种混沌的状态，我的行为丧失自我控制能力，简单点来说就是手足无措。"镇定，凌少，镇定，你是一个三十岁的男人，你要表现出符合自己年龄的成熟，你不能再像二十岁毛头小伙子一样出现这种窘迫的神情。"我对自己说道。我现在开始有些后悔为什么我在二十几岁的时候没有开始为三十岁时候达到成熟男人的标准而努力。

"你好。"我没想到凌少居然开口向那个女孩说话了。（我知道我就是凌少，可是我现在灵魂似乎和自己的身体分离，看着一个和平时完全不同的我用淡定从容的眼神注视着那个女孩，用平和不颤抖的声音在和她打招呼）

"咦……是你啊。"女孩停下脚步注视我没有超过三秒钟就已经认出我来，这一点让我有一丝的兴奋，因为即使如我这般多次想起过这个女孩，在时隔这么久之后也需要三秒钟的时间来确定正确性，这样就意味着我在这个女孩的脑海中有很深刻的印象。

"你还记得我。"

"当然，一个不肯去支援山区教育的家伙。"虽然女孩给我的定义不那么好听，不过我很高兴定义得非常准确。

"是我，我们真的挺有缘的。"我看着自己笑的那个傻样都觉得无奈。（我也不知道我是怎么看见自己的傻样，但是我确实"看见"了）

"哼。"可惜女孩没有继续答理我，从我身边走过。

"等一下，你总是这么没礼貌吗？"我也不知道哪里来的勇气叫住了女孩，也许是电视剧看多了，对付这样的女孩就需要用非常规的手段。

"我没礼貌？"女孩停下脚步转身看着我。

"当然，第一次见面你就当我是乞丐，还莫名其妙地辱骂了我一番，现在见面我话还没有讲完你又招呼都不打一个离开，还有……暂时没有了，这不是很没礼貌。"

"我第一次骂你，那是因为你先……等等。"女孩突然止住自己即将宣泄出来的言语，注视着我然后露出一丝微笑："你是想找我吵架吗？"

"是又怎么样？" 当仇人总比当陌生人好，欢喜冤家都是从仇人开始的。

"你想找我吵架，然后让我觉得你很特别，因为我们俩之间吵架的关系，让你能够有更多接触我的机会，接着你再表现你的优点，让我可以从侧面更多地了解你，进而对你产生好感？"女孩的话每一句都像一记大锤击中了我的心脏，最尴尬的事情莫过于被人猜中心思，尤其是这种不可告人的心事，我的血气上涌，但是依旧镇定，我有面对这种情况非常丰富的经验，在这个时候绝对不可以立刻矢口否认，越是急于否认越表示你承认，所以需要长吸一口气，假装镇定，然后……

"没错，我就是这么想的，我挺喜欢你这种个性，自以为是，傲慢自大，非常好。"我选择淡定的承认，然后再巧妙的讽刺，我都佩服自己的演技。

"哼。"女孩又冷哼一声，说实话我非常讨厌这个哼，哼得我心里一股冷气，在冷哼之后女孩继续说道："你不觉得你的演技太烂了吗，被人猜中了心事，还假装镇定，其实已经尴尬得恨不得快点找个洞钻进去了,却还在这里强词夺理。"我又一次被猜中了心事。

"我假装镇定?我尴尬?哼。"我也以冷哼来掩饰我的情绪,这个词还真的很好用。

"你不尴尬吗,不尴尬你为什么脸这么红?"

我恨这句话,小时候就玩过这种把戏,你只要对心里有鬼的人说这句"你脸怎么红了",那么即使他本来没有脸红,也会脸红,何况是现在这个极容易脸红心里又有很大一只鬼的我。

我从懂事开始每年都要做几件蠢事,而这些蠢事最终都成为我回忆中的趣事,所以为了我能够拥有更多值得回忆的趣事,我坚持每年都做几件蠢事的"良好习惯"。既然今天蠢事已经正在发生,我就应该咬牙坚持下去,何况是为了一个三十年来第一次让我有心动感觉的女孩。

"我脸红是因为我紧张,我紧张是因为我喜欢你。"我决定在我成名年老之后写回忆录的时候将这一段收录其中,因为刚才的举动算我前三十年做的最大胆的事件之一,去告诉一个我连名字都不知道的女孩,我喜欢她。

"你喜欢我?"女孩终于被我的话震慑。

"对,所以我想问你,如果我追求你,我有多少的机会……等一下,你想清楚了再回答,因为即使你回答百分之一,我也不会放弃,我是一个能够将百分之一变成百分之百的男人。"我想我是疯了,因为我都已经不认识面前的自己,居然会说出这些话来。

"我不会告诉你是百分之一的,我想告诉你机会是百分之九十九。"

"真的?"

"当然,所以你不成功的几率是百分之一,而你是一个能够让百分之一变成百分之百的男人。"

这是一个我早就可以预料到的结果,我做好接受这个事实的准备,同时还必须准备接受另外一个事实,就是现在已经有为数不少的围观人群。

在众人面前向一个只见过两次面的女孩表白,然后被狠狠地拒绝,世上最尴尬的事情这应该算是一件了,换做平时的我应该会仓皇逃窜,甚至萌发再也不踏进这家公司的念头。可是现在的我不是平时的我，因为平时的我做不出现在的事情，所以在众人惊讶略带嘲笑的眼神中，我依旧可以很从容淡定地走向自己的位置，坐下，打开电脑……

到这家公司的第一天，我做了一件**蠢事**，将自己放进一个难堪的位置，在今后一个月里我都成为众人的娱乐话题，供人嘲笑。不过灾难仅仅刚开始而已。

10

"我恨女人。"我站在陈涛和阿杰的面前很有力度地说出这句话。

"我想到了一个发财的好办法。"阿杰完全不答理我对陈涛说道。

"什么办法？"

"买彩票。"

"是个好办法，不过还是有不成功的可能，我觉得你应该有一个后备计划。"

"嗯，我也想好了。"

"什么计划。"

"多买一张彩票。"

"你们俩成心的是吧，有没有听我说话，我说我恨女人。"我再次提高音量说道，然后看见林琪瞪着我的目光，立刻补充道："不是所有女人。"

"你又怎么了？"陈涛很配合地等林琪上楼之后才继续问道。

"就是恨女人，恨漂亮的女人，更恨不仅漂亮并且聪明的女人。"

"你最恨的应该是拒绝你的漂亮而且聪明的女人吧。"这时候阿杰是一个帅气而且聪明的男人。

"你又做蠢事了？"陈涛是一个虽然不帅也不聪明但是非常了解我的男人。

"嗯。"

"说来听听。"两个家伙一脸幸灾乐祸地看着我，我觉得自己就是个贱人，因为我明知道他们会笑话我，但是我却很想说给他们听。然后他们确确实实地笑了足足三分钟。

"我恨女人，我现在觉得女人实在有太多的缺点，你现在要我说，我立刻可以说出一百条。"

"对，你可以说出一百条，但是你睡一觉之后，明天你就会出门继续寻找只有九十九条的缺点的女人。"阿杰说道。

"你不用那么气馁，反正你主动追求女孩也没成功过，现在多添一个分母0%的数值也不会改变的。"陈涛说道。

这就是身边有个太了解你的人容易出现的情况，击中你的软肋，陈涛说得没错，我主动追求女孩的成功率竟然为零（我交过的女朋友都是在以朋友身份相处过程中，慢慢转化成为男女朋友）。陈涛的话突然让我有一丝沮丧的感觉，原来在我的恋爱史上我还保持着这么一个悲壮的记录。

"我太失败了？"我无奈地承认这个事实。

"别那么灰心，来，起身，一起找个地方喝两杯。"阿杰说道。

"借酒浇愁？"

"不是，让你重拾信心。"

我和阿杰陈涛找了一家不是那么吵闹的小酒吧，坐下喝了三瓶啤酒，我也没能重拾信心，周围是有不少看上去挺艳丽的女孩，可是和我没有关系。

"我的信心在哪呢？"我看着阿杰问道。

"你等着。"阿杰说完就去了一桌同样只有三个女孩的桌前，然后看着他说了几句话，三个女孩就带着微笑和他一同向我们走来，哎，我怎么会有阿杰这样的朋友，这是在打击我的信心？

"这就是我朋友，他现在对自己产生了一点怀疑，所以我想请问你们三个诚实地告诉他，你们觉得他做你们的男朋友如何？"阿杰对三个女孩说道。这个阿杰这样让我重拾信心的？这也太冒险了，这三个女孩

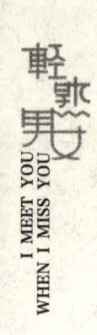

如果都否定我的话……算了，还是别想了。

"不好意思，不是我喜欢的类型。"第一个也是其中最漂亮的女孩不出意料地给了否定的答案。

"我觉得还行，"第二个也是第二漂亮的女孩给了我一丝的希望，然后浇灭："不过我更喜欢你这样的。"这个你，指的当然是阿杰。

我将目光投向第三个女孩，她是我所有的希望所在，我今天能否把我走丢的信心找回来，就全部寄托在她的身上了。

"我认为挺好，"第三个女孩终于说出让我产生感动情绪的话："我喜欢这种看上去很成熟的，皮肤有点黑黑的，很有依靠感的男人……"可惜她的形容越来越不像我。

"不好意思，你是在说我吗？"我忍不住问出这个很冒险的问题。

"你？啊，不好意思，我以为是说他呢。"这个他当然是指陈涛。

"那我呢？"我问出这句话就后悔了，接着我听到了让我更后悔问这句话的答案。

11

进了这家女员工多于男员工的公司，原本准备大展一番拳脚，可惜一开始就灰头土脸成了众人的笑柄。不仅如此，自从我进入公司以来这两个星期，主管把什么苦活累活全都交给我。压迫新人属于正常行为，可是这么压迫我实在有点过分。伟大的先驱者说过哪里有压迫，哪里就有反抗，以我在这行近十年的资历以及我的脾气，我绝对不甘心被人如此鱼肉，我决定要反抗。

"你一脸怒气的要去哪啊？"我才站起身往那个总是压迫我的家伙所在方向走过去，就被我对面的小美叫住了，两个多星期的时间已经足够让拥有卓越亲和力的我和我方圆五米以内的同事建立良好的人际关系，小美是其中关系最好的一个。 小美全名叫孙小美，听到她的名字我就认定要和她做朋友，这个名字对于我来说太亲切了，想当年我就是永远打阿土仔（扯得有点远，没玩过大富翁的朋友抱歉了）。

"我要去找张栋。"张栋就是那个比我还小两岁的我的主管。

"你想找他理论为什么针对你？"

"你都看出他是故意针对我了？"

"我还知道他为什么针对你呢。"

"说来听听。"

"你跟我来。"小美把我拉到公司外的楼梯间，这里是说是非的好地方。我了解了我被针对的原因，因为我一进公司就在众人面前表示要追求赵妍（那个两次羞辱我的女孩），而张栋一直以来都喜欢赵妍，虽然我没有成功，张栋还是将我列为可敬又可畏（这个形容词是我自己加的）的对手。

我不知道我为什么听完小美的解释之后没有去找那个小子进行我的反抗行动，我选择了沉默，沉默地在夜晚继续加班完成他交给我的这些额外的工作。

"哼。"当我孤独地在深夜里承受这个世界不公平造成的结果的时候，一个声音从距离我不远的地方传来，不过我没有心情去理会这个语气助词是为了表示轻蔑的含义还是因为发出声音的人鼻腔阻塞，因为我希望在十点钟前完成我的工作，然后还能回家和陈涛阿杰吹牛（好久没有能够有两个以上同年龄的朋友长时间地待在一起了，还真有很多忆往昔峥嵘岁月的话题）。

"咳，咳。"这个声音再一次在更近的距离传来，我意识到这个声音是针对我而来，如果我不理会，也许会有更多的声音。

"你要是身体不舒服，你就去……是你啊。"我抬头看见那个让我在别人都在娱乐时还在工作的"元凶"，当然不是张栋，他最多就是个执行者。我对面站立的是在不那么明亮的灯光下一样闪烁美丽光芒的赵妍。

"你怎么还在公司，还有工作？"赵妍向我的座位走了过来。

"你愿意留下来帮我完成这些工作吗？"我不想和这个其实对我有很大诱惑力的美女多纠缠，以免引发更多不必要的麻烦。

"我凭什么帮你？"

"那就麻烦你别再打扰我好吗。"

"那我帮你。"

……

换成以往有个美女在身边,我一定会效率大增,原因是我必须尽快完成工作以便有更多的时间和美女相处,可是今天我却总是难以集中精神,因为我有个疑惑。

"我能问你个问题吗?"我终究没抵抗住我的好奇心。

"问吧。"

"你为什么要帮我?"

"你自己觉得呢?"

"我很希望是我的魅力所致,可惜我知道不是。"

"还算有自知之明,我帮你是因为你是因为我才会被人针对的。"看来这个美女倒是个善良有同情心又明白事理的女孩,我受这些苦也不算毫无价值。

"哦,那谢谢了。"

"就这样?"

"我还应该说些什么吗?"

"那我告诉你,其实张栋之所以这么针对你,是因为我告诉他我对你有好感。"

我飞快地运用大脑计算着赵妍并不算复杂的语句的真实含义,计算的结果赵妍的含义绝对不是字面的含义,凭我的智慧加上经验和环境分析,我可以猜测她是因为被张栋纠缠得头疼,而我这个送上门的冤大头就成了最好的挡箭牌。这也解释了张栋为什么这么恨我的原因,单纯我追求赵妍的举动不会惹来这么大的报复行动。

"你怎么不说话?"赵妍见我没有回答又问道。

"我在思考你语言的真实含义。"

"思考的结果呢?"

"我是个已经被扎满箭的箭靶,为你的祥和安宁的生活提供了保障。"

"说话别这么咬文嚼字的,那你怪不怪我?"

"怪你?利用我?不怪。"我摇摇头回答道。我是真的不怪赵妍,虽然她是导致我目前每晚必须加班工作的原因,不过我觉得"罪魁祸首"应该是我自己,谁叫我自己动了心呢。

赵妍静静地注视着我的眼睛,确认我的回答的真实度,然后说道:"你这个人真奇怪。"

"我这个奇怪的人现在还有很多没有完成的工作,如果你允许的话,我可以开始了吗?"

"嗯,我陪你。"

我原本以为这就是一句客套话,用不了十分钟她就会失去耐心,没想到赵妍倒是个很守承诺的女孩,一直在旁边托着下巴看着我工作,既不离开也没分心做其他事情,就这么专注地看着我工作。有人说男人认真工作的时候最帅,原来女人认真看男人工作的时候更可爱。让已经打算对这个美女死心的我,又……还是算了,专心工作吧。

"好了,完工。"敲打完日期,这篇其实很无聊的根本不会被执行的计划书算是完成了。

"没想到你挺厉害的,一份计划书从创意到实施细则,到具体数据分析,这么轻松就完成了。"

"我可不是白在这行混了十年,就这种例行公事的计划书,闭着眼睛我都能写完了,我也就是怀才不遇,不然也不至于沦落到此。"

"我也这么觉得。"赵妍居然没有反驳我,还将原本专注在电脑上的目光投向了我。那目光我不知道该怎么形容,因为我一向容易误解别人的目光,就算我形容出来也未必就是那个含义。

"那,你别这么看着我,很容易误会的。"

"现在时间还早,我们一起出去喝一杯吧。"赵妍居然主动发出了邀请。

"好啊。"我的嘴巴自己就答应了,大脑根本不需要思考。

"那快点,走吧。"赵妍比我还迫不及待,我的台词都让她说了。喝一杯这种事情是非常说不清楚的事情,酒精麻痹神经之后,人的行为

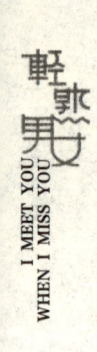

会出现各种各样平时不会出现的表现，这也许是很多人热衷此道的原因，我就是一个，我不喜欢喝酒，但是我喜欢喝一点酒后的感觉。

"我们去哪？附近我也不太熟悉。"我带着兴奋的心情和赵妍走出大厦之后问道。

"我知道，跟我来。"

我继续带着兴奋的心情跟着赵妍前行，走了不到三百米，赵妍停了下来。我四周看了一下，不由得我心跳不加速，因为这里没有酒吧，只有一家连锁型经济酒店。原来不止要喝一杯，都进展到这个程度了，真没看出来，原来赵妍是这样的女生，开放的程度连我都要咋舌。我的心跳速度超频，每当这个时候我的大脑系统就有些短路，我该怎么办，和她一起进去？我虽然好色，可是生活作风尚算严谨。算了吧，我心里的另外一个声音响起，你不过是表面上的道貌岸然，眼前这么一个美女要和你上酒店，你还需要考虑，想想你这辈子到现在还没和这么漂亮的女生发生过……

在我思考的时候，我和赵妍已经走进了酒店，我勇敢地率先一步走到总台前说道："没有预定，还有房吗？"

接待员还没来得及回答我，赵妍已经走到我身边用奇怪的眼神看着我："你干什么？"

"啊，我……"我开始意识到事情不是我想象的那样。

"你为什么要订房？"

"我……这个……问问市场价格。"我知道没有人会相信我这个答案，我也知道我又做了一件蠢事。

"你不会以为我要和你……吧。"

"啊，我……"

"我只是要来买饮料啊。"赵妍伸手指向一边，我看见一台饮料自动贩卖机。

"先生，我们还有房，请问您一个人住吗？"接待员的声音在这个时候响起。

看着赵妍一脸似笑非笑的表情，我很想有老鼠的本领——打个洞钻进去。

十分钟后，我拿着一罐咖啡，赵妍拿着一罐果汁站在公交车站，我一脸的羞愧，赵妍满脸的笑意。其实我很想好好地教育她，量词都不会用，我们现在这个叫喝一罐，而不是喝一杯。

12

我带着沮丧的心情回到住所，却看到两张等待嘲笑和一张随时准备加入嘲笑队伍的脸——陈涛、阿杰还有林琪。

"我知道你们有话说，那么请尽快说出来，我可以肯定有误会存在。"看着他们都不说话的架势，我只能先开口。

"没有误会，我亲眼看见，你和一个美女一起站在公交车站。"我知道一定是阿杰第一个开口说话。

"美女和我一起站在公交车站就是有问题，那我应该一天二十四个小时都站在公交车站。"

"你还和她一起喝饮料，有说有笑。"阿杰的话只对了一半，我和赵妍确实一起喝饮料，但是没有说话，至于笑，种类也不相同，我是尴尬的笑，赵妍是开心的笑。

"好，我们直接一点，那是我的同事，我们正好一起下班，所以就一起买了自动贩卖机的饮料为了打发等车的时间，这么说很清楚了吧。"

"凌少，首先那是一个美女，其次你愿意和她一起在这么晚的时候站在公交车站等车，以我对你的了解，你对她有意思。"陈涛是最了解我的人之一，他说的潜台词首先就是我好色，其次说的就是如果我对这个女孩没有兴趣，这么晚的时间我早就一个人打车先行开溜了。

"好吧，我承认我对她是有好感，可是她对我没有，所以我们之间仅仅是同事。"

"凌少，我想问你的是你和女朋友分手才一个多月，难道你不需要休息一下，这么快就去喜欢别的女孩，不累吗？"阿杰继续问道，他居然好意思这么问我，他换女人比换袜子都勤。

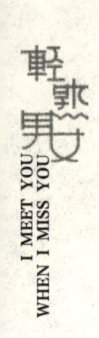

"我和小邱（我的前女友）的事情你还不了解？我……"我转头看向林琪，我觉得接下来应该是男人之间的谈话，有个林琪在场不太合适。

"你继续说啊，我也很想知道。"可惜林琪没有走开的意思，我也没有叫她离开的理由，这是她的地盘。

"其实我……"我一时间找不出合理的解释。

"你就是个贱人，喜新厌旧，这边才分手，那边就开始追求别人，见一个喜欢一个，你就是好色，见到美女就晕头，你们这些男人到底有没有一点点真心的付出，到底把我们女人当做什么？"不知道林琪哪来的那么大的火气，从开始骂我到将陈涛和阿杰也波及在内。

"凌少是有原因的。"陈涛开口替我解围。

"什么原因，还有什么原因能解释这种行为？"林琪转头瞪着陈涛，陈涛看了我一眼，无奈地选择沉默。

"我最看不起你这样的人了，朝三暮四，朝秦暮楚，朝（糟）……糟透了。"看我们三个都不说话，林琪说了两个半成语气愤地上楼去了。林琪的行为也许有些过于激烈，不过她的话却没有错误，我在和女友分手后不久，就开始喜欢并追求其他女生，移情别恋得快了点，还好林琪不知道失恋的当天我就已经有过追求赵妍的想法，她也不知道失恋对于我来说除了有一丝的不舍之外居然没有难过，不然我可能很快就要搬家了。

第二天是周末，我起床走出房门，阿杰和陈涛的房门是打开的，人不知去向，站在厨房里的只有林琪一个人。一直以来我都有一点害怕林琪，不仅仅是因为她是我的房东，还因为她有股女人身上很少有的气势。加上昨天晚上她对我的训斥，单独和林琪面对，我有些不适应，所以我悄悄地转身希望在她看见我之前溜回房间。

"你起来啦。"林琪的声音，语气虽然依旧很冰冷但是并没有那么严厉。我四下打量一下，确定只有我一个人，可是林琪怎么会对我如此"温柔"？

"我做了早餐，你去洗漱一下，一起吃吧。"林琪面无表情地继续说道。

我带着满脑袋的问题去洗漱了一下，然后坐到林琪面前，看着满桌子的早餐，突发奇想林琪该不会是因为太恨我这种人，所以想下药谋害我吧。

"没有毒的。"这年头的女孩怎么都越来越聪明，这样也能猜到我想的。

"我不是怕有毒，我只是不知道你……"

"我怎么了，我是个爱憎分明的人，昨天你那种行为确实让我很讨厌，可是今天的你却让我很佩服，我喜欢你这样的男人。"这一觉睡得也太神奇，昨天还很讨厌，今天就喜欢了，今天我起床到现在什么事也没做啊。

"林琪，你能不能把话说得明白一点。"

"行了，不说了，吃饭吧。"

"不是，林琪，你还是告诉我这一切到底是为什么，不然我心里不踏实。"

"先吃饭吧。"

"还是你先说吧。"

"叫你吃饭就吃饭。"林琪突然恢复了平时的态度，高声喝道。

我老老实实地拿起筷子开始吃这顿丰盛的早餐，也许林琪也对于这么高声呼喝我有些歉意，主动夹了一块蛋饼想放进我面前的盘子里，但又有些不好意思夹着蛋饼停在了半空中，我很"勇敢"地伸出自己的筷子将蛋饼接了过来。

林琪看了我一眼继续说道："你的事情，陈涛都告诉我了。"

"我的什么事情？"我这辈子也活了三十年了，都说一遍那要不少时间。

"就是你和你之前女友的事情。"

"他说了我和我前女友的事情？"关于这件事情，连我老妈都不知道详情，我的朋友中唯一知道内幕的就是陈涛，而现在多了一个林琪，不过林琪能不能算我的朋友我还不确定，因为我不知道在她心里是否当我是朋友。

我也简单说一下我和之前女友的事情吧，我和她恋爱两年同居半年是对外公布的数据，真实的数据应该仅仅恋爱了不到一年。而这一年的时间里也有大部分的时间在斗争中度过，不是我和她之间的斗争，是她和她父母之间的斗争。自从她父母知道有我这么一个人之后，就将我的家世背景了解得一清二楚，然后给她下达了一个命令，经鉴定此人不达标准，分手。而我最不达标准的也许应该就是我的工作和收入。经过半年多时间的战斗和抗争，她终于屈服于父母的压力，选择了和我分手。

　　她是一个依赖性很强的女孩，虽然我们已经分手，但是她提出在她找到新的男朋友之前，希望我可以陪伴她，所以在我的家人和朋友面前，她依旧保持着我女朋友的身份，而在她的朋友和家人面前她已经恢复了单身，开始去寻找符合她父母标准的男人。

　　半年前她以为了上班方便的理由住进了我租的房子，将我挤到沙发上睡了半年，半年之后我被挤出了家门。而那一天我明白门背后不仅仅有一个高等生物，而是两个。

　　"凌少，你为什么会答应让她一边去寻找新的男朋友，一边还照顾她？"

　　"她一个人在这座城市，家人不在身边，朋友也不多，最可以依靠的人也许就是我了，我找不到可以拒绝的理由。"

　　"那你自己就浪费了一年的时间去照顾一个根本不可能和你在一起的女人？"

　　"也不能说是浪费吧，这一年的时间让我不用面对我老妈对我的紧逼盯人，让我也能很安静地去想一想自己到底想要些什么。"

　　"那你看到她和别的男人约会，难道你心里不会难受吗？"

　　"开始是有点不习惯，有点别扭，可是毕竟我和她之间的感情已经结束，我对自己的感情也有了很好的归整，我只把她当做一个需要照顾的朋友，也就没什么好难受的了。"

　　"你一年来只有当男朋友的义务，完全没有任何权利，我听陈涛说就包括在经济方面依旧主要是你付出，难道你不觉得自己是冤大头吗？"

　　"毕竟她以前是我的女朋友，也是有过真正的感情的，她也为了我和她的父母斗争了很久，我不过是付出一点金钱算不上冤大头吧。"

"那个房子是你租的，你付的租金，你为什么就这样被赶出来啊？"

"没必要计较那么多吧。如果不是被赶出来，我也住不到这里，你这里的条件比我租的房子好多了，最重要的是这里有陈涛，有阿杰，还有你，我想算是因祸得福吧。"

"是好人有好报。"林琪很认真地说道，她说话的表情虽然没有温柔的特质，但是很认真，让人感觉到一种真诚，一种温暖。

"我在你眼里算好人吗？"我微微笑道。

"算一半。"

"另外一半呢？"

"是个懒人，吃完饭了，老老实实地去把碗洗了，不然我把你赶出去。"

13

生活原本就是无聊的，所以人们很努力地想让自己的生活变得有趣起来，但是有没有人想过如果学会一种技能把无聊当成有趣，那么是不是就不用每天很辛苦地想着做点什么有趣的事情。

"早。"今天是无聊的周末，走出房间看到无聊的陈涛。

"中。"

"中什么？"

"早什么？"

"早上好啊！"

"中午好啊！"

"你什么时候也学得这么无聊了？"

"在无聊中学会的。"

"啊！"浴室传来大喊的声音。接下来就是阿杰一脸惊恐的出现在我和陈涛的面前，而我和陈涛等待他发表什么无聊的言论。

"我的脚不见了。"阿杰说道，我说的没错吧，无聊。

"那你应该庆幸你还可以站着。"

"不是真的不见了，是看不见了。"

"那你应该庆幸你还可以看见我们。"

"哎，你们到底明不明白我说什么。"

"如果你可以说得更清楚一点的话。"

"我刚才洗澡，站直身体，从上往下，看不见自己的脚，明白了？"

"就快明白了，加油。"

"被肚子挡住了，我的眼睛和脚之间，是我的肚子。"

"哦。"

也许我和陈涛给的反应太不强烈了，我们被阿杰逼着站起来和他做一样无聊的事情——站直身体用眼睛看自己的脚。

"站直，往下看，能看到自己的脚吗，有没有被肚子挡住？"

"我还好，我可以看到。"我有保持运动的习惯（每天睡到快要迟到，然后狂奔着去公交车站地铁站，然后下车后再狂奔去公司），所以身材维持得尚算可以。

"我也能看到脚趾。"陈涛说道。

"你们俩站直一点啊，这样看不见了吧。"

还好现在没有女孩，不然有谁会喜欢这么无聊的三个男人，站成一排站直身体看自己的视线有没有被肚子挡住而看不到自己的脚。

"行了，阿杰，这有什么好大惊小怪的，自从大学毕业之后第五年在一次追赶公车的运动中，当我快速奔跑的时候，我已经感觉到我身上的肉在有节奏的颤抖。"这是陈涛说的，他和我一样有追公车的习惯，不过他跑得没我快。

"哇，够恶心的。"

"很快你也会这么恶心的。"

"那怎么办啊。"

"慢慢就适应了，你现在才发现，而我已经开始适应。"

"那你说我们是不是应该去锻炼一下了，怎么说我们也才三十岁，你说不忙的时候下了班就是看电视、上网，要不就出去喝点酒，瞎侃，也挺无聊的。"

"这倒是个好建议，那我们去做什么运动？"

"打羽毛球吧，简单又有趣。"

"或者游泳，游泳对于消除脂肪应该还是非常不错的。"

"去健身房。"阿杰突然冒了一句。

"为什么？"

"找家大一点的健身馆，不仅像你们说的羽毛球、游泳什么都有，另外壁球、乒乓球、各种有氧训练、跆拳道、瑜伽等等课程，更不要说那些基本的健身器材配备了。"

"有这样的健身馆吗？"

"当然有，我就知道一家。"

难得阿杰第一次提出这么有建设性的意见，所以第二天我们三个就出现在健身馆贵宾洽谈室了（不是因为我们要参加VIP会员，而是所有的洽谈室都叫贵宾洽谈室）。

阿杰推荐的这家健身馆真的不错，从规模上来说可能算是市内最大最好的一家，客户专员的服务质量也属上乘，当然价格也不菲。为了更加灵活地经营，健身馆有很多种支付方式，可以入会，也可以不入会报名专项课程，更可以贴心地为我们三个男人的特殊情况设计专门的服务及付款方式。

我和陈涛还是决定先四处看看了解一下具体的环境，而阿杰则趴在那里和那个长得颇有姿色的客户专员咨询各种专项课程以及如何花最少的钱让我们三个人最有效地得到锻炼的事宜。

周末的下午应该是高峰期了，所以健身馆里人很多，陪同我们的客户专员详尽耐心地向我们介绍每一处场所，还邀请我们免费做一个体能测试。

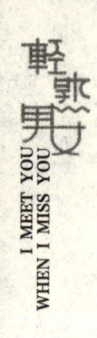

等我们回来的时候，就远远地看见阿杰已经可以轻轻地握着那位颇有姿色客户专员小姐的手轻声说笑。

"老天为什么就这么不公平，阿杰到哪里都可以勾搭美女，而我用真诚的态度执著地对美女追寻了二十几……十几年却一无所获。"我向陈涛抱怨着。

"他有到哪里都勾搭吗？"

"当然，眼前的这个不算，我们去买东西，他勾搭专柜小姐，我们坐地铁，他能在拥挤的地铁里勾搭距离他五米外的女孩，我们去旅游，他勾搭导游小姐，最可恨的是，当他发现另外一个团的导游小姐更漂亮的时候，他居然可以丢下我们一个人跟着那个团玩了两天。"

"好像也是，不过那是除了因为他长得帅之外，他还有不怕失败，勇于尝试的精神，而你……"

"我也有勇于尝试的精神。"

"你？"

"不要看不起我，我现在就向你证明。"

我立刻环顾了一下四周，找寻可以让我勇于尝试的目标，在操房门口看见一个刚刚运动完，正拿毛巾擦拭微微汗水的漂亮姑娘。

"就这个了。"说着我就笔直地走向那个姑娘。

五米，我的决心十分地坚定，我要很自然地说"嗨，你好"，然后她会回答"你好"，接着我会说"朋友说这家健身馆不错，今天我是来看看的"，她会说"看的结果呢"，我会说"开始觉得一般，现在觉得……非常好"，然后我会对她释放一个很有深意的笑容，她会回以微微略带羞涩的笑容，一切就是这么完美。

二米，我的心跳开始加速，气血上涌，我长吸一口气，抑制心头的激动，我要做到从容镇定，绝不刻意。

一米，我开口了？没有，我只是假装没看见她一样，摆出一个自以为很酷的样子从她身边经过，然后为了不被她看见（其实她根本就没有注意过我），绕一个大圈重新回到陈涛的身边。

"回家。"在陈涛嘲笑我之前我说道。

"哎,我帮你们选好报名的课程了,要不要……哎,那边那个姑娘蛮漂亮的。"阿杰的眼光落在刚才那个姑娘身上。接着他就笔直地走了过去。

"嗨,你好。"阿杰说道。

"你好。"

"朋友说这家健身馆不错,今天我是来看看的。"

"哦,那你觉得怎么样。"

"开始觉得一般,现在觉得……非常好。"阿杰释放一个很有深意的笑容,姑娘回以略带羞涩的笑容。

"你刚才也是想这么说的吧。"陈涛看着我说道:"你们俩的区别就在于,你用脑袋想,他用身体做。"

14

周末虽然无聊,但是起码可以睡觉睡到自然醒,而周一的到来又是一周辛苦的开始。人之所以活着是因为有希望的存在,希望自己的生活可以变得不同,希望可以获得自己想要的人、物、财或者美好一点的说实现自己的梦想。可是我每天这么辛苦的起床工作到底为了什么,我喜欢的那个人不喜欢我,我的工作似乎也看不到什么前途,还有一个针对我的主管以及每个月拿到手仅够生存的薪水。

将清晨时间压缩到极致的我,在电梯门关上的最后一刻冲进去,如果不出意外我可以在打卡钟响起前十五秒钟进入公司。可是冲进电梯我才发现电梯里有且仅有一个人,一个平时我基本见不到但是名字却不停地在耳边响起的人——我们的总经理。准确地说他是我们总经理的总经理,我们公司是整个集团公司的一个分公司,而现在在我面前的是集团公司的总经理,俗称"皇上"。

"陈总好。"虽然我很清楚他根本不知道我是谁,但是我还是必须和他打招呼。

"好。"陈总微微地点了点头。

仅有的两句话后整个电梯里陷入了一种沉默的尴尬气氛，我们这栋大厦的高速电梯在这个时候却显得那么缓慢，我似乎可以清楚地听到轿厢外钢缆晃动的声音。

有人说过，和老板共处在只有2个人的环境是一个绝佳的好机会，在这个时候勇敢地向他表述你对工作上的意见和建议，也许会得到意想不到的好结果，好像有种说法叫做×秒法则（×是多少秒，我们不记得了）。既然老天给了我这么一个机会，也许我也应该好好地利用一下，从此改变我在工作上的命运。

我开始考虑我应该向老板建议些什么的时候认识到一句话的正确性——机会是留给有准备的人，我进入这家公司的时间不长，还没有做好长久为这家公司服务的打算，所以我根本没有想过对这个公司有什么建议，现在想来得及吗？吸一口气冷静一下，凭借我多年的经验和个人的判断，第一个在我脑海里出现的想法是什么？

"陈总。"我自己都惊讶自己居然开口了，话已经止不住地说了出去："我们大厦饭堂的伙食应该改善一下了。"这就是我脑海里多年经验和个人判断闪现出来的第一个想法。在电梯到达的那一刻，我逃命似的奔出电梯。我希望"皇上"他老人家贵人多忘事过几天忘记有我这么一个提出关于食堂伙食建议的员工，或者希望他眼神不好没有看清楚我的长相。

在这种情绪下准备开始一周五天的辛苦工作时却得到了一个好消息，公司按照惯例表彰员工的工作表现，以及更好地加强员工之间的交流，决定组织旅游，目的地是一个地处南方拥有碧海蓝天的岛屿。我终于觉得这一年以来的差运气开始有点转变了，刚加入公司不久就有旅游的机会，还是一个可以在大冬天穿着裤衩晒太阳的好地方。

"看来我要回家找找我的泳裤还在不在了。"我对对面的小美说道，一边还在考虑花几天时间抓紧健身能不能进一步地改善一下我的身材。

"我看你就别找了。"

"为什么，我身材没你想象的那么差。"

"谁想象你的身材啊，我的意思是我看你是去不了的。"

"凭什么，虽然我是新来的员工，但也是公司的一员啊。"

"可你是不讨领导喜欢的那一员，公司是组织旅游，但公司还要维持最低限度的运作吧，所以一定要留下值班的人员，按照惯例我们部门会留两个，决定人选的权利在主管，你觉得张栋会留哪两个？"

别说有两个名额，就算只有一个，第一人选也是我，张栋那王八蛋我早晚有一天……

"哎，大家注意了，我和大家说一下。"张栋那讨厌的破锣嗓子响起了："公司组织旅游，但是还要有值班的人，我安排一下人员，凌少帅，于进，你们两个就负责一下了。"一切都不出所料。

"主管，我申请留下来值班吧，我老婆最近怀孕，还需要照顾。"一个才二十七岁的男员工站起来说道，哎，二十七岁，人家马上就是孩子他爹了。

"哦，那你留下吧，于进，你就去吧。"这也是我早就知道的结果。小美向我投来一个安慰性的微笑，我只能回以苦笑。我想我只能在电脑上欣赏一下那美丽海岛的景色了，然后在几天后带着妒忌的心情看着同事们拍回来的照片。

"张栋啊，"小美说话了，我就是喜欢小美，她是我们部门唯一一个不称呼张栋为主管的人（我虽然在背后叫那小子王八蛋，但是当面我还是很礼貌地称呼他为主管）："我也不想去了，我最近要考试，我想多点时间在家看书。"小美说完又冲我笑了笑，我开始觉得这个长相普通的女孩是这么的可爱。

"看书？你可以把书带着一边旅游一边看嘛。"张栋这王八蛋是铁了心不想让我参加旅游。

"不行，出去玩就没心情看书了。"

"哦，那……"张栋拖了一个长音，他实在不愿意宣布我可以去旅游："要不，旅游这几天准你几天假，你可以在家好好看书，准备考试。"

我已经站了起来，虽然我的理智告诉我不要说话，但是我真的想问问这个张栋，我和他到底有多大的仇恨，我不就是在第一天表达了一下对他喜欢的女孩的爱慕之情，结果我不是被狠狠地拒绝了，至于对我如此怀恨在心吗？

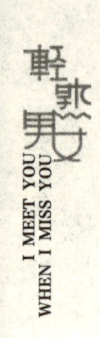

"不用了，我负责值班挺好的，"小美赶在我说话之前开口说道："值班不是还有双倍薪水吗，就这么说了，旅游让凌少去吧。"

我不是很明白小美为什么可以这么和张栋说话而不被这个小心眼的主管排挤，可是我现在不关心这个问题，看着张栋在内心挣扎了半天之后终于宣布我可以去旅游后悻悻地离开，我只有一个畅快的感觉。

"小美，你的名字绝对没有起错，你真是太美了，太伟大了，谢谢你啊。"

"行了，感谢的话我不要听，以后要你帮忙的时候别躲就行了。"

"你放心，不敢说赴汤蹈火，那起码也是奋不顾身。"

15

我需要开始重新审视一下我目前所在的公司，不仅组织员工旅游，并且旅游的标准颇高，不是那种定个旅游团跑马灯似的转一圈就算完事。公司在海边定了四星半级的酒店，谈不上奢华，但也绝对是一种享受，酒店所在地风景优美就不说了，设施也非常全面，基本的早餐都供应得相当丰富可口。公司在当地安排了导游，每天有一些行程，员工可以自由选择是否参加。

我对于什么旅游景点没什么兴趣，我只想穿着泳裤躺在海边沙滩上，晒着太阳看美女。时代是不一样了，前些年我跟着旅游团来的时候，看到的大多还是连身泳衣，两截式的都不多，现在三点式已经开始茁壮地成长起来了。

我带好看美女的装备，睡在躺椅上就开始四处张望。你问我看美女需要什么装备，那我告诉你最重要的一个就是大墨镜，带上之后你就可以肆无忌惮地转动自己的眼球流露出色迷迷的眼神也不怕被别人发现。

"哇，那个女孩不错，虽然有点肉肉的，但是挺性感，那个腿粗了点，不过长得挺漂亮，那个没毛病吧，来沙滩还穿高跟鞋，也不怕陷进去拔不出来，那个看来像小三，跟个半大老头还这么亲密……"这是我在海滩上的心理活动，阴暗的心理活动。

就在我转动墨镜下的眼球进行着有点下流的娱乐活动的时候，一个物体完整地挡住了我的视线。

"干什么呢，别挡着啊。"对于打扰我看美女我颇为不满，取下墨镜我就准备训斥面前的这个家伙，不过看清楚来人之后我只发出了一个音："哇。"

站在我面前的当然就是赵妍，没想到这姑娘也穿三点式的泳衣，那身材真的是凹凸有致，尤其平坦紧实的腹部是现在女孩最难得的部分。

"下流。"赵妍第一句话。

"什么意思。"

"戴着墨镜偷看美女是吧。"这姑娘就是聪明。

"看美女怎么能算下流？"

"你正大光明地看就不是，隐藏在墨镜下偷看就是下流。"这姑娘的逻辑还真与众不同，不过听着倒是有点道理。

"那我不戴了还不行吗？"

"我想请你帮我个忙。"赵妍不仅逻辑异于常人，思维的跳跃性也很大。

"什么忙？"

"我快被张栋烦死了，你帮我一下，好吗。"赵妍的意思就是拿我做挡箭牌，去抵御张栋对她的纠缠。

"不帮。"

"你说什么？"我的回答一定出乎赵妍的预想，她这种美女也许已经习惯了别人无条件地答应她们要求的事实，尤其我这种平凡的看见美女流口水的男人，所以我的拒绝让讶异的表情充满了她美丽的脸庞。

"我说不帮。"我再一次肯定地说出答案。

"你这个人怎么这么没有同情心。"

"没有，那东西忘在家没带出来。"

"你，你真的不帮我？"

"不帮。"

赵妍可能没想到我会如此坚定地拒绝，一时间愣在原地不知道该如何是好，脸上呈现出无奈的委屈。

"我……"我想说点什么缓解一下突如其来的尴尬局面。

"不帮拉倒，不要你帮了。"赵妍气呼呼地说完转身离开。

看着赵妍的背影我有些内疚，不过并不足以改变我的决定。我不帮赵妍当然有张栋的原因，不过绝非主要的原因，最主要的是我放弃了对赵妍的幻想，我承认赵妍可能是我三十年来唯一一个在见第一面就让我怦然心动的女孩，可我和美女无缘的惯例以及现实地认定赵妍这样的美女和我并不匹配，继续和她纠缠下去，结果只能是自己一次次地自以为她对我有好感，然后产生许多微妙的心理变化，接着再一次次地打破这种幻想。我是个很善于保护自己的人，我不想把自己放进这种"煎熬自己"的处境当中，所以我拒绝帮助赵妍。

在无聊但是轻松中度过一天，晚上外出闲逛了一圈，快十点钟返回酒店时却在酒店泳池边的摇椅上看见赵妍蜷缩在椅子上。

"你怎么在这？"虽然我已经决定放弃对赵妍的幻想，但是我不能立刻消除对赵妍的喜爱，所以我忍不住上前和她说话。

赵妍抬头看了我一眼，皱起眉头嘟起嘴，转了个身用背对我表示她的不满。

"你不想和我说话，那我走了。"

"你，你站住。"看着我真的准备离开，赵妍气呼呼地把我叫住。

"有事吗？"

"你没有同情心就算了，连一点风度都没有吗？"

"我不太明白你的意思。"

"你不觉得晚上的天气有点凉吗？"赵妍说的没错，在这里阳光普照的时候会有炎热的感觉，但是在阴凉的地方温度就会相差许多，何况现在一点阳光没有的夜里。

"觉得啊，所以我穿了衬衫。"

"你，你把衬衫脱给我。"其实我早知道赵妍想要我的衬衫，看着她被逼无奈主动说出来的样子实在很可爱。

"你为什么要我的衬衫？"

"因为我冷啊。"

"可是给了你，我就会冷啊。"

"你……"

我突然觉得放弃对赵妍的幻想是一个正确的决定，否则以我的一贯表现，面对像赵妍这样的女孩我会患上"间歇性无语症"。

"你觉得冷就回房间吧，为什么要坐在这里。"

"我是想回去，可是门口有人。"我想赵妍说的应该是张栋，我真的很难想象，张栋到底有多恐怖，让赵妍宁愿受冻也要躲在这里不见他。

"现在已经快十点钟了，他不会还在你房门口吧？"

"我十分钟前才去看过。"

"你真的不回去？"

"嗯。"

既然赵妍是铁了心不回去，我不可能真的让她在这里受冻，我脱下自己的衬衫交到赵妍的手上，看到她不情愿地又抑制不住地绽放一丝微笑。赵妍将我的衬衫穿上，然后在椅子上往旁边移动了些许，空出一个足够容纳我的位置。我明白赵妍是让我坐下，我也非常希望自己可以坐下，在这样的夜里和这样一个穿着我衬衫的美丽女孩谈天说地，仰望星空，或者什么都不做我也很开心，可是我没有。

"衣服给你了，那我回去了。"

"你不许走。"

"为什么？"

"因为我不许你走。"

"衣服给你了，你不冷了，可是我冷了，我房门口又没有一个张栋，我还是回去了。"

我在赵妍还来不及给出反应就迅速离开了，因为我知道赵妍只要再

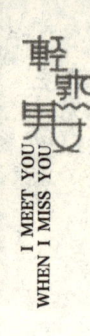

说一句"我不许你走"我就会留下，可是我知道我一旦留下，我又会无法控制自己对赵妍的喜爱，幻想力这个我一向比别人强的能力又会发挥其巨大的功效。我对自己的定力没有多少的信心，尤其面对这样一个也是这么多年来唯一一个第一次见面就让我怦然动心的女孩，我想三十分钟后我就会重新燃起对赵妍的爱慕之情。

16

第二天我又在沙滩上躺了半天，我知道很无聊，但是起码无聊得很轻松。

我们返回酒店的时候，再一次看见了赵妍，同时也看见了张栋。赵妍拎着几个袋子疾步向前，张栋紧跟左右。

"你这么多东西，我帮你拿吧。"张栋伸手想去接赵妍手中的袋子。

"啊，不用了，我自己来就可以了。"

"还是我来吧，你是女孩，我是男人，这是我应该做的。"

"真的不用了，谢谢。"

"真的没事，还是我来吧。"

"今天你已经帮我很多次了，真的不用了。"

"既然已经帮了很多次也不在乎多这一次了，真的没事。"我终于见识到了张栋"锲而不舍"的精神。

说着张栋就去抢赵妍手里的东西，赵妍本能地躲闪，也许因为太急，膝盖一下撞到旁边台子的突出处，那台子花岗石做的，我这里都能听得见骨头碰撞石头的响声。

"啊，对不起，你撞哪了，我看看。"张栋及时地给出一副关切的表情，哎，要不是你这么纠缠不休，赵妍也不至于撞这么一下。

"啊，我没事，真的没事。"赵妍遮挡着张栋伸向自己的手，用很平静的语气说道，似乎撞的那一下真的无关紧要。

"不可能，一定是撞到了，让我帮你看看，要不送你去医院。"

"张栋，没有那么严重，我拜托你让我自己回房间好吗，当我求你了。"我再度佩服张栋能把赵妍逼得连"求"这个字都用了，该不会这样还不知道进退吧。

"那好吧，不过，你真的没事吗？"

"我没事，谢谢。"

"还是让我送你回房间吧。"张栋犹豫地转身才走开一步又回头说道，我现在能够理解赵妍的无奈了。

"真的不用，你就让我自己回去好吗。"

赵妍拎着袋子独自前行，张栋看了两眼赵妍的背影悻悻地离开。而我选择跟着赵妍，没有什么特殊的原因，因为我的房间和赵妍一个方向。

"哇，你躲这干吗啊。"我才转过拐角就差点撞上半蹲着的赵妍。

"我……"赵妍想说话又止住，一脸的痛苦表情，紧咬着嘴唇，额头都已经渗出微微的细汗。

"撞疼了是吧，我说那么响一下怎么可能没事，不过你刚才还能忍着疼大踏步前进，忍受力挺强的啊。" 这种硬伤碰撞是非常疼痛的，神经末梢传递的信号可以让人暂时失去自我控制能力，刚才赵妍在张栋面前居然可以用坚强的意志力将这种痛楚强行压制，这姑娘的倔强让我惊讶。

"你说完了没有啊。"

"基本上完了，我看这一下撞得不轻，要不要我帮你看看？"

"不要你管。"赵妍用很生气的样子对我说道。不过这一下的撞击的疼痛实在难忍，赵妍不仅额头冒汗，眼眶里也开始凝聚泪水。

"都怪你不好，请你帮忙，你就是不肯，不然我昨天晚上也不会一个人坐在外面一直到十二点钟，今天也不会被纠缠了一整天，现在也不会撞到，都疼死我了，你还一副幸灾乐祸的样子，我原来以为你是个好人，可是现在才知道你是个没有风度，没有同情心，没有……"赵妍一边忍着痛，一边表达着她对我的不满，神情由痛苦，委屈，气愤等负面情绪交织而成，可是在我眼前却只有一个感觉——非常可爱。

"你干什么？"赵妍突然瞪着我说道。因为我已经把她抱了起来，赵妍非常惊讶于我的行为，其实我自己更惊讶，给我一百次眼前这样的局面，我只有一次可能选择目前的行为。

"你腿伤了不能走路，我抱你回去。"

"我不要，你放我下来。"

"你别再挣扎了，说实话你一点也不轻，手里还这么多东西，我要是松手，倒霉可是你。"

不知道是不是我的"恐吓"起了作用，赵妍放弃了挣扎任凭我抱着她。十几秒钟之后她还是忍不住说了句："我的体重是很标准的体重。"

……

我将赵妍抱回房间，去找来一些药酒纱布对赵妍的腿伤做了一些处理，这期间赵妍一句话都没说，只是静静地坐在床上。

"都弄完了，你看还有什么需要帮忙的吗？"

"如果我说没了呢？"

"没事的话那我就回房了，有事你打我房间电话吧。"

"你……能不能不要走。"

"啊？！"我不明白赵妍的意思。

"一会儿张栋肯定还要来，你留下来……"

"还来？张栋没有这么可怕吧，他怎么也应该有点自尊……"

"好了，我知道了，你走吧。"赵妍打断我的话说道。赵妍的那种无奈的平静语气让我心里充满愧疚，即使我决定不再对她有什么幻想，我也不应该对于她的几次求助都视而不见，起初也许我可以解释为我并不知道张栋是多么的讨厌，可是现在我知道了，我还能坐视不理吗？

"如果你担心的话，我还是留下来吧。"

"不用了，我累了，想睡了，你还是走吧。"赵妍又用这种平静的口气下了逐客令。我想我的行为确实让赵妍失望了，我有些后悔，我并不指望让这个女孩成为我的女朋友，但是我依旧希望在她的心里能留下美好的印象。

我默默地走出房间关上房门，然后听见屋内赵妍的声音："你这个笨蛋，叫你走你就真的走啊，气死我了。"

这个丫头一定不知道酒店房门的隔音效果如此之差，不过她的话让我心里有种温暖的感觉，也许我在她心里的印象还没有变得糟糕不堪。

我没有离开赵妍的房门口，我决定帮她避免张栋的纠缠。我在她的房门口晃悠了一个多小时的时间，其间公司有几名同事路过，看见我都露出"会心"的微笑，然后窃窃私语地议论着离开。我明白他们将我视为和张栋一样对赵妍纠缠不休的追求者，我被误会了，但是我无所谓，因为我喜欢赵妍是一个事实，而我并没有纠缠赵妍，这一点赵妍明白我就满足了。

在我等待了近两个小时之后，在我开始对于赵妍的判断产生了一丝的怀疑的时候，张栋没有让我失望，拎着大大的两个袋子出现在我的视线中。我不知道袋子中装的是什么，不过看这个架势是做好对赵妍进行全方位呵护的准备。

"你，你怎么在这？"看见我站在门口手扶着门把手的姿势（这个姿势是我看见张栋之后故意装出来的姿势，造成我刚从房间出来的假象）问道。

"我来找赵妍啊。你也是来找她的吧？不过你来晚了，赵妍刚刚睡了。"

"睡了？现在还不到十点。"张栋对于我的话充满了怀疑。

"嗯，她心情不好，腿受伤了，所以早睡了。也不知道是哪个王八蛋给害的，我看今天最好还是不要打扰她了。"

"哦，那我明天再来吧。"张栋迟疑了一下很不情愿地说道然后转身离开。

张栋走了，我并没有离开，我知道他一定不信我说的话，我也不信他就这么顺从地离开，我现在开始越发地理解赵妍被他"折磨"的心情。在公司时毕竟是工作场合，张栋会收敛许多，现在外出旅游，他认定是个大好的机会，所以更加不会放弃。

果然不出我的所料，十几分钟后张栋又折返回来，偷偷地观察我是否离开，我索性坐在赵妍的门口。我的行为有些古怪，但是我根本不介

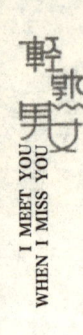

意张栋怎么看我，至于过往的同事，我已经说过我的观点。

我一直坐到时间超过十二点才离开，我想张栋再如何愚蠢，也不至于这个时间还来打扰赵妍。不过我想他对我的怨恨值将大幅度地提升，回去之后一定会拼命报复。幸运的是进入这家公司面试的程序很繁琐，所以辞退一名员工的程序也不简单，虽然张栋是我的直属主管，但是他没有这个权利。

另外，我想赵妍今晚应该可以睡得踏实一些。

17

第二天我放弃了一贯喜欢睡懒觉的习惯，早早的起床买了些早餐去赵妍的房间。我现在对张栋也多了些了解，我想他一定也会在早上去"探望"赵妍。

"是谁？"在我敲了三次赵妍的房门之后，房里传来赵妍警觉的声音，我想她应该和我有一样的判断。

"是我，张栋。"我大脑的思维有时候是比较奇怪。

"啊，是你啊，不好意思，我还没起来，你先回去好吗？"赵妍有些紧张的声音传来。

"我买了些早餐给你，我给你放下就走。"

"不用了，我不想吃早餐，我……"房间里突然没了声音，紧接着门打开，我看见赵妍一脸气愤地瞪着我。

"现在想吃早餐了吗？"我知道我的语气里充满笑意，因为我真的想笑。

赵妍不说话，只是继续瞪着我。我决定也发挥一下无赖的精神，自己挤进赵妍的房间，将早餐拿出来摆放在桌上。

"早餐放下了，你可以走了。"从我进房间，赵妍就一瘸一拐地跟在我身边站着。

"可是，我买的是两份，我还没吃呢，你不能一个人吃两份，你已经不轻了。"

"我都和你说了，我的体重是很标准的。"这姑娘还真介意她自己的体重，曾经听说无论在别人眼里多完美的女人，对于自己总有不满的地方，也许体重对于赵妍来说是其中一点。

赵妍没有继续赶我走，我也不客气地自己坐下开始享用早餐。赵妍发现站在我身边瞪着我不起任何的作用，终于也选择坐下来就餐，然后抢了我的玉米粥。

"你的腿还疼吗？"我一边吃一边问道。

"不太疼了，不过肿了。"

"那今天你就别到处跑了，多休息一下。"

"可是我不想闷在房间里。"

"那我陪你去沙滩好不好？"

"好啊。"赵妍终于放弃了一直对我生气的表情，露出了一丝微笑然后继续说道："不过你不许戴着墨镜偷看美女。"

我很想回答"有你这样的美女在身边，不需要再看其他美女"，不过我没有说出口，因为我觉得那样会把我真心想帮助赵妍的行为向暧昧关系的方向发展失去我的初衷。

这个时候敲门声传来，我判断应该是张栋来了，抢在赵妍开口之前大声喊道："谁啊。忙着呢，你等一会儿啊。"我故意将话说得可以让张栋误会含义。

对方没有回应，我得意地看向赵妍，可是她刚刚还露出微笑的表情又被诧异代替瞪着大眼睛看着我。

"应该是张栋，我帮你挡着他。"我向赵妍解释我的行为。

"可要是其他同事呢？"

"其他同事？"我先入为主地认定来的人一定是张栋没考虑这个问题，要是其他的同事的话还真的麻烦了，昨天我坐在门口别人只会误会我，可是现在我在赵妍房内大喊，会让别人误会赵妍。

"那怎么办啊？"我不好意思地看向赵妍。

"你还不去看看是谁。"

"哦。"我答应一声就冲到门口打开门，然后没看见任何人。

"还好，没人了。"我一边说着一边回来看见赵妍被我气得无奈的脸。

"又怎么了？"

"我叫你去看看是谁，也没叫你开门啊。"

"我开门是为了证明我们光明正大，还我们的清白啊，尤其是你的。"

"可是你那个样子，头发乱得像鸡窝似的，怎么还我清白啊。"

我退后两步在房门口的镜子看了看自己，哎，起太早忘记梳头了，这个造型真能造成误会。

18

一样的沙滩，不一样的心情，因为今天我身边多了一个赵妍。虽然其他身穿三点式的美女对我一样具有吸引力，不过我老实了许多。既然不能肆意地去欣赏美女，我索性闭上眼静静地躺着，以减少外界的诱惑。

"你昨晚没睡好？"看我闭着眼睛赵妍问道。

"没有啊，睡得挺好。"

"骗人，你昨天十二点多才走，今天七点就来了，还买了早餐。"虽然我确实只睡了五个小时，不过我并不困，我只是有点纳闷。

"你怎么知道我十二点多才走？"

"你不知道酒店房门的隔音效果不好吧，你在门外和张栋说的话我都听见了。"我真够笨的，因为我知道酒店房门的隔音效果不好。

"那你一定也没睡好。"

"为什么？"

"你不偷看我，怎么知道我什么时候离开的。"

"我才没有偷看你呢，我，我……"

正当赵妍一脸窘迫的时候，一个声音从我们身后传来："你们在这啊。"

根据声音判断那个该出场的人物又出现了，我回头看见张栋手里拿着排球，他身后还有七八名同事。

"我们要玩会儿沙滩排球，一起吗？"张栋说道。从他的眼神我可以清楚地明白他的意思，这不仅仅是想和我玩排球，是想对我羞辱一番，他身后那些同事也应该是他邀请来一起见证我的屈辱的。

我扭头看向赵妍，赵妍微微地摇了摇头似乎想叫我不要参加，我原本确实不想打什么排球，可是赵妍的表情倒是激起了我的斗志。

"好啊。"

"我也打。"我的话才说出口，赵妍紧跟着说道。

"好啊。"张栋说道。

"你的腿受伤了，还是多休息一下吧。"我和张栋几乎同时说道，不过我说的字数比较多，所以结束得晚一点。

"我没事的，我要和你一队。"我看见赵妍露出一个迷人的微笑，也看见张栋强行压制的不悦表情。

我不喜欢打排球，但是我的排球却打得不错，原因和我好色有关。上高中那会，我就对班上的一个女孩颇有好感，那女孩是学校排球队的，所以我向她们队的教练申请义务当捡球的球童，慢慢地转为陪练，久而久之，女孩是没有追到，排球技术倒是练得不错。

交起手来越发明白张栋这小子为什么要打排球，他的水平不在我之下，坦白点说许久不操练已经生疏的我应该处于下风。不过我有个很好的队友，没想到赵妍的水平远远超出我的想象，就像我的水平也许也远远超出赵妍的想象。而张栋为了故意显示他的能力，也找了一位女同事作为队友，而那名女同事的水平仅仅只能用"打过排球"来形容。

"你会不会打啊，这个球都接不住？"

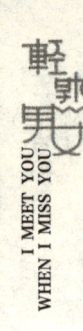

"你往后面站一点啊。"

"你发球都发不过网怎么打啊。"

随着我和赵妍的比分领先，张栋原本很淡定从容的态度起了变化，不断地埋怨自己的队友，终于在输掉第一局之后他忍不住换了一名男队友。

更换队友之后，我和赵妍确实有点招架不住，尤其赵妍的腿伤让她移动不便也让我总是分心关注她，我和赵妍开始输球，张栋那小子倒是越打越起劲，时不时地跃起扣杀，得分后大声呐喊，每次扣杀还专门找准我下手，尽力将球直接击打到我的身上，然后和旁边的同事一起大笑。

实力有些悬殊，可是赵妍这倔强的姑娘还咬着牙坚持，终于因为触发腿伤，摔倒在沙滩上。这姑娘的性格太倔了，她的腿伤应该从开始就拖累着她，我很心疼地跑到她的身边想将她扶起，可是张栋这个王八蛋一个重重的扣杀将球直接打在我的脸上，力道着实不轻，我被震得直接坐倒在赵妍的身边，耳朵嗡嗡地作响。

"怎么样，还打吗？"看见我狼狈摔倒，张栋兴奋地跑到我身边问道。看着他的样子，我突然有点可怜他，他是想羞辱我，也达到了部分的效果，可是他难道不知道这种行为根本无法让他在赵妍心目中增加哪怕一点点的好感。

"不打了，我认输了。"我是个对输赢问题很在乎的人，上学那会不管踢足球，打篮球还是其他什么体育运动，为了输赢问题没少和别人起冲突，两年一度的校长杯上还差点发生过群殴事件。可是在这种情况下我无所谓，我不是在乎自己的脑袋还有点晕晕的，我在乎的是我如果不放弃，赵妍一定也不放弃，而我不想让她再带着腿伤坚持。

"这就认输了？"虽然我已经清楚的表达了我的意思，张栋还是重复我的话想再补上一脚。

"他没输，只不过因为我受伤了，而且你的队友比我打的好。"赵妍替我鸣不平。

"哦……"张栋沉吟着考虑着什么，然后说道："那酒店后面会所有乒乓球，一对一，要不要较量一下。"我心里有些想笑，这孩子看来是做了不少准备，务必想对我进行一番折辱。

我再次望向赵妍，赵妍又微微的摇了摇头，对我看来又没什么信心。

"好啊，玩玩吧。"我又答应道。这次到不是什么意气用事，而是我觉得张栋所谓的强项也许和我相冲了。我这辈子除了好色，还有一项比好色还要喜好的事物，好玩，玩的当中各种体育项目是我的最爱，除了体操、跳水这些技术性太强的项目之外，我涉猎过许多项目，也许我天生还有一定的运动细胞，所以其中不少项目都有不错的水准，乒乓球作为国球，是我小时候最重要的一项娱乐活动之一，我受过一段不短时间的专业训练，还曾经入选过我们市的少年队，参加比赛拿过第二名，我那时候的教练还给予我极高的评价，希望我能够将乒乓球作为我以后从事的职业，可惜我很快对其他项目产生了兴趣。

"你怎么又答应了，你不知道他打的很好的，在集团比赛拿过第二名的。"赵妍跟在我身边小声的说道，又替我担心。

张栋打的确实不错，不过充其量就是业余高手集团第二名，和我这个曾经的半专业选手全市少年第二名相比还是有不少的差距，要不是我缺乏练习，也许他会输的更惨。

完败给我之后，张栋的脸变的铁青，赵妍从开始紧张担心的表情也转化为诧异喜悦的神态。

旁边观战的几名同事的窃窃私语更是让张栋有些恼羞成怒，冲到我面前说道："斯诺克会打吗？"

都说我最大的爱好就是好玩，上中学那会我经常逃课，下课了也不回家就是和同学在街边打桌球，上班之后有段时间被一个酷爱斯诺克的同事几乎天天抓去练习，单杆过百那是吹牛，不过当时横扫那片场子除了输给一个很神秘也很漂亮的白衣女子之外未尝败绩。

张栋也许是急昏了头，因为他的斯诺克水平也就是初学阶段，他可能只是想在现有条件下可以从事的项目中找到一项击败我的。还好这里没有篮球场、足球场，我在大学都是校队的主力，保龄球我打过多次二百多的高分，最高一次赢过一台冰箱，那个球道上我的名字挂了半年多，羽毛球、网球我也有相当的水平，弹子球我打得都非常好，家里现在还有小时候赢的几大袋弹子球，除去球类，各种棋类我也不错，围棋我有业余三段的水平，二段的证书，象棋十五岁就把经常和我爷爷下棋的老头杀得很郁闷，就连五子棋这种平时人们只是随便下下的棋类，我也仔细研究过它的规则和棋谱。想到这里我自己颇有些自豪，原来我还不算一无是处，这么多年好玩一直被老爸批评教育，没想到今天还能有些用处。

"没想到，你这么厉害。"赵妍跟随在我的身旁开心地说道，我也许应该感谢张栋，因为他的行为让赵妍对我有了更多的了解。

张栋的目光投向酒店的户外泳池，我回以微微的一笑，他如果想比赛游泳我也不介意，我老爸老妈都是游泳好手，我三四岁就被丢进游泳池，以后每年夏天暑假几乎都泡在泳池里长大的。

"我们大家去唱歌吧。"张栋看见我的笑容后说道。我想张栋应该已经放弃了和我比赛的想法，所以找个能下台的方式。可是我心里暗暗地骂了一句"你大爷的"，因为他也许无意识的决定终于找到了我的命门所在——唱歌。我以前觉得我的歌唱得挺好，可是每次去唱歌无论我多么深情演出，朋友们也不给予我夸奖，终于有一天一个朋友忍不住给了我一个建议"凌少，你回家拿录音机把自己唱的歌录下来自己听听，这样可以帮助你找到自己的不足，提高你的水平"，那时我觉得他给了我一个良好的建议，是希望我百尺竿头更进一步，可是当我回家录完自己的声音再听的时候，我决定放弃唱歌，并且对于那些经常和我一起唱歌的朋友表示无比的歉意和尊敬，因为我无法忍受一个唱得像我这么难听的人经常在我的面前"吼叫"。

"不早了，该吃晚饭了，赵妍你也累了吧，腿伤还没好，早点回去休息吧。"我一边说着一边冲赵妍使眼色，示意她配合我的话。

"没关系的，去唱歌顺便点些东西吃就当晚饭了，大家一起吧。"这丫头似乎一点没理解我的意思，不仅不进行阻挠，还劝说其他同事一同前往。这下算是惨了，风光了大半天，最后要落得个悲惨结局。

幸好，唱歌是娱乐活动，不是一对一的比赛项目，所以进了包间，许多麦霸型的同事都去点歌娱乐，我也乐得坐在一边。

"你怎么不点歌啊。"赵妍点完歌之后坐到我身边问道。

"我告诉你一个秘密，我歌唱得非常难听，非常。"我特意肯定地重复了一下非常两个字。

"骗人，我现在知道了，你就是什么都故意装作不行，然后到时候一鸣惊人，想让别人对你刮目相看对不对，幼稚的行为。"我承认赵妍说的没错，在某些方面我确实有这种毛病，可是唱歌这件事情上不是，我是真的不行。

赵妍的歌唱得非常好，我想她应该去参加那个什么女比赛，不过转念一想那比赛除了尽搞些内幕，为了炒人气五音不全的都能进决赛，还是算了。张栋的歌唱得也不错，虽然没有到一鸣惊人的水准，起码听着不讨厌，和我比起来就是悦耳了。

几圈轮完，有的人已经唱了好几首，我依旧坐在一边吃着快餐喝着啤酒。张栋这小子时不时地都要打量我一番，我想他是想判断我的歌到底唱得如何。这时候我绝对不能表现出心虚的样子，我要淡定，就冲我之前的表现，我不是诸葛亮摆个空城计也应该能吓退这个"司马懿"。

"你吃完了吧，我帮你点了一首歌。""司马懿"是看不破我的"空城计"，可是赵妍才不管我在摆什么计。

"你帮我点个什么歌？"

"BEYOND的《海阔天空》，你这个年纪的都应该会唱，我也很喜欢听，你唱给我听吧。"

赵妍说的没错，我这个年纪的基本都会唱这首歌，何况是我这个一直对BEYOND钟爱的人，BEYOND的歌我几乎每首都会，可是我当初也正好是录下自己唱这首歌把自己给吓着了，尤其高音那个部分，我没听过狼叫，不过我估计比我唱得好听。

《海阔天空》的前奏已经响起，赵妍一边说着"这是我点的，这是我点的"一边帮我抢过话筒放到我手里，然后一脸期待地看着我。

"真叫我唱？"

"嗯。"

"那你记住，我这可是为了你才唱的。"

"嗯。"

事已至此，避无可避，我抱着必死的信念站起身高举话筒，"今天我……"我放开自己"可怕"的歌喉，头两句大家尚且弄不清楚我的虚实，第三句开始，大家已经笑起来，还没到副歌已经笑成一团，赵妍也忍不住看着我露出笑容，张栋不用看也知道是一副非常得意的面孔。

原本我应该觉得羞愧，可是我却没有这种感觉，唱歌不就是种娱乐嘛，只要大家能开心，唱得好坏又有什么关系。自己过于狭隘地希望在任何事情上都和张栋较量一番，可是我不可能在所有方面都超越张栋。也许我唱个没完会折磨大家的听觉系统，可是就唱一首让大家笑笑，也是不错的娱乐，有时候就算扮演一下小丑的角色又有何不可。想通了，我越唱越有劲，还时不时摆几个造型，拿着衣架子当麦架，高音部分更是不惜破音高声嚎叫，同事们笑做一团，更有几个男同事被我感染，也抢着话筒和我一起嚎叫。

一曲歌罢，全场皆HIGH，更有几名同事抢着又去点了几首调更高的歌曲，准备一起嚎叫，活跃气氛。我坐回赵妍的身边。

赵妍不说话只是静静地微笑着看着我。

"高兴了？"我说道。

"嗯。"赵妍很肯定地点点头。

"难听吧。"

"嗯，不过我真没有想到会这么难听。"赵妍一点安慰我的想法都没有，很肯定地认同了我唱歌难听的事实，然后继续说道："但是，我喜欢。"

赵妍是第一个喜欢我唱歌的人，我开始明白她喜欢的不是我的歌声，而是我在她以及众人面前唱歌的行为，也许有时候不仅仅需要表现自己的优点，勇敢地暴露自己的缺点也是一种获得认可的行为。

19

接下来几天我在幸福的感觉中度过，因为身边一直有赵妍的陪伴，我们一起去岛上游乐场开摩托艇，玩高空滑降，一起在沙滩上看日落，吹海风，我学会在夜晚天凉的时候为她披上一件外衣，学会在她生气时逗她重新露出微笑……这一切幸福的感觉来得很快也很不真实，也正是这种不真实，让我决心肆无忌惮地享受这种幸福。

我认为旅游一直是一件很奇怪的事情，它让人们脱离自己熟悉的环境，摆脱往日机械的生活，会让人产生许多不现实的想法，也许正是在这种不现实的状态下，我和赵妍才能有这么好的相处。我放弃了追求赵妍的想法，可是我不想放弃这几天不真实的幸福感觉，我明白幸福也许就在这短短的几天，开始于这里也结束于这里，离开这里就是对这种感觉的告别，回去之后我和赵妍之间依旧会回归普通同事的关系。

今天是旅游的最后一天，明天就要结束这段旅程，用完晚餐，我将赵妍送到房间的门口。

"进来坐坐吗？"赵妍打开房门转身问道。

我没有立刻回答，我在等待，等待同事的经过，因为用完晚餐这个时间是同事陆续回房最密集的一个时段。果然很快有几名同事有说有笑的经过我们的身边，并且故意放慢了一些脚步留心我和赵妍的举动。这是一个八卦的世界，现在正是我需要这些八卦同事的时间。

"不用了，感谢你这几天愿意给我机会，我也知道我无法打动你，所以我向你保证回去之后我绝不会再给你添麻烦，也绝不会再纠缠你。"我用略高于平常说话的音量说道。我确定几名同事清楚地听见我说的话，很满足地认为了解了事件的真相后离开了。

而赵妍一脸纳闷地看着我："你说什么呢？"

"没什么，我先回去了。"

"你等一下，你进来。"赵妍突然板起脸庞带着不悦的口气说道。

也许是我不想被更多同事看见目前的局面，也许是我内心并不想真正离开，我按照赵妍的要求进了房间。

"你刚才为什么那么说？"赵妍关上房门就回身看着我质问道。

"我……"我不知道该如何向赵妍解释我真实的想法。

"你是想让别的同事不要误会我们之间有什么关系，对吗？"可是聪明的赵妍替我说出了我的想法。

"应该是吧。"

"你帮了我好几天的忙，帮我避免张栋的纠缠，但是却不想别的同事误会我和你的关系，不想让我陷入各种八卦的猜想和流言当中，所以

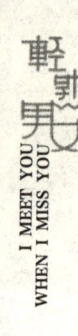

故意将所有事情都揽在自己身上，让别人误会你是一个追求我被拒绝的人，对吗？"赵妍将我的心理说了一个透彻。

"我没这么伟大。"我故作谦虚地回答，其实我现在心里对自己的做法还是有些得意的。

"你当然不伟大，你根本就是个虚伪的懦夫。"可是赵妍的回答和我想的不一样，我原本以为自己的行为就算称不上伟大，也应该算是义举，可是我却被赵妍如此形容。

"我，虚伪的懦夫？"

"难道不是吗？你总是把什么事情都装作毫不在意的样子仅仅是为了保护你自己，你喜欢我，可是你却不敢追求我，因为你觉得你根本配不上我，你怕自己被拒绝，怕自己丢脸，这就是懦弱、自卑、虚伪。"

"哈，哈。"我冷笑两声来缓解赵妍的话带给我的压力和刺痛，然后从容地说道："如果我怕被拒绝，我会在进公司的第一天当着全公司的人约会你？我要是怕丢脸的话，我会在全公司所有人面前丢脸？"

"那只是你对自己的一个交代而已，这就是你的虚伪，你拒绝承认自己懦弱、自卑这是个事实，所以你选择在全公司人的面前约会我，被拒绝之后你就可以很心安理得地告诉自己，你不懦弱不自卑，因为你已经很勇敢地表达了你的想法还是在众人面前，可是这不过是你对自己的安慰而已。"赵妍这个女孩漂亮、亲切、可爱，可是就坏在聪明二字之上了，她的每一个字都冲击着我的心脏，因为她说的每一句话似乎都是对的，都是我内心真实的想法。

"这一切不过是你自己的想法，你凭什么这么说。"我有点恼羞成怒，提高了音量。

"凭什么？凭最符合逻辑的推理。你敢看着我的眼睛，告诉我你真的喜欢我吗？"赵妍昂起脸直视着我，我选择同样直视她，虽然我心里有点发虚，但是这个时候我绝不能退缩。

"是，我真的喜欢你。"我必须承认这个事实，我要是连这个都不敢做，那就等于承认自己懦弱自卑了，那是我最不想承认的事实。

"真的喜欢一个人，会在只追求一次被拒绝之后就放弃吗？我看你还不如张栋呢。"

"你说什么？我不如张栋。"赵妍太狠了，这话都说得出口。

"不是吗，张栋被拒绝很多次还一如既往呢，这么看来你还不如他喜欢我呢。"这是对我极大的侮辱，把我和那个以权谋私贼眉鼠眼（当然张栋不至于长成那样，但是在我眼里是那样）的人做比较，我还不如他？

"喂，你搞清楚，喜欢一个人并不一定要得到一个人，我喜欢你，向你表达了，被你拒绝了，还是很肯定地拒绝，所以我选择了不骚扰你，不想给你增加任何的负担和压力，不想像张栋那样给你造成很多困扰，现在你说我不如他？"

"这只是你自己一相情愿地想把自己塑造得多么伟大，可是你根本不敢忠实地面对你自己的感情，不敢面对你喜欢我却不敢追求我这个事实。"

"谁说我不敢追求你，只是……只是……我觉得你不会给我机会。"我知道我已经有些胡言乱语，虽然赵妍每一句话都说出我真实的想法，但是我却也如她所说一般不愿承认。

"我还要给你什么样的机会？那好，我给你三次机会，无论什么时间，什么地点，你约我做什么事情，我都答应，这样可以吗？"

"当然可以……等等，你给我三次机会？"

"对，三次够吗？"

"足够了。"

"可是，如果三次机会你没办法让我动心，那么不仅你以后永远再有机会，你还要承认你自己懦弱、自卑、虚伪。"

"一言为定。"

20

我不知道为何我会被逼到这样一个处境，我原本打算今晚做一个略带悲伤气氛的告别，结束这几天不真实的幸福感觉，勇敢地将八卦消息

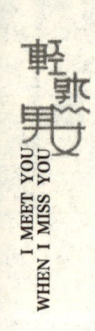

中的误会转移到自己的身上,让赵妍不受到任何的影响和干扰。这一刻我明白我的那些举动也许根本不是为了赵妍,而是为了自己,为了将自己塑造成一个可以让自己接受的悲情人物,让自己可以在自怜自艾中体会自己有多么地伟大。正如赵妍所说其实根本就是自己懦弱、自卑的心理在作祟,我现实地认定自己不可能和如赵妍这般美丽的女孩有任何的交集,我要保护好自己又为自己找了一个听上去很美好的借口。我被赵妍逼到了目前的处境,可是目前的处境让我开始对自己进行反思,我整天将好色之徒的"美称"用于自己的身上,可是真正面对美色的时候,自己竟然连好色的能力都不敢展示,太可悲了。也许从今天开始,我要做一个真正的"好色之徒",我要用三次机会去打动赵妍,无论成功与否,起码应该勇敢一点。

旅游回家之后好多天我没有用过那三次机会,因为我在想,既然赵妍说无论什么时候,那么我可以一直都不用这三次机会,如果我一直都不用的话,那么就一直不能算是失败。算了,这又是一个懦弱的想法。

"想什么呢,最近迷上发呆了?"阿杰不知道什么时候来到我的身边,递给我一罐可乐。

"前段时间你才因为看不见自己的脚而大喊大叫的去健身,你现在喝可乐?"

"可乐是给你的,我喝果汁⋯⋯别这么看着我,是你说你还能看见自己的脚的。"

"可是我不想等到我看不见的时候再戒。"

"那好,果汁给你,我喝可乐行了吧。"

"可是这罐果汁你已经喝过了。"

"你什么时候变得这么爱计较,我就喝了一口,那可乐也给你喝一口,这公平了吧。"

"我的意思是⋯⋯算了,无所谓了。"在学校那会儿一瓶大可乐四五个人对着嘴喝,阿杰也是其中一个,那时候根本没有想过计较这种事情,现在的我什么时候变的?

"说说看,有什么心事?"

"没有。"

"说吧，难道每次非要我纠缠你半个小时之后，你才无奈地告诉我，那多累啊，省去中间环节，讲点效率好不好。"

"那你向我保证，我和你说的话，你不会告诉任何人。"

"你觉得我的保证有用吗？你非要这个形式的话，那好，我保证。" 阿杰的话很诚实可惜保证无效。

"你觉得我应该怎么安排一次约会？"我才不会蠢到将所有事情告诉阿杰，我只告诉他我约会了一个我喜欢的女孩，我希望安排一个浪漫温馨最好能一击即中的约会。

"是不是上次车站那个女孩？"

"那不是重点，重点是怎么安排约会。"

"好吧，看在你是我兄弟的份上，我帮你安排这次约会。"

"你行不行啊。"

"我行不行？你质疑我安排约会的能力，就像我质疑你……质疑你……凌少，你怎么一个强项都没有的？"

……

我对赵妍使用了第一次机会，赵妍果然很遵守约定，爽快地答应了我提出的约会，一次阿杰替我安排的浪漫之旅。周六的清晨，我开着阿杰替我借来的车，载着赵妍向郊外驶去。用阿杰的话说，离开繁杂的都市，走进优美的大自然，才能让人进入不真实的世界，在不真实的世界里才会存在不真实的浪漫，才会产生不真实的爱情……的感觉（阿杰从不认为存在爱情，只存在爱情的感觉。而我认为爱情是存在的，只是爱情是一种极其不稳定的化学反应后的产物，在人与人之间产生爱情并不困难，但是到目前为止人们都没有找到有效保存它的办法）。

阿杰是约会的专家，我应该信任他选择的约会地点，开着车顺着公路行驶，渐渐地有一点群"坡"环绕的感觉（地处华东平原能有几个小山坡已经很难得了）。按照阿杰的指示，在大约一个小时左右，会发现小溪边有一座小桥，而小桥下有一排木桩，那里就是暂时歇脚的第一个地点。我一路上眼睛都不眨地关注路旁，终于找到了那座小桥。

"我们在这停一下吧。"我将车停在路边，带着赵妍走到阿杰所说的地方。环顾四周景色真的不错，花花草草树木葱郁。（我就不描述了，我没有描述大自然秀美风光的能力，总之就是很漂亮）

"为什么停在这，你是不是想做坏事？"赵妍同样环顾了一下四周，只是说出来的词……

"做什么坏事，我要是想做坏事早就做了。"

"哦，忘记了，你是个胆小鬼。"

……

这姑娘完全破坏了这么好的环境和气氛，害得我把想好的词都忘了。

"好了，不开玩笑了，我们来这干吗？"赵妍可能也看出我有点沮丧的样子，给了我一个鼓励性的微笑。

"坐下，把鞋脱了，把脚放到溪水里感受一下。"这是阿杰说的，说那溪水清澈透凉，会让人有一种沁入骨髓的舒畅感觉，在这样小桥流水边，光着脚挑拨着溪水相偎而坐，听着周围传来的三两声鸟叫声，感受着微风轻拂，那绝对是情感催化剂，不知不觉中女孩就会向你靠拢。

"我不。"赵妍完全不理会我的建议，瞪着大眼睛一口就拒绝了。不是吧，三点式你都敢穿了，脱鞋你不？

"不是你说我叫你做什么，你都答应的。"

"那，你先脱了感受一下。"

几分钟之后我没有和赵妍相互依偎，而是放弃了阿杰的安排和赵妍继续上路。你问我为什么，还需要问为什么，这什么天气啊，还光脚泡凉水，那个王八蛋阿杰来的时候应该是大夏天吧。不过我自己也居然笨到没有用最简单的道理去思考一下。

"把脚放到水里的感觉怎么样？"都已经离开那地方三公里了，赵妍还在笑话我。

"我选择沉默。"

"那我问你，你以前是和谁来这里的啊？"

"我以前没来过这里。"

"那你为什么会选择在那里停车，还选了一个很不错的位置，如果不是天气的原因，应该是个……好地方。"

"我请教别人的。"

"还懂得收集资料，看来你很认真对待这次约会啊，好，给你加分。"赵妍说得我有些汗颜，我是收集资料，不过只向一个人收集了，然后这个人就帮我全部安排好了，我什么也没做。

顺着公路开了两个多小时，终于到达了阿杰安排的高档度假山庄，那豪华程度让我惊讶，连开车门的都是马来西亚人（或者是印度尼西亚、泰国？反正我认不出来，说的都是英文，害得我那烂得像狗屎一样的英文水平在赵妍面前暴露了，如果不是她忍不住插嘴帮忙，我和那个服务生简直没法交流，我真是外贸专业的悲哀）。进到房间更是把我自己都吓了一跳。这是一栋两层的别墅，面积应该达到300平方米，刚刚进入客厅就可以感受到豪华的装修，客厅全透明落地的大玻璃窗可以将窗外的景色一览无遗，独立的小院里还有一个小型的温泉池。行程是阿杰替我安排的，费用是要我自己支付的，不过我和阿杰交代过务必控制在我的预算之内，在我的预算之内原来可以有这么好的地方。

给了替我们拎包的大概来自东南亚或者什么地方的服务生一百元的小费打发他离开，我们在房间里做了一下休整。确切地说我到处研究了一下，顺便小眯了一会儿（昨晚因紧张睡眠不太好），赵妍则进行了一番收拾，再次容光焕发地站在我的面前。

"漂亮吗？"赵妍用期待的眼神看着我，原来就算一个女孩知道自己很漂亮，她也还是希望能够听到别人的夸奖和认可。

"还行。"可是我不习惯很直接地夸别人漂亮，尤其当这是一个事实的时候，这样看来说假话比说真话来得容易一些。

赵妍听完我的话就回了房间，三十分钟之后才又出现在我的面前。

"漂亮吗？"赵妍又问了我一个同样的问题，第二次出来的赵妍在装束打扮上和第一次有了不小的变化，但是漂亮依旧是一个事实。

"还行。"

赵妍听到转身就要走。

"你等等，你回来，"我叫住赵妍："是不是我今天不说漂亮，你就一直这么继续折腾下去？"

"嗯。"

"那好吧……漂亮。"我很艰难地把这两个简单的字说出口。

"再说一遍。"

"很漂亮。"

"那好，走吧。"赵妍露出胜利的得意微笑。可是我就是想不明白，为什么一个明明很漂亮的女孩还需要别人夸她漂亮，你说像我这么聪明的人，别人要是总夸我聪明……我明白了。

带着赵妍到了阿杰指定的用餐地点，我实在懒得再去形容场景，这些都不是重点，加快一点故事的节奏，在美丽的场景里，用餐之后，周围的灯光亮起，悠扬的音乐响起，在我们侧面由灯光组成了一个心形，中间显示着赵妍的名字。

我拿出一个本子，递给赵妍告诉她，我从第一眼看见她就喜欢她，所以我会每天都写一句想送给她的话，这个本子里就记载着59句我送给她的话。

我很好地执行了阿杰要我做的所有步骤，按照阿杰的预计，赵妍应该会满脸感动地投入我的怀里，然后我们开始接吻，然后……

赵妍翻看着我给她的本子，脸上露出灿烂的笑容，在灯光下越发的娇艳。难道阿杰所说的一切真的即将发生。

"我们接下来做什么？"可是赵妍合上本子问了这句完全不在阿杰预计之内的话。

"啊，接下来回房间？"

"好啊。"

"等等，我想问一下，你现在有什么感觉没有？"我自己都是第一次投身在这种有点虚幻的浪漫环境当中，刚才在少许的时间里作为男人的我都出现了一点晕眩的感觉，难道对赵妍就一点效用没有？

"实话？没有。"赵妍回答得真是简洁明了还很有力度。

"那你刚才笑得那么灿烂。"

"我只是觉得你写的这些东西很好笑。"

"除了好笑就没有其他感受？周围这些灯光，这些音乐，这些环境。"

"那个灯光一看就知道常年在那里，作为一项服务提供给在这里用餐的人，所以心形倒是很漂亮，我的名字就有一点歪歪扭扭的，另外我的妍是女字旁的，不是石头旁的（这一定是阿杰犯的错误），都是些俗套的东西，一点也没用心，只是多花了点钱，而这本所谓名言本，也就是抄的一些肉麻句子，还有，你是怎么计算出是59天的？"

"从我第一次见你啊，你也许不记得，那是在我生日那天，我们在公车站遇到，从那天开始计算。"这一点我非常有信心，所以说得理直气壮。

"日子你确实没有记错，但是距离今天应该不是59天，而是61天，如果你真的是每天都写一句的话，那么应该是61句。"该死的阿杰，算日子也能算错，我花了两个晚上连想带抄呕心沥血的产物就被他的小失误糟蹋了。

"有两天我身体不舒服，所以只有59句。"

"哦，是吗，其实我也不知道到底应该是61天还是59天。"

……

"接下来我们还回房间吗？"赵妍看着我很窘的样子问道。

"不回了，回家。"

"可是你已经定了这个房间，很贵的。"

虽然赵妍说她会做所有我说要做的事情，虽然我很想回去和她一起在那个可以看见外面景色的温泉池里泡会儿温泉，然后……可是目前这种局面我没心情继续留在这里，我清楚第一次的约会以失败告终，如果不想结果变得更坏，还是早点回家比较好。

"你怎么回来了？"我一进家门，阿杰就从沙发上跳起来问道。

"因为失败了。"

"你按照我说的做了？"

"丝毫不差。"

"那不可能啊，就那场景，那级别，那道具，只要是女人都晕啊。"

"那是你遇到的女人，不是所有的女人。对了，我想问你，那别墅一天多少钱啊？"

"啊，这个……"

"你不要告诉我超出预算了。"

"是超了一点。"

"多大的一点？"

"三……"

"百？"

"千。"

"你个王八蛋，三千？那地方一晚上要三千？"

"是三千六百八十八，还是打过折的，六百八十八在你的预算里，三千是超出的部分。"

"￥%￥##￥……"我将阿杰一直骂进房间紧闭房门才气呼呼地坐到沙发上。三千啊，要是成功了，也就咬咬牙了，可是……早知道我就在那睡一晚的，怎么也算捞回点本钱。

"你找阿杰帮你安排追女孩的行程？"陈涛洗完澡擦着头发坐到我的身边。

"那不是因为他成功率高嘛。"

"他成功率高的主要原因不是他的方法有多好。"

"那是因为什么？"

078

"一是因为他长得又高又帅，二是因为他追的不是恋爱结婚的对象，只是要上床的目标。"

"哇，陈涛，没看出来，你有时候说话还是很有哲理的。"

"不是有时候，是一贯如此。"

"那要不你帮我策划一下。"

"我？"

"对啊，你和我比较类似，长得都不高不帅，就是一普通人，而且你的成功率比阿杰还高。"陈涛三十岁一共只追过两个女孩，谈过两次恋爱，一次五年，一次四年，所以他的成功率是100%。

"你说真的？"

"真的，反正最坏的结果就是失败，这对于我来说是最正常的结果。"

又一个周末，我对赵妍用了第二次机会，这次是在陈涛的指导下进行，以陈涛成熟稳重的性格以及和我相似的条件，我觉得信心大增。

"这次我们去哪啊。"赵妍今天穿了一身轻便的有些运动型的装束，尽显青春活力，和她站在一起，一向自诩长相年轻的我也倍感压力。

"去吃饭。"

"那是去哪家豪华的餐厅啊？"我听得出赵妍这是对我的笑话，我不在乎，这次我不一样了。

我带着赵妍去了一个夜市大排档，在路边吃着一些便宜但是很美味的食品。我向陈涛建议上演一出英雄救美的戏码，由他和阿杰担任匪徒的角色，但是被陈涛否决了。陈涛说不需要那么多花招，吃饭聊天，说说自己最真实的想法就可以了。所以我和赵妍吃了两小时的饭，说了两小时我也不知道真不真实的想法，至于说了什么，不记得了。

"现在我们去哪里？"吃完饭赵妍又一次发问。

"走走吧。"

我向陈涛建议去游乐场，在欢乐的气氛中增加感情，被陈涛否决

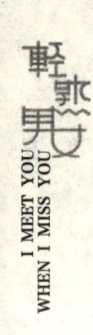

了。陈涛说，不需要去什么游乐场，娱乐场所，就在路上散散步，回归到我们大学时代没钱的时候原始也最真实的恋爱方式中去。我问陈涛散步的时候做什么呢？陈涛说，说说自己最真实的想法。

我和赵妍顺着城市的街道，走了足足三个小时，我又说了三个小时也不知道是不是最真实的想法。我不仅开始怀疑陈涛的方式，我甚至开始怀疑陈涛的两个女朋友是怎么忍受他五年和四年的，整天说自己真实的想法？

不过事已至此，我也只能硬着头皮去完成陈涛的要求，在三个小时的步行之后，来到了陈涛所说的地点——赵妍她们家小区前。陈涛说送到小区门口就可以了，第一次保持一定的距离，即很有绅士风度地送女孩回家，又很有分寸地把握了距离，不会让女孩产生压迫感。

站在赵妍家小区门口，我开始后悔了，我没有认真体会陈涛的计划，他的计划根本就不打算一次成功，他会用很多很多次这样的约会去"折磨"对方，然后才会确定关系。

"我，进去了？"赵妍可能都不相信我会将脚步停在她家小区的大门口，这里距离她家还有很远的距离。

"我送你进去。"我决定违背陈涛的计划，因为那不是一次能够成功的，而我只有两次机会了。

我一直将赵妍送到楼下，然后我决定用老美影视剧中经常用的办法，吻她，赵妍说过无论我要做什么她都会答应。威尔·史密斯在《全民情敌》里说过，吻一个女孩，你不需要直接吻到女孩的嘴唇，你只需要完成90%的距离，剩下的那10%交给女孩去完成。威尔·史密斯说的话能有错吗？

"你在干什么？"我在90%的距离等待了三秒钟，没等到迎上来的嘴唇，等来了由嘴唇吐出来的话。赵妍瞪着大眼睛看着我撅着屁股的奇怪姿势。

"啊……我……"

"你想亲我？"这姑娘为什么总是这么直白呢。

"对。"

"那你为什么又停住？"

"那是因为……"威尔·史密斯是个骗子，说的方法一点没用。

"你还想亲我吗？"

"啊，不了。"

"那我上去了？"

"哦。"

……

22

"怎么样？"我一回到家阿杰和陈涛用关切的眼光看着我。

"还能怎么样，我不应该相信阿杰，更不应该相信陈涛，他那是什么老土的办法，吃饭聊天，散步继续聊天，我把这几个月要说的话都说完了，没把赵妍闷死，把我自己都要闷死了。"

"起码花钱少啊。"这是陈涛的回答。

"女孩叫赵妍啊。"这是阿杰的话。

"那都不是重点好吗，重点是我已经失去了两次机会。"

"什么两次机会？"两个人一起问道。我没法告诉他们三次机会的事情，那事情我自己都觉得有些荒谬，说出来一定被他们笑话。

"别问了，总之，不用你们帮忙了，我自己来，人一定要靠自己。"

人一定要靠自己，可是我怎么靠自己？虽然我在学校的"花名"远扬，不过那纯属以讹传讹，我是交过几个女朋友，可是基本上都是在潜移默化中确定的恋爱关系，认真回想一下我主动追求别人的记录，竟然全部以失败告终。

我一个人睡在床上总结自己的亲身经历回忆所有在影视作品图书杂志网络上获得的知识，希望得到一个办法，可是在经历数个小时之后，我只得到了一个答案——放弃。算了，赵妍说的没有错，我其实是个懦弱自卑的家伙却要用自大的外表去掩饰自己，赵妍给我所谓三次的机会，也许不过是希望我承认这个事实。我不怪赵妍，反而更加喜欢这个女孩的坦白和率性，也许我勇敢地承认一次自己的懦弱和自卑是一个改变它的开始。

我对赵妍用了第三次机会，不在周末，没有大把的时间，不在风景优美的场所，没有制造浪漫的环境，就在下班后公司大厦旁边的公交车站，第一次和赵妍相遇的地方。

"准备去哪？"赵妍又一次问道。

"回家。"

"你想带我回家？"

"是我回我家，你回你家。"

"你不是和我约会的吗？"

"是，约会就在这里，我说完我要说的话，我们的约会就可以结束了。"

"好啊，那你说吧。"赵妍没有对于我奇怪的行为表示奇怪，倒是饶有兴趣地准备听我说什么。

我看着赵妍期待的眼神一时间倒有些不知道如何开口，昨晚在家我已经准备好了大段的台词，包括感谢她给我三次追求她的机会，虽然感觉上有点荒唐，但是还是非常感谢，我决定放弃，因为我决心面对自己的懦弱和自卑，是她让我认识到真实的自己，给我面对真实自己的勇气等等。可是现在我不知道我是否还需要说这些，这个聪明得有点过分的女孩似乎每次都可以看穿我的心思。

"赵妍，"我还是决定说完我要说的话："我喜欢你，你愿意做我女朋友吗？"我都诧异我自己会说出这么一句话，这不是我昨晚用一整晚准备的台词中的任何一句，而是我现在看着赵妍的眼睛唯一想说的话。

终于有一次轮到这个聪明得过分的女孩疑惑了，赵妍注视我，我也同样注视着她。我莫名的心跳加速，因为我似乎从赵妍的眼神里看到一些希望，我清楚地听见自己的心脏很有力很有节奏的跳动声。

三十岁那天遇见你

我开始觉得电影中的画面是真实的，时间似乎停止了转动，周围的人群开始变得虚幻，街上嘈杂的声音也消失得无影无踪，在这样一个虚幻安静的世界里只有我和赵妍两个人，没有语言，只有相互的凝视。这种虚幻的世界一共存在了八秒钟，直到赵妍再次开口说话。

"好啊。"赵妍的疑惑一共持续了八秒钟，在她注视着我的眼睛八秒后她对我说了这句话，又把所有的疑惑还给了我。

"好……好啊？你答应做我女朋友？"

"嗯。"赵妍很有力地点点头。

"为什么？"

"因为你喜欢我。"

"我喜欢你，你就答应做我女朋友，那很多人都喜欢你。"

"你和其他人不一样，从你的眼睛里我可以看出你是真的喜欢我，没有复杂的目的和想法，就是最单纯地喜欢我。我没有见过一个男人会有你这么单纯和清澈的目光。"赵妍对我的夸奖让我自己都有点不好意思。

"就因为这个？"

"当然还有，因为我也喜欢你。"赵妍绽放了一个笑容。那个笑容很灿烂还带有一点羞涩，赵妍一直以来在我面前都表现得非常强势，所以那笑容中的一点羞涩让我的心有一种异样的激动，由神经末梢传递到大脑里产生了去亲一下她的冲动。我从不否认我好色，但是现在和好色无关。我静静地注视着赵妍的眼睛，试图通过眼神传递这一信息，得到赵妍的默许。

"你想亲我啊。"赵妍又说道。你说这个姑娘到底会不会谈恋爱啊，哪有人这么问问题的。

"不，没有。"

"骗人。"

"没骗你，我不是想亲你，而是……"我直接上前亲了赵妍，隔着刘海落在额头之上，很短暂，不激烈，无眩晕感，如蜻蜓点水般掠过。谁说我很懦弱的，有时候我也是很胆大的，尤其是色胆。

"你要死啊，这么多人。"赵妍及时给了我惩罚，在我的手臂上拧

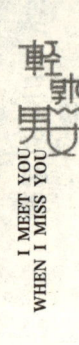

了一下，绝不是打情骂俏的轻拧，扎扎实实的疼痛感又一次从神经末梢传递到大脑，可是被忽略，因为我的大脑正在处理另外一个信息"如果不是这么多人的话……"

我和赵妍就这样默默地并排站在公交车站，看着一辆又一辆的公交车停下又开走，看着身边等车的人换了一批又一批。

这一切太不真实了，说得直白一点，我从来没有和赵妍这么漂亮的女孩有过什么关系，如果非要说有，那么一个是我妹妹，凌小靓是一个杰出的美女，一个是我唯一的女性朋友诺诺是一个杰出的美女。可是成为我女朋友的美女只有眼前这一个。从第一次遇见赵妍到现在不算很短的时间，可是真正从认识赵妍到追求赵妍再到现在并不是很长的时间，我和女孩的恋爱故事一向都会经历一些波折与坎坷，可是这一次却如此顺利，拥有赵妍有一种喜悦冲上头顶的感觉，但是却有另外一种感觉隐藏其下，我们开始得如此顺利，会不会意味着我们会结束得也很快捷？

哼，这是目前最能表达我情绪的字，我送赵妍回家之后，在回家的路上看到一对恋人，我对他们使用了这个字，我看见我们小区的保安我使用了这个字，见到对门那个我不认识的邻居，我使用了这个字，然后进了家门对阿杰、陈涛都使用这个字，那是我藐视一切的态度，现在的我自我感觉非常良好甚至有点膨胀，准确地说应该是"小人得志"。看着阿杰和陈涛一脸疑惑的样子，我非常想把这个消息告诉他们，不过最终我还是忍住了冲动，我和赵妍刚刚开始，一切都显得不那么真实。

躺在床上回想送赵妍回家的情景，虽然我还没敢直接牵着她的手，但是每当过马路，对面来个人什么的，时不时地都会有短暂的触碰，就这么点肢体上的交流却让我有种很满足的感觉。说实话很多年没有过这种感觉了，谈恋爱对我来说就是找个伴，兴奋激动的情绪几乎没有，即使在恋爱的初期。在这种许久没有的甜蜜兴奋中睡去，没有梦，睡得很香甜。

第二天站在公司门口有种踌躇满志的感觉，虚荣心和年龄无关，所以我想象着当赵妍走进公司看见我，很自然地走上来挽着我的手臂和我一起走进公司，迎接我的将是大面积的羡慕的目光。尤其是那个张栋，也许可以把他气到吐血，想想都开心。

电梯门打开，赵妍出现在我的视线里，我露出自认为不错的微笑，等待着赵妍的回应。可惜赵妍对我的回应与我预期的大不相同，她只是和平时一样似乎看不见我一般昂首走进公司。这是什么意思，难道昨天什么事情都没有发生，根本是我做的一个梦？不可能啊，我手臂上还有赵妍那个丫头下狠手拧出来的淤青呢。

就在我花了两个小时十五分钟没有想明白这件事情的时候，在我从洗手间回来的路上听见一个"嘘嘘"的声音，我顺着声音发现了赵妍。

"我昨天是不是……"我被赵妍抓到一个人烟稀少的楼梯口，我开口想问我这两个小时以来的疑惑，但是被赵妍阻止了。

"对不起啊，我昨天忘记告诉你一件事情了。"

"什么事？"

"我们在一起的事情不能被别人知道。"

"为什么？"

"因为太快了嘛。"

"这和太快了有什么关系？"

"当然有关系了，那我一开始在这么多人面前坚决地拒绝了你，旅游的时候你又说什么不纠缠我，现在这么快就和你在一起了，我多丢人啊。"

看着赵妍害羞的样子，我心里有种得意的感觉。我想赵妍真实的想法也许并不是怕什么丢人，而是她不想因为她的缘故让我受到张栋更多的迫害，真是个懂事的孩子。

"你是不是不高兴啊。"赵妍看到我不说话问道。

"没有，我赞同你的想法。"

"你真的没有不高兴？"

"那当然，人都说了，妻不如妾，妾不如偷嘛。"唉，思维太活跃就是一个麻烦事，害得我另外一个手臂又受伤了，关于这一点我以后一定要提出抗议，男人也是有疼痛感的，下手也忒狠了点。就这样，我和赵妍开始了地下情。

23

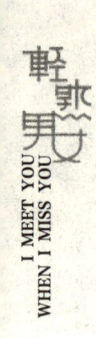

周末的晚上，阿杰又精心装扮了一番出现在我和陈涛的面前，放在前段时间，我还真嫉妒阿杰，能够夜夜笙歌，日日欢愉，可是现在不同了，我有赵妍了，我心有所属。

"怎么样，帅不帅？"阿杰又挡在我和陈涛的面前，做了一个甩头的姿势。

"知道你长得帅，你就不能谦虚点？"陈涛将阿杰拨开。

"叫他谦虚？他就是一个自恋狂，给他面镜子，他就爱上自己了，怎么，又准备出去一夜情了？"我说道。

"凌少，趁现在时间尚早，我要向你做一个郑重的声明，本人，王杰，从来不做那种事情，你不要总是对我有这样的误解好不好。"

"切，首先我才三十岁，没有老年痴呆症，其次我已经三十岁，别拿小孩都骗不了的话骗我。"我对于阿杰的话表示不屑，他不一夜情？谁信啊。

"凌少，你还真的误会他了，他确实不一夜情的。"没想到陈涛帮阿杰说话了："他管他那种行为叫做七次情。"

"什么意思？"

"人家是一夜，他是七次。"

"一夜七次这么厉害。"

"他倒是想，可惜没那能力。还是让他自己给你解释他的理论吧。"

"凌少，让我来告诉你，一夜情那是错误的方法，首先不稳定，你说长得像我这么帅的，这么有口才的，也绝对不敢说想什么时候找一个就什么时候找一个，你别被那些垃圾电视剧的情节蒙蔽，到酒吧随便一勾搭就有美女跟你回家，其次是一夜情存在很多不稳定的因素，你当天的状态好不好，选择的地点如何，明天是否还要上班，对方处在什么样的情绪，两个人的契合度如何等等等等的问题，很有可能不尽兴，所以全面考虑各种因素之后，我选择七次情。第一次当然是在接触的当天，那会是很有新鲜感的第一次，也许两次，之后我会保持联系和沟通，在之后的一段时间，大约几个星期内，会有第三到第六次，经过了第一次的磨合，在新鲜感依旧尚存的情况下还会有更多的激情，所以第三到第六次会很完满。这种做法还可以让你在不影响继续寻找下一个七次情的同时，拥有稳定且合拍的……伙伴。"阿杰的所有理论和做法全部以一个目的为原则——性。

"那么只有六次，为什么叫七次情？"

"第七次也是关键所在，那会是很长一段时间，也许两三个月，甚至半年，当你在拨通一个既陌生又熟悉的号码，见到一个既陌生又熟悉的人，再一次在既陌生又熟悉的感觉中体验一次，就是七次情的精华所在，之后我会删去那个号码，在我记忆里永远封存。"

"那你今天是去第几次啊？"

"第一次，今天是要去寻找新的人选。"我很想和阿杰好好谈谈告诉他这么做是不对的，但是我想最后我一定不能说服他，因为我自己也不是那么理直气壮，我有时候甚至也会去想，与其花力气去寻找所谓爱情，不如将一切简单化原始化，如果老天给我一副阿杰一样英气逼人的长相一样巧舌如簧的口才，我可能会和他一样。每晚都有不同的美女陪伴难道不是几乎所有男人的梦想？起码是所有还没有做到的男人的梦想。

"你们三个，今晚有事吗？"林琪不知道什么时候出现在我们的面前。

"我没事。"陈涛回答。

"我也没。"我回答。

"我有没有事取决于你有没有事。"阿杰的回答。

"我今天过生日，想你们陪我一起过。"林琪说道。别人怎么想我不知道，我是挺高兴的，因为随着时间的推移，我开始慢慢地感受到陈涛当初对林琪的形容，就是外冷内热的性格，所以能够被邀请参加她的生日，我很荣幸。

"今天？"阿杰问道。

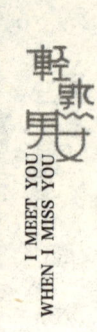

"对。"

"那我今晚也没事。"我看了阿杰一眼,也许他和我有一样的想法。

我们跟随林琪前往生日聚会的场所,到了全城夜晚娱乐场所最集中的地区,其中最有名也最昂贵的一家娱乐场所内的一间包间中。以我的经济能力,我很少或者几乎没有出没于这种场合。从上次带赵妍去那个度假别墅到现在置身于这个豪华包间之中,我才开始真正体会,有钱人的生活就是不一样。也许你会嘲笑我都三十岁的人了,还没有体验过这些,是的,没有,我一直都生活在最朴实和平民化的环境里,说了也不怕你笑话,我连五星级的酒店都没住过。最高级的就是上次公司旅游的四星半,而且我到现在也不明白四星半是什么意思。

"其他人什么时候到?"阿杰一边脱掉外衣一边问道。因为包间里除了我们,就只有两个专门服务的侍应。

"没有其他人,就这么多人。"林琪用很不经意的口气回答,却让我心里有一丝的触动,这是否意味着这个外表坚强,事业成功的女人没有朋友?

"哦。"阿杰的声音里带有些许的遗憾。

"喂,你小子该不会有什么其他想法吧。"我靠近阿杰小声问道。

"那我也想看看其他女强人嘛。"这小子任何时候都有所企图。

没有其他人,就我们四个,难免气氛有些低落,聊几句,唱生日歌,吹蜡烛,切蛋糕,生日仪式很快就进行完了。四个人面面相觑了一番,虽然我们同在一个屋檐下居住了一段日子,可是林琪和我们之间(尤其是我和阿杰)还不是那么亲密,所以我们做了一个共同的决定,喝酒。

不得不说在某些时候酒是一件很好的东西,这也许是为什么中国人的交际应酬大多离不开这样东西,它可以让你失去控制力,让你释放平时束缚和压抑的真实个性。看,就我们这四个人,一个房东三个房客,喝得高了,也可以非常融洽地打成一片。

"我提议,我们来问问题,轮流发问,被问的人一定要如实回答。"阿杰的酒量是我们当中最好的,但是今天也是喝得最多的:"我先来,林琪,你今天过的到底是多少岁的生日?"酒精的作用让阿杰问了一个平时他绝对不会问的问题，不过这个问题确实让我们很好奇。

"二十五岁。"林琪一点也没有因为这个问题恼怒，脸红扑扑的带着笑容答道。二十五岁？虽然说了要如实回答，但是这个答案我们依旧不知道是否真实，不过那个时候没心情理会这些。

"换我问，"林琪又喝了一口酒说道："我问阿杰，你到底有过几个女朋友？"

"3个。"阿杰的回答差点让林琪把刚喝到嘴里的酒都喷出来，阿杰补充道："正式的，其他的不算是女朋友。"

"该我，该我，我问林琪，"我说道："我们三个，你要挑一个做你男朋友，你挑谁？"

"挑……你们三个……"林琪来了一个大喘气，然后就停住了，我们等了几秒钟，她也没有继续说下去的意思。

"我们三个你都要？"阿杰问道。

"不是要你们三个，而是要你们三个结合成一个，要陈涛的成熟稳重干练老成，阿杰的英俊帅气八面玲珑，凌少的过人天赋和智商，合在一起那是多完美的一个男人啊。可惜这个成熟稳重的木讷保守资质平平，这个英俊帅气的轻浮于事幼稚花心，这个过人天赋的就只有天赋和智商，其他的一无所有。该我了，我问你们三个，如果有一次机会，只有一次机会可以让你们回到你们自己的过去，你们想回到什么时候？陈涛你先说。"

"我？回到五年前。"陈涛的话让我抬头看了他一眼，因为五年前是我游说他和我一起创业的时候，也是让他失去有前途的工作赔光所有积蓄的时候。

"凌少，你别多想，不是因为你，我们一起做过的事情，我从来没有后悔过，就算再一次，我明知道会失败，我也会选择和你共同承担。"我相信陈涛说的话，这和酒后吐真言无关，因为我了解的陈涛就是这么一个人。

"那是为什么？"林琪问道。

"因为如果可以回到那个时候，我爸也许就不会去世，我妈也许就

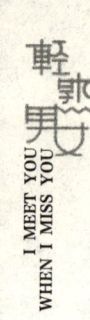

不会生病。"

在这里我进一步向大家说明一下为什么一直以来我都觉得对陈涛有所亏欠,不仅仅是因为我让他赔光了所有的钱。陈涛的家庭原本是个富足的家庭,尤其父亲还是个不小的官员,母亲在垄断行业担任中层管理人员,上学的时候陈涛是家里给生活费最多的一个,在我们还在领每个月四百五十的时候,他一个月就有一千多元,还随时可以增加。可是就在我和陈涛一起创业最艰难的时候,他父亲因为劳累过度心脏病发去世了,而去世的同时被查出有挪用公款的行为。陈涛的父亲之所以挪用公款是被一个多年的老友欺骗,怂恿他投资某种号称回报率很高稳赚不赔的项目,清廉一生的陈涛父亲,希望能在自己快要退下之际为陈涛多留下一些东西,所以选择了冒险。

之后的事情很简单,那个回报率很高稳赚不赔的项目是不可能存在的,挪用的钱一去无回,陈涛的父亲只好瞒着所有人将家里的钱全部拿出去填补空缺,还兼职许多额外的工作,希望能够尽快地填平那个窟窿,最后因为劳累过度离开了陈涛。在陈涛父亲去世的时候才发现陈涛家早已经一文不名,甚至连房子都已经抵押出去,母亲因为受不了这个打击而卧病在床,也正是那个时候陈涛因为和我一起创业赔光了自己的积蓄。原本总是喜欢到陈涛家"串门"的亲戚朋友们突然间都消失了,没有人帮助他们,似乎世界上就剩下了陈涛和母亲两个人。

陈涛为了工作只能将母亲送去一家条件很好但是价格也很高的疗养院,为了母亲能够得到最好的照顾,陈涛找了一分销售的工作,开始了艰辛的拼搏,现在他的收入70%以上的部分要缴纳给疗养院,剩下的付完1500的房租就是他的生活费。这就是现在的陈涛。

我明白陈涛的意思,如果可以回到五年前,陈涛就可以让自己父亲不要去投资那个根本不存在的项目,陈涛的父亲就不会因为过度劳累而去世,母亲也不会病倒,房子更不会变卖,他会有一个完整的家。

"阿杰,你呢?"林琪似乎也了解所有的陈涛,所以及时将话题转移开来。

"我的话,回到我十六岁的时候。"

"我知道了,"林琪插话道:"你是在十六岁的时候谈了一段刻骨铭心的初恋，让你伤透了心，所以你从那个时候起对爱情失去了信心，所以开始游戏人间。"

"很抱歉，让你失望了，不是每个像我这么花心的人都是因为一段刻骨铭心的爱情导致的，"阿杰微笑地说道："我没那么伟大，我也从来没有过刻骨铭心的爱情，就算是初恋也很平淡，懵懵懂懂很单纯很简单，至于分手也很平静，因为我们没上同一所大学，渐渐地就失去了联系。我花心那是我的本性，是我自己面对生活的态度，没有借口，也不需要借口。"我不太认同阿杰和女人之间只有性的关系，但是我喜欢阿杰不矫揉造作的个性，所以他是我的朋友。

"那你为什么要回到十六岁？"林琪继续问道。

"因为……实际上我二十二岁才第一次和女生发生……我觉得我十六岁就应该发育完全了，所以应该从十六岁就开始，那么我就不会浪费那六年的时间。"

"你二十二岁才……？鬼才信你呢，你二十二岁大学都毕业了。你在大学的时候没有过？"林琪一脸的不相信。

"这有什么好奇怪的，又不是只有我没有过，这里的三个男人在大学的时候都没有过。"阿杰恨恨地说道。

"你们三个？都是大学毕业之后才……真的？"真不知道这件事情能让林琪这么高兴。这有什么好奇怪的？我们三个有我们三个不同的理由，陈涛是因为本性如此，他那时的女朋友也是个保守的女孩，所以两个人虽然在大学谈了三年半的恋爱，但是直到大学毕业后才……我不像陈涛那么保守，但是也不像阿杰那么随便，我只是因为有合适目标的时候，没有合适的场合和地点（你不要告诉我去宾馆，我一个月那么点生活费，付不起那个钱），有地点的时候没目标，加上陈涛对我的教育，所以我也一直到大学毕业之后。至于阿杰，那算是一个奇迹也是一个故事，因为他不介意地点，即使野外也无所谓，他也不缺目标，以他的外形甚至可以让大学女生疯狂。他是因为第一次的时候，在学校偏僻的草丛里，折腾了二十分钟没有成功（这就是中国性教育失败的典型案例），好不容易在请教了他对面那个一直不肯说话的女孩，就要成功的时候，却遭遇校卫队巡逻检查。他没有因此落下什么毛病已经算侥幸，光着屁股被人用手电筒照着的感觉不是每个人都能承受的，阿杰花了两

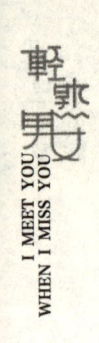

年时间做心理建设。那时候他洗澡还会经常左顾右盼,特别害怕光线被聚成一束。

"这有什么好笑的,在我们那个年代这也属于正常行为,你呢,你在大学时代就……"阿杰最讨厌别人提起这件事情,所以反击道。

"我……我……我当然……有啦。"林琪表现得有点局促,回答的答案是肯定的,但是语气是令人怀疑的。

"你该不会现在还是……女吧。"阿杰这下来了兴趣,眼神紧紧地盯着林琪。就连陈涛也惊讶地和我一起盯着林琪。

在三个男人的注视下,林琪显得更有些慌乱了:"我才不是呢,你们不要这么看着我,再看我就叫你们搬家。"林琪最终只能拿出她的杀手锏出来威胁我们,平时一定很管用,但是今天效用就不那么好了。

"哎,说说看,为什么你……"阿杰继续很有兴趣地追问。

"我什么啊,告诉你们不是了,我只是对待生活的态度很认真,哪像你们三个,阿杰你,整天就知道找不同的女人上床,整天地不务正业,你在那家公司也待了好几年了吧,才是个副主管,以你家里的背景,你要是努力一点,现在最差也是个副总了吧,烂泥一堆。你别笑,你,凌少,总以为自己有点才气,有点能力,整天做梦不切实际,工作九年跳槽七次,还敢和老板吵架,自己开公司一败涂地还不好好地总结经验,找工作不挑有前途可以发展的,挑女性比男性多的,白痴一头。还有你,陈涛,你是有家庭的原因,可是你不过才三十岁,就像七老八十一样,好像已经看透了人生,你应该不仅仅要为你的母亲活着,也要为你自己活着,你有好好想过你自己的未来吗?蠢蛋一个。你们三个三十岁的男人,一事无成。"

林琪的话终于打破了今晚被酒精麻醉的局面,让我们又回到最初的状态,有些尴尬,气氛低落。不过又和刚开始的状态不同,我们三个烂泥、白痴、蠢蛋是不是应该认真思考一下这个问题,三个三十岁的男人。

原本到这里故事应该转入下一个章节,但是有一个问题没有回答,如果是我,我会选择回到我自己生命的哪一个时期?我也不知道,这是一个可悲的答案,在我的生命中竟然没有一个无论什么原因让我有强烈回归想法的时刻,我的生命真的如此平淡,平淡到不值得回忆吗?

24

　　三十岁这个我一直不太愿意提起的事实又一次地被林琪明确地摆放在自己面前，在我身上没有显示出任何和这个年龄相符合的特质，更没有我自己一直以来确信的三十而立的担当。作为一个已经三十岁的男人，我如林琪所说一般一无所有，我只是每天清晨起床告诉镜子里那个看起来尚算年轻的自己，我还有时间。我还有时间吗？当然还有，只是已经不那么充裕。就算用我自己对陈涛说的话，三十岁之前的我都在为三十岁改变自己做准备，那么我也应该开始改变了。困了，快睡着了，那么就从明天开始努力工作吧。

　　自从旅游归来，张栋一如既往地对我进行着打压，力度有所加大，但是形式没什么变化，不过都是些常规手段，我已经可以应对自如，只是多花了我一些时间。在旅游前我也曾经想过重新选择一家公司，可是在旅游归来之后我放弃了这个想法，因为公司展示出来对于员工的重视，当然更重要的原因是赵妍，我不想在她的面前像一个逃兵似的逃出这家公司。

　　我和赵妍已经开始了恋爱，可是我们进行的是地下情，所以在公司内我们比以前还要"陌生"。今天张栋又要求我留下来加班，而赵妍和同事们有说有笑的在准点下班离开了公司。

　　其实我喜欢在夜晚工作，被夜幕笼罩的安静让精神更集中，让思维更活跃。我专心在这个普通的文案处理的工作上，因为既然我无法一下子就做出巨大的改变，那就从所有的细微事物做起。

　　"你吃饭了吗？"就在我全神贯注于电脑屏幕的时候，一个身影出现在我的身旁，然后看见一个带着关切之情的微笑，赵妍的微笑。

　　"吃了点干粮。"

　　"我就知道，所以我给你带了好吃的。"说着赵妍就从她手里的袋子里给我拿出两盒还带着热量的美食。

"你怎么来了,你下班的时候不是已经走了吗?"看着这些美食我还真有点饿了,一边享受着爱心饭盒,一边问道。

"是走了啊,但是没走远,我在附近吃了晚饭,然后再偷偷地溜回来。"赵妍在我身边坐下很轻松地说道。可是我知道那不轻松,现在是晚上9点多钟,距离下班时间已经三个多小时,赵妍为了躲开同事给我送饭在外面游荡了三个多小时。

"谢谢。"这是我现在唯一想说的话。

"谢什么呀,是我说我们的事情不能被别人知道的,对了,你工作还差多少?"

"做完了。"张栋交代的工作在一个小时前我已经完成。

"做完了,那你现在在做什么?"赵妍看着我电脑屏幕上显示着的一份才刚刚开了一个头的文件。

"随便写点东西。"我确实在随便写点东西,写这段时间来对公司运作的一些看法和建议,写自己目前工作的一些体会和心得,写无意间有的一些想法和创意……我不知道我写的这些到底有什么用处,但是我想将这些都记录下来再整合成一个完整一些的建议书。机会是留给有准备的人,虽然我不知道我什么时候有机会,但是我应该做一些准备。

"我觉得你今天有点不一样。"赵妍静静地注视着我的眼睛,她喜欢这么注视着我的眼睛,我不知道是不是就如她所说在一个三十岁男人的眼睛里还有清澈和纯真的存在。

"有什么不一样?"

"我觉得你特别认真。"

"我觉得是时候认真一点对待工作,努力一点了。"

"是什么让你有这样的想法的?是我吗?"赵妍依旧注视着我的眼睛,露出迷人的微笑,用期待的表情等待着我的回答。

我知道我说一个"是"字就可以换来最好的结果,可是我真的是因为赵妍而改变吗?我自己也不知道,我始终认为人是自私的,人无论做什么,最终的目的都是为了自己获得益处,我做出的这一点点改变,更多的原因也许是来自于现实以及自己给自己的压力。

"不是。"我给出了一个最煞风景的回答,将赵妍脸上原本灿烂的笑容凝固成一种奇怪的表情。我有些后悔,为什么我就学不会对女孩说一些甜言蜜语呢,为什么我非要将原本融洽的气氛拉扯到现在的尴尬局面。看来陈涛阿杰对我的评价完全正确,我是约会的破坏机器。

"你气死我了,不给你吃了。"赵妍生气地将带给我的饭盒收了起来。

"可是我已经吃完了。"我又说了这么一句。

"你,你,我,我……"

我想赵妍一定是因为一时间找不到比"气死我了"更强烈的词汇才变成现在这样一脸气愤外带焦急的样子。可是这个时候我第一时间想到的居然是原来有人可以生气也气得这么可爱,着急也急得这么美丽。

"你可以说,你恨死我了。"

"我恨死你了。"赵妍接纳了我给她的建议,然后又狠狠地在我手臂上拧了一下,这一次我乖乖地接受这种非常疼痛的惩罚,我都有点恨我自己。

25

陈涛是我们三个男人中年纪最大的一个,也是目前处境最艰难的一个,他所有的精力似乎都投入到工作赚钱当中,为了让母亲获得更好的照顾。而我知道陈涛面临的问题不仅仅如此,陈涛母亲的病情目前暂时稳定,但是随时都有可能需要进行手术,而手术的费用不菲。虽然如此,我依旧希望陈涛不要总是一个人在奋斗,而是可以找到一个愿意陪在他的身边,愿意与他荣辱与共的伴侣。

"你老婆又发飙了?"这是我问我面前的这个也曾经是我们"酒肉朋友"的问题,他是我们当中最有钱的一个,也是那时候经常负责埋单的一个,更是发誓坚决不结婚的一个,可是两年前遭遇一个非常有手段又长得很有诱惑力的女人,沦陷了。

"是。"

"这次你老婆为什么生气？"

"因为我请了个秘书。"

"女的？"

"嗯。"

"年轻的？"

"嗯。"

"有一双男人看了会心动的匀称且很长的腿，D-CUP以上的胸围？"

"嗯……OK，她是一个辣妹，但是她毕业于正规大学秘书专业，有三年以上的工作经验，曾经在大公司任职。"

"她还有一张颇有姿色的脸？"

"够了，没有人想整天看着一个像你外婆的人在你身边转来转去吧，每个人都希望自己有良好的生活工作环境，美女也是美化环境的必需品啊。再说我就仅仅局限于欣赏，我又不会做什么出格的事情。"

"老钱，虽然我是你的朋友，但是这次我站在你老婆那边，男人和女人这两种动物都太不可靠了，你把他们放在一起，每天超过八个小时，还有大把的单独相处的机会，没有人可以保证会发生什么事情。你老婆不高兴是再正常不过的表现。你现在说一遍你绝对不会对那个拥有魔鬼身材天使面孔的秘书有任何的遐想给我听听。"

"我绝对不会对那个拥有魔鬼身材天使面孔的秘书有任何的遐想。"

"你自己相信吗？"

"不信，好吧，我回去解雇她。"

"这就对了。"

"可是她还没工作满一个月，这样做是不是太没有人情味？"

"然后？"

"好吧，解雇她。"

"问题解决了？"

"解决了。"

"那你可以回家了。"

"我还有一个问题。"

这家伙每一次来都有很多的问题，大多也都是关于他那个老婆的问题，说实话我到现在也不明白为什么像老钱这样的男人会被一个女人降服得这么彻底。起初我很喜欢听他说关于他和他老婆之前的事情，我觉得可以让我从侧面更多地了解婚姻，可是随着时间的推移，他所说的事情越来越琐碎，越来越无趣，有些事情甚至已经听他抱怨过很多次。可是由于我前期表现出来的热情，让他认定我是一个最好的倾诉对象，我也只能继续担任这个角色。我长吸了一口气，稳定一下自己的情绪，无奈地继续听他的问题："说吧。"

"我老婆最近花钱太厉害了。"

"那是因为你惹她生气了吧。"

"她不生气花钱也很厉害。"

"是个女人都喜欢花钱。"

"可是她花的是我的钱。"

"可是她是你老婆。"

"那她也不能总是花我的钱，那是我的钱。"

"从感情上来说，你应该爱这个女人，所以你要付出，从法律上说你和她是夫妻，现在你们的收入属于共同财产，所以她花的可以说是她自己的钱。"

"因为她是我老婆，所以我的钱就变成了她的钱？"

"法律规定。"

"哪个王八蛋订的这条法律？"

"应该是选举推选出来代表大多数人利益的人。"

"那怎么不代表我的利益？"

"因为你属于少数人那边的。"

"哦。"

"问完了？"

"我还有一个问题。"

……

"等等，老钱，你说你是一个结了婚的人，我是一个没有结婚的人，这些婚姻上面的问题，应该是你比我更有所了解，你不应该向一个没有结婚的人请教关于婚姻上的问题。"

"你说的有道理。"

"那你可以回家了？"

"我不回家，我等阿杰和陈涛回来。"

"为什么啊。"

"俗语有云，三个臭皮匠顶个诸葛亮，你们三个没结婚的，就比我一个结过婚的厉害了，我就可以继续向你们咨询婚姻的问题了。"

我还能说什么，等阿杰陈涛回来吧，看看三个臭皮匠能不能把这个诸葛亮给赶出去。

"人齐了，说吧。"我无奈地说道。阿杰和陈涛两个算是被我连累，一进家门就被老钱给抓到沙发上坐下。

"你还真以为我要跟你们发牢骚啊，我今天来有正事。"难得老钱一脸的严肃。

"什么正事。"

"我老婆有一个姐妹，单身，长得特别漂亮，刚从国外留学回来，准备在国内好好发展，所以我老婆叫我帮忙介绍个男朋友，你说这种好事，我还不第一个就想到你们兄弟三个，对不对。"

"你老婆的姐妹？一般的姐妹还是很好的姐妹？"我代表我们三个发问。

"当然是很好的姐妹呢，那没出国前天天腻在一块，就算出国越洋电话没少打，天天视频聊天。"

"那谢谢了。"这时我们三个一起说道。

"什么意思啊。"

"既然是这么好的姐妹,那说明物以类聚,就你老婆那几下子,你都对付不了,我们三个可受不了。"我继续代表我们三个发言。

"我老婆怎么了,我老婆很好啊。"

"是,很好,好得你隔一个月几个星期的就来和我们发一通牢骚,一肚子怨气回家还要服服帖帖,你老婆不是那么容易对付的。是谁刚刚说的,他老婆花钱太厉害,你看看我们三个,哪一个有你的财力可以供她花的。"

"我老婆的姐妹不一样,人家自己能赚钱,留学回来之后不知道多少公司抢着要,我说来我们公司当个副总,人家都看不上。"

"谢谢,这么有能力,我们就更不行了,自惭形秽啊。"

"我听出来了,你们三个就是挤对我是吧。不要紧,我天生就应该被你们挤对,谁叫我们是兄弟呢,可是你们也不能一竿子就打死吧,你们就去看看,见见面聊聊天,合适就谈,不合适绝不强求,这还不行吗?"老钱这次倒是挺诚恳的。

"如果她真要是想找老公的,我不合适,我没那打算,是你老婆的姐妹,我总不能吃完就走人吧。"阿杰就是这么实诚。

"我也不行,我有女朋友了。"我也表示拒绝。

"你有女朋友了?是不是之前追的那女孩,已经追到了?"阿杰和陈涛一起惊讶道。

"等一会儿再说我的事好吗,老钱等着呢。"

"陈涛,那就剩你了,我觉得你最合适,你别说你有女朋友啊。"老钱终于将目标锁定在陈涛的身上。

"我是没有女朋友,可是……"

"别可是了,见见面聊聊天,那女的就算和老钱老婆一样生猛那也不会吃了你,何况老钱他老婆刚开始没露出老虎那王者之气的时候,也是个温顺绵羊。"我开始劝说陈涛,因为这是我一直想做的事情。

"凌少,你又……"老钱想表示不满。

"老钱,我这可是帮你,你是不是要和我讨论你老婆当年的事情?"

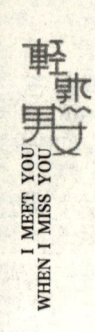

"好，我不说了，陈涛，你就去见见吧。"

"去吧，你一个人不是公司就是家里，也该有点娱乐活动了。"阿杰也加入了劝说陈涛的行列。

我们三个齐刷刷地顶着陈涛，用眼神向他施加压力，陈涛终于无奈地摇摇头妥协道："好吧，说好了，就见见面聊聊天，不合适的话，不准再继续烦我。"

"没问题。"

事情终于解决了，时间也不早了，该是散场的时候了，可是我们三个才站起身，老钱又说话了："你们干吗去啊？"

"洗洗睡觉啊。"

"睡什么觉啊，这才几点啊，你们是那么早睡早起的人吗？"

"不睡觉那干吗？"

"我还有好多问题没和你们说呢。"

你大爷的，还是要拉着我们发牢骚。

相亲是目前男女寻找自己另外一半最普遍和常用的手段，利用自己身边的人或者网络，交友中心等等手段，扩大自己的交际面，获得更多的选择机会。我赞同这种方式，网络上还流传着许多有趣的相亲故事，我一直希望这种相亲故事能够发生在我自己的身边，陈涛这种性格去和一个留学归来和老钱老婆一种类型的女孩相亲，也许会是一个有趣的故事。我和阿杰都很好奇，同时我非常担心陈涛那种"说说真实的想法"的追女孩方式实在让人头疼。

"我说你们两个，就这么闲吗，不能去做点别的事情？"女方还没来，陈涛瞪着眼睛看着我们两个。

"目前我们找不到比看你相亲更有趣的事情。"我说道。

"那你们俩旁边待着去，快到点了。"

"放心，我就没见过几个姑娘会准时到的。"阿杰说道。

可是阿杰的话音才落，一个姑娘就已经推门进了咖啡馆，那姑娘长得不比我们家赵妍逊色，也相当有气质，绝对不是那种平常已经被不知道哪里来的文化导致审美观破损的女孩。（名词解释：审美观破损，指时下那些总以为妆化得越浓越好，衣服穿得越少越性感的审美思想）

正在我和阿杰准备对这个女孩评述一番时，那个女孩的眼光扫视全场投向了我们这边，我和阿杰迅速地撤到一边。

"请问，你是陈涛吗？"姑娘的声音绵绵的，听着很舒服。

"啊，对，我是陈涛，你是蕾蕾吧。"

"嗯。"

"请坐。"

"谢谢。"

此处略过琐碎杂事，两人坐定。

我和阿杰来是准备来看陈涛笑话的，见到女孩最不会说话就应该是陈涛，何况这么漂亮的美女。可是事情却大出我们的意外，陈涛不仅侃侃而谈，轻松自如，还时不时地让美女忍俊不禁。

"他什么时候修炼出关的？"我望向阿杰。

"我哪知道。不过我知道另外一件事情，凌少，现在见到美女说不出话的排行榜你当第一了。终于摘掉了千年老二的帽子。"

"滚蛋，谁要当这个第一。"

我们原本是打算看陈涛紧张害羞慌乱来娱乐自己，把自己的幸福建立在陈涛的痛苦之上，然后在陈涛危难之时挺身而出帮助陈涛完成相亲。没想到陈涛完全不需要我们的帮助，和美女聊得不亦乐乎。我和阿杰无聊得决定回家。

"你们跑去哪了？"一回家林琪正在厨房忙着，厨房里原材料丰盛，锅上煮着，炖着，炒着……看来是顿大餐，我从住进来还没见过林琪做一顿正式的饭菜。我又一次对林琪的印象改变了，这个一直以女强人形象示人的姑娘，原来也具备这么贤淑的家庭妇女气质，只是不知道她做出来的菜的水准如何。

"我们陪陈涛相亲去了，今天什么日子，这么多菜。"

"陪陈涛相亲？"林琪停下手中的动作，举着锅铲看着我，原来林琪也脱离不了一般女孩的特点，具有八卦特质。

"对啊，老钱介绍的。"

"姑娘漂亮吗？"

"你还别说，非常漂亮，就比你差一点点。"阿杰告诉我绝对不要在一个女人面前夸奖另外一个女人，我想我理解得不错。

"那情况怎么样啊。"果然如阿杰所说，林琪脸上闪过一丝笑容，故意转身继续炒菜掩盖脸上的喜悦然后问道。

"你觉得呢。"

"就陈涛见到女孩说不出话的那个性，我看一定很糟糕。"

"你也这么认为是吧，可是事实不是，陈涛那小子不知道什么时候修炼的功力，不仅谈笑风生，还把那女孩逗得笑个不停，我看他们是对上眼了。"

"真的？"

"那还有假，不信你问阿杰，阿杰说他都没把握能把那女孩说得这么高兴。"

"哦。"林琪的情绪一下子低落了许多，放下手中的锅铲关掉炉火，说道："我有点累了，上楼休息了。"

"啊，菜不做了，这都做到一半了，我们等着尝尝你的手艺呢，闻到这香味，我都有点饿了。"

"饿了吃自己，我有什么义务给你们做饭。"林琪不知道哪来的脾气，大声呵斥我之后就上楼去了。我又哪句话说错了？我不是都按照阿杰说的做了吗？

对于陈涛相亲我不仅仅只有看热闹的心情，我衷心地希望他能够找到一个好的女朋友，自从我们一起创业失败，他父亲去世母亲生病，女朋友跑了之后，这两年他都没有再谈过恋爱。相亲后第二天，我和阿杰就找老钱打听消息，让他帮忙问问女方对于陈涛的印象。

"怎么样，问得如何？"老钱一进门，就被我和阿杰按在沙发上逼供。

"姑娘对陈涛的印象挺好的，觉得他人幽默、诚恳、成熟。"

"真的，那是不是有戏。"

"这个就……"老钱拖了一个长音，肺活量还真大。

"我和你没仇吧，你打算把我急死啊。"

"姑娘觉得还是算了。"

"为什么啊？"

"陈涛这人太实诚，什么都和人家说了，创业失败，父亲去世，母亲生病，房子卖了，积蓄没了，自己现在一个月的薪水八成要用于母亲的治疗和疗养费用，凡是能说的我看他都给说了。"

"就因为这个姑娘就嫌弃了？这都什么世道啊，就只看钱了，没别的了，那穷人就不用过日子了，我们国家还只是个发展中国家吧，也就是全民奔小康的阶段，还没到小康呢，没钱就不谈，哪这么多有钱人啊……"如果这件事情发生在我自己身上，我倒不怎么介意，因为我理解社会的现实，人的现实，可是发生在陈涛身上，我就忍不住心里的怒火。

"行，行了，消消气，"阿杰及时把我抱住，不然他害怕我会失去理智误伤老钱，因为我的脸都快要贴到老钱脸上了，阿杰把我按在椅子上："凌少，你的心情我理解，可是现在社会就这么现实，那姑娘自身条件好，想找个条件好点的，也是正常的事情。"

"什么叫条件好？有钱就叫条件好，人好就不是条件好，现如今有几个男人能像陈涛这么好的，无论对父母，对朋友，就包括对以前的女朋友，有谁能说个不字。"

"可是人家不是不了解陈涛吗。"

"不了解那就了解啊，才见面就否定，怎么了解。"

"那姑娘追求的人多，选择面广，肯定没时间一个一个地仔细了解，所以先用硬件条件筛选一下，也不为过嘛。"老钱插话道。

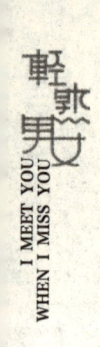

"选择面广？追求人多？追求人多你还介绍陈涛去相亲，没事找事是吧，你最好在我还能忍住火气的时候给我滚蛋，不然后果自负。"

"好，好，我这就滚。"老钱遁走了。

我愤怒的目光因为老钱的遁走，一下子失去了目标，只好转移到阿杰的身上。

"你别瞪着我啊，这件事从头到尾和我没关系啊。"

"我不是想瞪你，只是我现在一时改变不了我的眼神，而我又找不到另外一个目标。"

"我有一个很好的建议，你背后有一个很不错的目标。"阿杰示意我转向身后。

"是谁？！啊，您好，吃了吗？"我愤怒的目光转向身后的目标立刻发生了变化，连声音也变得温柔许多，因为站在我身后的是我们的包租婆林琪。

"没呢，你们吃了吗？"林琪没有因为我的目光而生气，反而用更温柔的声音回答道。

"我们也没呢。"

"昨天的菜还没做呢，正好今天帮你们做一桌好吃的。"

这个林琪什么意思啊，性情转变这么跳跃。

27

赵妍生气了，在公司对我不理不睬那是我们之间的协定，不过她现在把这个协定延续到了下班之后。二十出头时的我如果惹女朋友生气，会急得像热锅上的蚂蚁，一定希望自己能做什么尽快让女朋友消气，可是已经三十岁的我不知道从什么时候起变得有耐心了许多，等待女朋友消气成了我现在的选择。其实还有另外一个原因就是让人生气是我的特长，可是哄人消气是我的弱项。

虽说如此，可是眼看着今天已经周末，我是不是应该主动积极一点？我坐在座位上拿着手机，反复修改着短信内容，以求达到真诚感人深刻检讨的目的。这时我的手机在我手中震动起来，屏幕上显示两个大字"老妈"。

"小王八蛋，有女朋友了吗？一个月的期限到了。"一接起电话就听见我老妈亲切的声音以及犀利的用词，有这么叫自己儿子的老妈吗，我是小王八蛋，那我老妈是……（还是别想这个问题了，我曾经在我老妈面前严肃地提出过这个问题，结果那是一个惨烈）

"啊，还没。"

"真的没有？还是已经有了，瞒着我，我告诉你，要是有了，老老实实早点带回来给我见见。"真怀疑我老妈是不是来自于其他星球，这么强的第六感怎么没遗传给我呢，一定又遗传给那个凌小靓了。

"没有，真的没有。"不仅是因为我答应赵妍要进行地下情，就是天上情，我也不能这么快带给我妈看，接下来她就要逼婚了。

"真的没有？"

"真的没有。"我是下定决心，打死不认。

"那好，既然没有，今晚滚回家吃饭。"

"啊，我，我今晚……"我还想今晚能够约会赵妍呢，我担心再继续保持我的耐心等待，会等待出更坏的结果。虽然我不善于哄女孩，但是我还是知道女孩是需要哄的。

"你今晚怎么了，你要是有女朋友见色忘友，我没有意见，可是你没女朋友还有谁比我重要？"我知道我是上了我老妈的套了，可这是什么老妈啊，什么话都能说，见色忘友？你是我老妈。

无奈我只能推迟我原本约会赵妍的计划，返回那个我又依恋又害怕的家。站在门口闭目静思五分钟，调整到战备状态，准备和老妈的作战计划。

"哥，你回来了。"开门的是一脸喜悦表情的凌小靓，我看着凌小靓一脸的开心就知道即将有事情发生，我这个宝贝妹妹才不会因为想念我而高兴，只会因为又要看好戏了而开心。

"老妈又准备做什么？"我要先从凌小靓这里得到一些情报，以便考虑应对策略。

"你觉得我会告诉你吗？"我算是问错人了。

我老妈做的家常菜就是一流的，哪儿的大厨都比不上，要不是因为这两年为了逃避我老妈对我的逼婚行为，我愿意天天回家吃饭。我做好准备，风云般扫荡一番，接着大力夸奖一下我老妈的厨艺，然后立刻遁走。

可惜我每次都只能想想，我老妈的目光比手铐还好使，只要将我锁住，我哪都去不了。喏，现在又用目光锁住我了。

"妈，你想做什么，你就直接说吧。"

"我想做一个当妈的应该做的事情。"

"哇，你不会又想给我生个妹妹吧，有个小靓已经够折磨的了。"

"你个死小子。"我老妈给了我一棒槌："我多大年纪了，还生。"

"你能有多大年纪啊，出门别人都不知道你有我这么大的儿子，上次我同学还向我打听'你姐姐有没有男朋友'呢。"我突然发现，其实我挺能说的，怎么这个能力就只能用在我老妈身上，变成其他女孩我就立刻丧失这种能力了呢。

我老妈被我的话说得喜上眉梢，然后带着微笑用很平静的语气说道："你说再多的好听话也是没用的，小子，别想转移话题。"就说我这个老妈不是好对付的吧。

"那你就给个痛快吧，什么事。"

"相亲。"

"谁？"

"你。"

"你不是答应让我自己找的吗？"

"我答应你在你三十岁之前你自己找，三十岁之后我就要担负起一个做妈的责任。"我和我老妈的约定，三十岁之前她不干涉，让我自己去找自己的另外一半，三十岁之后……我现在还没有习惯自己已经是一个过了三十岁的男人。

"不行，不行……我……考虑一下。"我已经有了女朋友，怎么还能去相亲，这是对我，对赵妍以及对那个还未曾谋面的女孩都不对的事情。可是我的语气在老妈严厉的目光注视下由坚决反对变成略有妥协，不是因为我害怕我妈，而是因为她可以从我的态度立刻判断出我是否已经有女朋友。我有一个很大的优点，就是孝顺，对于我老妈的要求如果没有特殊的理由，我是不会严正拒绝的。

"考虑什么啊，你要是已经有女朋友，我也不会逼你，可是你没有，去多见见一个女孩有什么关系？"我前两天刚表达过相亲是现在社会很好的手段，在陈涛相亲之后，我也跟着"下水"了。

"那好吧，什么时候？"我知道我无法拒绝老妈，唯一的选择就是暂时答应，然后想办法以工作忙之类的理由拖延一段时间再考虑解决的办法。

"明天。"

"明，明天？"我老妈完全洞悉我的"作战策略"，拖字诀在我老妈面前完全不适用。

"对啊。"

"可，可是我明天……"我脑袋飞速地思考，希望在三秒钟之内找出一个非常合理又有力度的理由。

"别想了，刚才吃饭的时候我已经问过你，你说明天没什么事了，现在再编理由来不及了。"知子莫若母啊，她研究了我的性格三十年，很大程度上比我自己还要了解我自己。

"好吧，电话号码给我，我约地点。"我只能进一步妥协。

"不用，我约好了。"

"哪儿？"

"就这。"

"等等，您是叫我明天在家相亲？"

"对。"

"那你们去哪。"

"哪都不去。"

"包括我。"凌小靓又插嘴。

"您的意思是，不仅叫我在家相亲，并且在你们的监视之下？"

"对。"

"您不考虑我的心情，也顾忌一下人家姑娘的感觉吧，众目睽睽之下多别扭啊。"

"这个你不用担心，这姑娘是我们单位新来的和我一个办公室的，有我在，会更好。"

"可是……可是……"我脑袋又开始急速地运转想找到更有力的理由。

"别想了，我不看着你，你早就做好敷衍我的打算了。"你说有个这么了解你的老妈到底是一件幸事还是不幸呢？小靓那个死丫头在一边一副看好戏的心情，你说有这么一个妹妹到底是一件幸事还是不幸呢？

"好，我答应，不过我能不能提一个小小的要求。"

"说。"

"明天把小靓赶出去。"

"行。"

"哥——"凌小靓抗议，抗议也没用，谁叫欺负妹妹是当哥的一大趣事呢。我也研究这小丫头二十三年半了，我对她的了解就像我老妈对我的了解，有时候超过她自己。她最大的爱好可能就是看我的笑话，所以让她看不到就是对她最大的惩罚。

"明天早点出门啊。"看着凌小靓咬着牙瞪着我的样子，我就特别地开心。

"我诅咒你。"小靓恨恨地说道。

"诅咒我什么？"

"诅咒你相亲不成功。"

"谢谢啊。"我也没打算要成功，我还是第一次这么迫切地希望明天要见的姑娘看不上我，那我可以省去很多的麻烦事。

"你们俩说什么呢，"老妈又开口了："不早了，你，回房去，你，滚回去好好收拾一下自己，明天打扮得帅一点过来。"

"帅一点？"我就知道我老妈的话给了我老妹最好的攻击我的理由，果然小靓立刻恢复了得意的情绪继续说道："就算不到韩国，去我们家附近的××整容医院也来不及啊。"

"也来不及啊。"我学着小靓的腔调重复她的话。

"你又要学我说话。"

"你又要学我说话。"我继续重复小靓的话。

"你……我……妈……"

"你……我……妈……"我觉得我的模仿能力在模仿小靓的语气上发挥到了极限。

小靓又急又气地瞪了我一眼，跑回自己房间去了。要不怎么说我研究她二十三年半了呢，这小丫头从小最怕的就是我模仿她说话，小时候为了这事不知道被我弄哭过多少次，我现在回想起来都担心她留下心理阴影，当然我也付出了惨痛的代价，被我老爸暴揍过很多次，不过我想我和小靓之间可能无法迎来和平的那一天。

28

我已经说过我认为相亲是现在男女扩大交际圈的一个很好的手段，可是作为一个已经有女朋友的人就不应该再采用这种手段，我始终认为一个坑里只应该插一朵花。

如果现在赵妍不在生气的状态，我会坦白地告诉她事情的原委，争取她的谅解。可是在这个"旧恨"未消之际如果再添"新仇"，我担心我和赵妍还不稳定的关系就此破裂。

"发什么呆呢？"阿杰的声音吓了我一跳，因为声音发出的位置距离我只有二十厘米。

"你属盗贼的，没事潜行到我旁边？"

"我是光明正大地走进来坐在你旁边的，看着你已经有一分钟了。"看来我刚才确实有点走神。

"想什么呢，说说。"

"你说怎么办？"我将事情的经过向阿杰复述了一遍。

"我来。"听完我的叙述，阿杰拍了拍自己的胸脯。

"你来什么？"

"我替你去相亲啊，不就行了。"

"你不是最恨相亲吗，你妈叫你去相亲，结果你就离家出走逃了出来，现在你去？"阿杰虽然算不上富二代，但是也出生于富裕之家，他妈一心希望他找一个门当户对能够给自己家提供帮助的媳妇，结果阿杰宁死不从闹得差点断绝母子关系。

"我最恨的不是相亲，是别人总是把自己的意愿强加在我的头上，替你去相亲，是我自愿的。"虽然平时阿杰总是一副没正经的样子，但是阿杰和我一样是有义气的。不过义气这个词在今天的现实社会可能已经不再是褒义词了，某种程度上和傻是近义词。不知道从什么时候起，很多词汇的含义都发生了改变，诚实、善良这些原本应该是代表优秀品质的词汇基本上都和笨、傻成了近亲，而虚伪、有手段等原本不那么褒义的词汇倒成了聪明的代名词。

"谢谢，不过行不通，我妈叫我在家相亲，并且在她的监视之下。"

"你妈比我妈还狠。"

"别说这些没用的，你到底有没有办法？"

"有。"

"说。"

"我都不明白为什么别人总夸你聪明，却只说我长得帅，其实我是智慧与美貌并重的。"我真被阿杰说得无语了，智慧与美貌并重，这词还是形容女人比较合适吧。

"行了，说办法吧。"

"这么简单的问题，瞒着你女朋友去相亲，然后速战速决，对你老妈有了交代，你女朋友根本不会知道。"

"这就是你美貌与智慧并重想出来的办法？我老妈是什么人，她给我介绍的姑娘，那一定是她满意的，我说看不上人家，我老妈也会逼着我多接触多尝试多了解的，怎么速战速决？"

"你不能说看不上她，但是可以叫她看不上你啊。"阿杰说得没错，这倒是个好办法。

"可是瞒着我女朋友去相亲还是不好吧，我想我还是应该告诉她。"

"我越来越鄙视你的智商，我问你，你会喜欢上你相亲的对象吗？"

"不会，我不是那种人，你什么时候见过我干脚踏两只船这种缺德的事情？"

"是没见过，不过脚踏两只船算缺德的事情？"

"你说呢？"

"可如果不是恋爱关系，就应该不算脚踏两只船吧。"

"你别给自己找借口了，你那种七次情的行为比脚踏两只船好不了多少，再说你从来都不介意自己缺德的。"

"那倒是，缺就缺吧，这年头还有谁在乎那东西，表面上道貌岸然，私底下男盗女娼的人多了去了，我起码还是个真小人，你说是不是？"

"你能不能别把话题扯到很远的地方去，现在在说我要不要向女朋友交代相亲的事情。"

"当然不要，你根本不会和你相亲的对象之间发生任何事情，你不告诉她所有的一切都和现在一样，而你告诉她只会徒增她的烦恼，你说她是同意好呢，还是不同意，按照道理是她要保密你们的恋情，而你们的关系发展也没到见父母那一步，而你又不得不本着我们中国五千年来的优秀品质孝顺的原则去面对你老妈，那么在理你应该去，可是有几个女孩愿意自己男朋友去相亲的？你是个男人，你愿意自己女朋友和别的男人去相亲吗？所以在情她不希望你去，在理却应该让你去，你这不是为难她吗，何苦呢。"

"说得倒是没错，可不告诉她，那不是撒谎吗？"

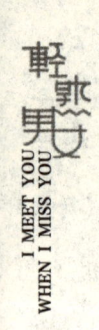

"这不叫撒谎，撒谎，是别人问你，你欺骗别人，而别人没有问你，你只是不说，而不是撒谎。"虽然我知道阿杰的这个理论不那么站得住脚，可是他说的坦白告诉赵妍之后可能发生的事情是对的。

"那你给我讲讲，怎么叫她看不上我？"

"这我就帮不了你了，我很少被人看不上，没有这方面经验，这是你的强项啊。"我很想揍阿杰，可是我也不得不承认这是一个事实，仔细回忆我的过往，主动出击追求女孩的成功率竟然是零，不论分母到底是几，总之分子是零，我就不得不面对结果是零的事实（我没有将赵妍算在分子之上，因为我觉得能够和赵妍在一起，并不完全是我主动追求的结果）。

"那你也要帮我分析一下我每次都搞砸的原因，可以让我发挥这些特长。"

"你们说什么呢。"陈涛突然出现在门口插了句话。

"凌少叫我帮他想想怎么搞砸约会，让人家姑娘看不上他。"

"这根本不用想，做他自己就行了。"

……

29

虽然阿杰给我出了一个"好主意"，但是我还是决定不采纳他的建议。活了三十年，我明白有时候不说真话更有利，善意的谎言这件事情有其存在的理由，可是我还是决定冒着再一次激怒赵妍的危险，告诉她这个事实。

赵妍带着恋爱中女孩生气特有的那种既想表现生气又无法表现得很充分的表情出现在我的面前。

"我来是想先和你道歉的，然后再和你说一件事情，不过我想你听完这件事情，我之前的道歉就没有用处了，所以我想还是先说事情。"

"你说吧。"

"我要去相亲……你说行不行？"我将发生的事情原原本本地告诉了赵妍，一边说一边留心观察赵妍的神情。赵妍在我叙述整件事情中始终保持面无表情的状态，我无法了解她的真实想法。

"你要去相亲？"赵妍终于用很冰冷的语气说道。

"我知道这样不太好，可是我实在想不出更好的办法，所以向你坦白所有的事情，希望你给我个建议。"

"你想不出办法，就把难题交给我了是吗？我不让你去，就是让你违背你妈的意愿，让你去，有几个女孩可以眼睁睁地看着自己男朋友和别人相亲的？你让我怎么办？"我真怀疑是不是阿杰和赵妍沟通过，说的话怎么一模一样。难道选择坦白真的是错的，有时候善意的谎言是必须的。

"你自己怎么决定的？"赵妍又问道。

"我是想去相亲，然后让那个女孩看不上我，事情就算解决了。"

"你怎么让人家女孩看不上你？"

"按照陈涛和阿杰的说法以及我过往的经验，我只要做我自己就可以了。"

听到我的话，赵妍的脸色忍不住绽放了一个极短的笑容，然后又强行被她收起，然后瞪着我说道："做你自己别人就看不上你，那不是说我眼光很差？"

"你的眼光有时候是有点问题。"我的话终于让赵妍忍不住给了我一拳，可是这一拳倒是让我紧绷的神经放松了许多，打是疼这个道理还是很有道理的。

"不许去。"赵妍终于直白地给出了答案。

"可是不去的话……"

"我去见阿姨。"

"你去……你说什么，你愿意见我妈？"

"为什么不愿意？"

"因为……因为……你不是说地下情吗。"我原本想说的是,我们才刚刚开始交往,现在就向赵妍提出这种见父母的要求实在有些唐突。

"可是我也不能总让你为难啊。"

我没想过赵妍这么快就会和我老妈见面,在此之前我女朋友当中小邱是唯一见过我父母的,而我们的结局是悲哀的。在我二十几岁的时候我总认为我领回家见父母的第一个女孩就是我的老婆,可惜第一个不是,那么这第二个呢?坦白地说,我并不希望赵妍和我老妈见面,因为如果最终我和赵妍擦肩而过,我老妈又会再一次失望,失望的程度取决于她对于赵妍的好感值,我开始希望老妈不要像我一样第一眼就喜欢赵妍。

下班我先到家(赵妍说自己前来),我老妈已经把家里收拾得那叫一个喜气洋洋,满桌子的菜还一个劲地说担心不够。我能够体会我老妈的苦心,可是她不明白越是隆重的招待其实越会给对方压力,在现在这个社会人们在爱情婚姻中的抗压性已经变得越来越低,遇到问题大多数人更喜欢选择用逃避来解决问题,因为这种方式最快也最简单。这是题外话,暂且不说。

"什么时候来啊,怎么还不来啊?"这是我老妈第五次问我这个问题了,我到家一共加起来不过半小时的时间。

"她下班还有点事,处理完就过来的。"

"那怎么还没到啊?"

"路上可能堵了呗,一会儿就到,您就别担心了。"

"你说你这个孩子,你为什么不等着她和她一起过来,她要是找不到我们家怎么办,我看你还是给她打个电话吧。"

"您这不是瞎操心吗,她要是找不到她会打电话给我的,她又不是笨蛋。"

"那你看看你的手机有没有电,有没有信号?"哎,我这个老妈。

还好"叮咚"的门铃声及时响起救了我。

"来了。"我还没站起身呢,我老妈就瞬移到了门口,哇,速度够快的。

门打开,赵妍微笑着出现在门口,手里还拎着两个袋子。我刚想开口给我老妈介绍,我老妈已经先说话了:"哎,赵妍,你怎么来了,快,快点进来。"

"阿姨好,这是买给您的。"

"你这个孩子来还送什么东西,快点进来,你(我老妈转头对着我说),一点眼力劲儿都没有,快点把东西接着啊(然后又向赵妍介绍道),这是我儿子。"这事情是怎么发展成目前的局面的,不是应该我来做介绍的吗,现在变成我被介绍了。

"妈,你认识她?"

"我当然认识,她是你妹妹的好朋友,经常来家里玩的,赵妍,小靓去超市帮我买东西了,你先坐,她一会儿就回来。"

"她经常来家里玩,我怎么没见过?"

"你还好意思说,你回来的次数还没有赵妍来得多呢,真不知道是不是我儿子。"原来赵妍是我们家的常客,而我从来没遇见过,这么说我和赵妍已经无数次地擦肩而过了。

我老妈不等我再提问题,热情地招呼着赵妍去客厅,赵妍回头冲纳闷的我露出一个灿烂的微笑。我站在门口发呆,考虑一个问题,我老妈和赵妍这么熟,当她知道赵妍是我女朋友的时候到底是一件好事还是一件坏事?

"你发什么呆呢,叫你打电话打了吗?"我老妈不知道什么时候又来到我身旁,而我的目光还停留在赵妍的身上,今天赵妍的装束那是端庄典雅中不失俏丽,以后我的衣服应该多让赵妍负责,不然总被人说没品位。

"这姑娘漂亮吗?"我老妈突然问了这么一句。

"漂亮。"我顺口就把我的心思给说了。

"漂亮你也别想了,你有女朋友了。"

"我……"

"我什么?快点打电话啊。"

我老妈又催促我打电话给我女朋友,可是我还打什么电话啊,这人都已经坐在客厅了。

"妈，她已经来了。"

"哪呢？"

"坐客厅沙发上呢。"

"你有毛病啊，不知道你妈我最怕鬼故事，还吓唬我。"我这老妈的思想还真够跳跃的，看来这一点我是遗传到了。

"你想的这叫什么啊，我说的是赵妍，赵妍是我女朋友。"

"赵妍是你女朋友？你又生病了是吧，想什么糊涂心思呢？"

"这怎么叫糊涂心思，她真是我女朋友，不信你自己问她好了。"

"赵妍啊，你是我们家小子的女朋友？"我这个老妈还真去问赵妍这个问题，我这个儿子说的话就这么没有可信度？

"嗯。"赵妍很肯定地点点头。

"你怎么会看上他的？"我老妈紧接着这句话让我有了时空转移的感觉，我感觉是我在见赵妍的父母，有自己老妈这么说自己儿子的吗，也和赵妍太不见外了吧。

"妈。"我向我老妈表示强烈的抗议。这种行为严重伤害了中国人民，不是，是她儿子我的感情。当然这种抗议方式就像我们国家外交官经常表示的抗议是一个效果，就是没效果。

"阿姨，他挺好的啊。"赵妍脸上的笑意已经溢出，要不是我老妈还在她面前，我估计她能够大笑不止。

"哎，他好什么啊，你是不知道，我们家这小子缺点可多了。"我这老妈到底在想什么呢，哪有人见儿子女朋友不大力夸赞一下自己儿子，一见面先说缺点的。

敲门声传来，我打开门看见一脸兴奋的小靓站在门口，一见我小靓就问道："哥，你女朋友来了吗？"

"来了，自己看吧。"

小靓把手里的东西立刻丢给我冲进客厅，看见赵妍之后兴奋地坐到赵妍身边："妍妍，你怎么来了。"

小靓一边说着一边还四处巡视，希望可以看见另外一个女孩。

"别找了，就是这个。"我对小靓说道。

"这个？赵妍？你不会说她就是你女朋友吧。"

"不信你自己问她。"

"你，是我哥，女朋友？"小靓的惊讶程度远胜我老妈。

"嗯。"

"你怎么会看上他的？"怎么都问这个问题。

……

30

经过一个漫长的晚餐和晚餐后的茶话会，我才奉命送赵妍离开，我老妈的喜悦之情溢于言表，我希望她不要太喜欢赵妍的想法看来是落空了。这就意味着如果这一次我没能和赵妍最终走到一起，那么我老妈对待我可就不能和以前相比了。我发现随着年龄的增长，我在事业上并没有获得什么成功，与人相处的成熟度也没有得到多少的提高，可是在感情问题上似乎形成一套"很成熟"的观点，或者说很现实的观点。

"想什么呢，怎么不说话。"我和赵妍顺着街边走着，赵妍问道。

"我在想我老妈向你说了我这么多缺点，有没有把你吓着。"

"吓着了，我还真没想到原来你有这么多坏习惯。"

"你说我这个老妈，也不说我点好话。"我老妈一向主张待人处事真诚为主，不说假话，可是也不一定要说真话啊，不说话不就行了。

"你怎么知道她没说你好话？"

"我没听见啊。"

"她悄悄对我说的。"

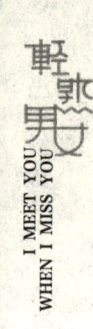

"都说我什么了？"

"她说人无完人，每个人都会有各种各样的坏毛病，两个人的相处也许还会遇到很多不合拍的地方，可是最重要的是看一个人的本质，而你拥有三个最重要的本质，聪明、善良、真诚。"

这是一个母亲眼里的儿子，我老妈给了我这样三个词的定义，而这三个词让我产生了复杂的情绪。聪明，我不否认，不过在前面再加上一个小字可能更加准确。善良，我也不否认，只是也许我对这个词的理解已经和我老妈产生了偏差，她可以做到热心地去帮助别人，而我最多只能做到不主动去伤害别人。至于最后一个词也就是最让我产生复杂情绪的词，我真诚吗？我不知道，因为在这样一个社会，如果你不带上厚厚的面具，真诚地将真实的自己呈现给别人，你换来的不会是别人的真诚，而是对自己的伤害。也许每个人心底都还是对真诚有着期待，但是又清楚地认定真诚是一种幼稚的行为。

"你妈说得对吗？"赵妍突然停下脚步注视着我，似乎想通过眼神来确定我心中真正所想。都说眼睛是心灵的窗户，通过眼神可以看出别人真实的想法，可是真的能吗，如果真的可以，这个世界还会有那么多谎言存在吗？也许并不是因为眼睛不再是心灵的窗户，而是人的心灵也学会了伪装。

"也许吧。"我的心灵不那么会伪装，所以我的回答不那么地肯定。

我以前从来不会半夜起床上厕所，但是现在偶尔会，据说这也是年龄增长的一个表现。阿杰说如果你直接尿在床上，那是一种非常年轻的特质，陈涛说那也可能是一种非常衰老的体现。

"哇，如果你想半夜吓人最好不要拿我做对象，夜里被迫起床的我，十分地暴躁。"我迷迷糊糊地走去洗手间时，被坐在沙发上静静不动的阿杰的影子给吓到了。

"你上完厕所想立刻睡觉吗？"

"当然，我甚至想不上厕所就睡觉。"

"如果可以的话，你能不能和我聊聊。"阿杰的声音很无力，我还很少看见阿杰像现在这样，上一次大概是……记不起来了。

"如果你不再偷我的袜子。"虽然我很关心阿杰，但是我还是要注重我个人的利益。

阿杰没有回答我关于袜子的问题，不过这个问题说了也是白说，他现在脚上穿的就是我的袜子。

"你怎么了，这么晚不睡觉？"我虽然非常非常眷恋我的床，不过我还是坐到了阿杰身边问道。

"我睡了，又醒了，我做了一个噩梦。"

"你梦见你再也泡不到妞？"

"你怎么知道的？"晕倒，我只是想开个玩笑嘲笑阿杰一下，没想到还猜个正着。

"梦里面什么情景？"

"我梦见我参加一个朋友的婚礼，好像是你的婚礼，你娶了一个胖女人。"

"为什么我要娶一个胖女人？"

"这不是现在的重点好吗，这是我的梦，你可以在你的梦里娶苏菲·玛索。"

"我喜欢，不过我还是更喜欢亚洲风格的，我觉得水川麻美不错。"

"你什么审美观啊，拿水川麻美比苏菲·玛索？"

"我高兴，你管得着吗，再说苏菲·玛索太有距离感了，水川麻美亲切。"

"亲切顶个屁用，对于你来说，苏菲·玛索和水川麻美都一样，都是你摸不到的距离。"

"你大半夜的不睡觉，就是为了和我较劲？"

"被你打岔打的,我刚才说哪了……哦,我梦见你娶了一个胖女人,你别那么看着我,我总要接着被你打断的地方说起,我才知道下面该说些什么。在你的婚礼上有好多好多的美女,我想一定可以留下很多的电话号码,让我之后的一段时间都变得很繁忙,可是即使我抛下伴郎的责任将你丢在一边,让你被别人灌得烂醉,我也没有要到一个电话号码,突然你的婚礼不见了,你们也不见了,就剩下我一个人站在街上,面对一扇大门,大门上有块牌子,牌上写着'花心老人院'。"

"老人院的名字还蛮适合你的。"

"你就不能在我难得认真的时候认真一点?"

"是你自己做个这么不认真的梦。"

"凌少,你说这个梦是不是在暗示我什么,或者是某种我心里的潜意识的表现?"

"坦白地说应该是,我觉得像我们这个年纪的男人其实处在一个蛮尴尬的时期,我来做个分析,你说女孩为什么喜欢二十几岁的小伙子,因为他们年轻有活力有潜力有……很好的体力,你说女人为什么喜欢35岁以上的男人,因为他们成熟有财力更懂得女人还有……更成熟的技巧,而我们这样的男人呢,介于两者之间,没有突出的优点,所以呢更应该注意综合素质,在成熟财力技巧方面向35岁以上的男人靠近,在活力体力上要保持二十几岁小伙的状态,可是看看现在的你,你拥有二十几岁的不成熟,没钱,兼具35岁以上男人的身体状态,你唯一的特长就是你的技巧应该不错,不过还是你自己说的。"

"你觉得我们是不是应该定下来了,认真去找一个可以和自己一起度过下半辈子的人,然后珍惜她爱护她,娶她。"

"我一直是这么觉得的,只是……我有点怕。"

"你怕什么?"

"我也说不清楚,也许是因为我不知道什么样的婚姻才是幸福的婚姻,我也没有看见过和我们差不多年纪人的幸福婚姻样板。就拿我们身边已经结婚的朋友来说吧,三分之一的已经离婚或者正在考虑离婚,他们肯定不会是幸福的婚姻,三分之一的人有了孩子,他们每天似乎都在为那个长大以后不知道会变成什么样的小子或者丫头不停地忙碌着，放弃周末娱乐的时间，不敢轻易地变换工作，花钱的时候会思前想后，连做爱可能都变成例行公事。另外三分之一有着各种复杂的状况，有的是某一方在外面有人，有的是双方在外面有人，有的是因为工作繁忙无暇考虑他们婚姻是否幸福的事情，有的在外人面前是幸福的一对回家却争吵不休，但是为了在外人眼前一直是幸福的一对，所以忍受在家里的争吵……总之这些都不是我要的婚姻，如果婚姻如此，何必结婚。"

"那我们难道就不结婚了，就这么一直单身下去？"

"我不知道，我们可不可以不要讨论这个问题，这个问题只有自己去寻找属于自己的答案。"

"从哪里开始寻找？"

"也许就从你去正式地谈一场恋爱开始吧。"

"你认真的？"

"凌晨三点半，我开玩笑的细胞都在休息补充能量。"

"那好，明天开始，我要放弃我现在混乱的生活，好好谈一场恋爱。"

"那我可以去睡觉了？"

"去吧，对了，还有件事情告诉你，我梦里面你老婆不仅长得胖，还长得实在很难看。"

"谢谢。"我差点就用拖鞋击中这个王八蛋。

32

我没有太在意我和阿杰之间的谈话，因为人在深夜的时候情绪总是会和白天不一样，我以前遇见美女，当天晚上在快睡着半梦半醒的时候都会下决心明天一定要找机会接近她，搭讪她，泡她。在半梦半醒的时候我觉得我可以做到一切，可是当我醒来再面对美女的时候知道一切都做不到。

可是我没料到阿杰却不一样，连续几天都没有出门去寻找他新的七次情目标，不仅如此，还整天关着房门，闷在房间里不知道做些什么。做梦要不到女孩电话不至于给他这么大的打击吧。

"阿杰，晚上去酒吧转转？"我推开阿杰的房门，看见他跷着脚坐在电脑前，眼神直勾勾地看着电脑屏幕。我并没有真的想去酒吧，这只是我对阿杰习惯的开场白。

"不去了。"阿杰头都没回一口拒绝，酒吧这个他这么喜欢的地方，他连思索一下都没有。

"真的不去？"

"不去。"

"好吧，其实我不是真的想叫你去酒吧，我只是想知道你在做什么。"

"按照你说的，找个人好好地谈一场恋爱啊。"阿杰终于将眼神离开电脑屏幕看着我，很认真地说道。

"可是我没叫你网恋啊。"

"我这不是网恋，我是在网上找目标，你来看，我找的这个交友网站VERY VERY GOOD。"阿杰很得意地把我叫到他身边，然后开始向我介绍那个VERY VERY GOOD的交友网站有多么的VERY VERY GOOD。会员多，素质高，真实性强，网站界面友好，操作方便，功能齐全……我觉得阿杰应该去这家交友网站当推销员。

"你手机里女孩的电话号码都快挤爆记忆卡了，你谈恋爱还要上网找人？"

"那不一样，我手机里的那些女孩玩心太重，不适合谈恋爱。"我还真没料到这句话是阿杰说的，说别人玩心太重。

"那你找得怎么样？"

"非常好，和我联系的人那是源源不断啊。"

"看来女人也是好色的，你用的又是你那些'明星照'吧。"阿杰长得很帅，曾经有摄影工作室的人免费为他拍了几套照片（能让摄影工作室免费帮一个男人拍照片，我认为那是非常了不起的事情），看上去颇有巨星的架势。

"还可以登照片的哦？我以为就女孩可以登照片呢。"阿杰一副恍然大悟的样子，我真是服了他，和我介绍了半天网站的功能齐全。他一定根本没有看过男会员的资料，所以才会以为只有女会员可以登照片。

"让我看看你是怎么填的资料。"我把阿杰挤到一边，坐到电脑前。不怕你笑话，我也是上过交友网站的，这不是什么丢脸的事情，这是改变现代社会社交圈狭窄很好的手段和方式。

"年龄：28，月收入三万，公司高级主管，有房有车，爱好广泛，喜欢旅游，曾经独自开车前往西藏，喜欢音乐，喜欢自己进行词曲创作……阿杰，我不要看别人的资料，我要看你的。"

"那就是我的。"

"这是你的资料，你来告诉我哪一条是你的。"这个王八蛋填的资料就没有一条情况属实的。

"都是我的啊。"

"你，28岁？"

"两年前是。"

"你，月收入三万？"

"两年后也许。"

"你，独自驾车去西藏？"

"做梦的时候去的。"

"你蹲在马桶上乱哼哼就是你在进行词曲创作是吧？"

"对。"

"你大爷的，你这不是骗人吗，人家看着你的资料来找你，到时候真见面了你就像刚才那样解释？"

"不用解释。"

"那你和我解释一下为什么不用解释。"

"为什么要解释，骗就骗了呗，骗上床之后要是发现了，还省得找

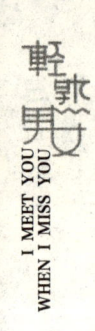

理由分手呢。"

"我是叫你好好地谈一场恋爱，不是叫你骗人上床的。"

"对哦，习惯了，不好意思啊。"我被阿杰气得没话说，把七次情发展到这里来了，所以要告诫网上交友的不管男人还是女孩，提高警觉，谨防上当受骗啊。

"阿杰，你这种观念是不对的，就算你找七次情，那也凭你自己本事，不能骗人啊。"我是一个家教很严的人，从小我老妈就教育我们兄妹，做人要诚实，在我老妈看来，欺骗可以列为最卑劣的行为之一，所以我从小养成了诚实的习惯，虽然随在社会的"破缸"里挑染，我多少也会说点谎言，但是在原则的问题上我还是保持诚实的习惯。

"凌少，你别用那种眼神看着，就像我是卑鄙小人一样。你说女人爱钱，正常，谁不爱呢，可是就因为我穿件名牌，戴块名表，开辆名车，再告诉她我很有钱，她就愿意和我上床，骗这样的女孩那能叫骗吗？再说，那也是相互欺骗，你说男人好色，所以女孩就把自己能化多美就化多美，回家一洗能把你吓死，那不也是骗人吗，更别说那些隆胸，垫鼻子，割双眼皮的了……说到底最多也就是个你情我愿，相互欺骗。"

我原本想教育阿杰，没想到反被阿杰教育了。他说的也许没错，我始终觉得一个女孩如果要得到别人的爱，最重要的就是要懂得自爱，如果一个女孩仅仅因为你告诉她有钱就上赶着爬上你的床，这样的女孩……可是，现在这样的女孩到处都是，我对于现在的社会从心里觉得有些失望。

"凌少，凌少？"阿杰看着我发呆叫了两声，他自己可能都没想到他的话会给我这么大的震撼。

"没事，那你继续吧。"

"要不要我给你也注册一个，帮你填个资料，就说你是公司老板，几年前你和陈涛一起开过公司，说你……"

"行了，你忙你的吧，我有女朋友了。"

自从被林琪教育之后我时常会反思自己，其实一直以来我都很努力，三十岁之前我将发财就当做自己唯一的生存目标，我像很多人一样给自己定下目标，三十岁之前完成原始积累，三十五岁赚够下半辈子用的钱，之后就退休带着心爱的女人开始环游世界之旅。

可是近十年来的拼搏并没有让我完成原始的积累，甚至不仅没有回到原点，还比开始的时候更艰难，起码在我二十一岁的时候，我还有年轻这个最大的本钱。

二十一岁的时候我可以睡到天昏地暗，自己都不知道身处在一天的哪一个时段，可是三十岁即使在周末，我也会在下午一点钟前醒来（别笑话我，这对我来说已经是巨大的改变）。

走出房间就看见林琪坐在电视前边，电视里正放着那种一男一女疯狂地吹嘘某件垃圾产品的节目。我走到林琪的背后就看见林琪紧握着拳头喃喃自语，"加油，就快要说动我了，你情绪再激昂一点啊，表情再夸张一点……"

"你做什么呢？"我对林琪这种反常的举动非常地纳闷，虽然随着和林琪越来越熟悉，经常会看到她一些小女人的行为，可是和电视机较劲这种毫无理性的行为却没见过。

"啊，没做什么，"林琪回头看到我有些不好意思，立刻关掉了电视，面对我紧盯着她的眼神，林琪有些窘迫，回问我道："你怎么在家？"

"我为什么不在家？"

"总之你不应该在家。"

"那好，我现在出门行吗？"我很喜欢看林琪尴尬的样子，可是我害怕让这个内心其实挺敏感的女孩太尴尬，她女强人的态度爆发出来会将我彻底赶出家门。

"你等一下，你坐下来，我想问你一个问题。"

"什么问题？"

"你说一个人突然没有了花钱的欲望是怎么回事啊？"

"你说你啊？"

"嗯。"

"所以你对着电视机，希望那两个'疯子'能够让你产生购买欲望？"

"叫你回答问题，不是叫你分析我的行为。"林琪狠狠地瞪了我一眼。

"不想花钱是好事啊，女人都像你这样，那天下男人就幸福了，要不，你继续看电视，看看那两个人能不能诱惑你。"说着我就准备离开，林琪的这个问题太奇怪了，我无法弄清楚她到底想些什么，对于我无法预知的事情我比较喜欢选择逃避。

"站住，你要帮我。"

"我没法帮你，我又不是推销员。"

"我告诉你，我现在不仅不想花钱，还总觉得赚钱太辛苦了，所以我可能考虑加房租。"

"我帮你，我一定帮你解决这个心理疾病。"我立刻回到沙发上老老实实坐好。

"帮你之前我需要先问你些问题。"我说道。

"问吧。"

"你卡里有多少钱。"我按照我个人的心理状态来分析，如果我银行卡里只有一百元，那我也没有花钱的欲望，但是林琪一定不会和我一样。

"嗯，大概三万多吧。"

"我说的是你所有的卡，不是一张卡。"

"我知道啊，一共三万多啊。"林琪很认真地回答，这个答案确实很让我意外，一直以来我都认为林琪是一个很富有的女人，她的工作、职位以及她拥有的这栋房子都是我可望而不可即的。

"你怎么会只有三万？你的月薪就不止了吧，你不会像我一样把每个月的薪水都花光了吧，那你不是没有花钱的欲望，你是太有花钱的欲望了。"

"我才不和你一样呢，这栋房子的贷款不要钱啊，你们三个家伙就付这么一点租金，再说我的薪水也不是按月发的，每个月就发基本的生活费，年底再一起发的。"

"那我明白了，你等年底发了一大笔钱的时候，你就有花钱的欲望了。"

"你能不能认真一点啊，我在和你说一件正经的事情。"林琪的态度变得很认真，眉头也微微地皱了起来，似乎有心思想找个人诉说。也许无论多强的女人，总归还是一个女人，也需要倾述，而我是一个很愿意倾听的人。

"那好，你说吧，我现在很严肃。"我刚才明明不严肃，却让林琪眉头微锁，我现在很严肃，却让林琪露出微微笑容，人真是奇怪。

"陈涛他妈的身体最近越来越不好，你知道吧。"

"嗯。"

"我想可能需要做大的手术，那会花很多的钱。"

"你喜欢陈涛？"我这个问题有点突兀，但是逻辑很严密。

"嗯。"林琪很坦白地点了点头："我想我不说，其实你应该也猜到了吧。"林琪说得没错，总结这段日子林琪对陈涛的表现，我早就这么怀疑了，只是现在确认了。

"我能问一下，你是从什么时候开始喜欢陈涛的吗？"有人喜欢陈涛，我替陈涛感到高兴，我一直觉得像陈涛这样的优秀男人应该有一个好女孩在他的身旁，有时候我替陈涛担忧甚至超过对我自己。

"上大学的时候就喜欢了。"

"你真是我们学校的？我……怎么不记得你？"

"你当然不记得了，你就只记得美女。"

"怎么可能，一定是我们没见过面。"

"我们见过面，还见过好多次，学校四年一度的足球比赛你们出赛的时候，我每一场都给你们当拉拉队呢。你踢前锋，陈涛踢中场，你一共进了六个球，可惜你们没能进入最后决赛，不然说不定你还可以拿最多进球奖呢。"没想到林琪对我们这么了解，连我进了六个球都记得，我渐渐地似乎可以回忆起一点林琪的样子，在学校的时候她应该没有现在这么漂亮。

"你是不是整容了？"我的嘴巴又冒出这么一句极可能引来巨大灾祸的话。

"我只是那时候不会化妆不会打扮而已。"还好林琪没有介意我的话。林琪的观点我同意，化妆和衣着会让女人产生巨大的变化。

"你是从那个时候开始喜欢陈涛的吧。"

"不是，我那时候喜欢的是你。"

"你说什么？你再说一遍我听听。"

"我说我那时候喜欢的是你。"林琪又重复了一遍这句话。这句话对我的冲击太强大了，我长这么大，还从来没有过女孩主动对我说过她喜欢我，虽然我一直都安慰自己一定有女孩喜欢自己，只是没有敢于表达，可是时间久了，自己也开始动摇这种信心。现在林琪向我证实我的猜想，让我觉得十分地欣慰。

"说说看，你为什么喜欢我。"我对这个问题好奇心终于暂时压过了我对陈涛终身大事的关心。

"因为你在球场总进球，觉得你帅啊。""帅"这个和我从来没有关系的词今天终于和我站在了一起，还是从林琪这个现在这么有气质的女孩嘴里说出来。

"呵呵，我还真没想到我当年这么风光，那时候我自己没有领悟自己的魅力，太可惜。"

"你高兴个屁啊，我很快就不喜欢你，改喜欢陈涛了。"林琪这姑娘不仅一盆冷水浇我头上，还说脏话。

"为什么？"

"因为我后来发现，虽然球都是你进的，可是给你传球的都是陈涛，他默默地为你创造出最好的机会，每当进球后你就兴奋地满场飞，而他就会和你击个掌然后默默地走回半场。"林琪这点说得没错，如果没有陈涛很有意识的传球，就不会有我的进球，我进的六个球除了一个点球，其余五个都是陈涛给我创造的机会。

"所以你就喜欢陈涛了，那你在学校的时候有没有向陈涛表白过？"

"我们现在说的是陈涛母亲生病的事情，你别总打岔好不好。"林琪的逻辑性还真强，都扯这么远了，她还能记得几十句之前聊天的重点。

"好吧，那还是说陈涛母亲生病的事情……你就是因为担心陈涛母亲动手术需要钱，所以现在想多存点钱？"

"嗯。"林琪这姑娘彻底让我感动了，现在的社会到哪找这么好的姑娘啊，我真心地替陈涛感到高兴，这个我一直认为比我优秀的兄弟终于得到一个这么好的姑娘的倾心。

"陈涛知道你喜欢他吗？"我在这里也住了有段日子了，可是林琪和陈涛之间的关系看上去就是普通朋友的关系。

"不知道。"

"那你告诉他啊。"

"不是他不知道，是我不知道他知不知道。"

"那你还是要告诉他啊。"

"我觉得我暗示得已经很明显了，你都知道了，可他还是没反应，总不能叫我很直接地对他说我喜欢他吧。"没想到平时一副雷厉风行架势的林琪现在呈现出如此小儿女的娇羞状态。

"像陈涛那么笨的，你不明确点告诉他，光暗示他不会明白的。"

"所以，我想找你帮忙。"

我明白林琪的意思，想让我帮她去试探一下陈涛的意思。就这段时间里我对林琪的了解越来越多，对她的好感就越来越多，这姑娘除了对陌生人总是摆出一副冷冰冰的样子之外基本没什么缺点，能力强，人善良，对陈涛又这么用心，连陈涛母亲有可能手术需要钱都一心惦记着。陈涛和林琪相处的时间还远远多于我，对林琪的了解也应该远远多于我，所以我觉得根本不需要试探，应该作为一个好消息直接通知陈涛。

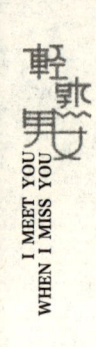

"你放心，包在我身上，我今晚就和他说，你到时候就躲在楼上直接听我们的谈话就行。"我拍着胸脯向林琪保证，心里抑制不住那种可以促成一桩好事的兴奋。

34

"陈涛，坐下，我有要事和你商谈。"陈涛一进门就被按在沙发上，林琪也躲在了二楼上。

"什么要事？"

"我发现了一个秘密。"

"什么秘密？"

"非常重要的秘密。"

"你要是没想好怎么说，想好了再来找我，我还有事。"

"你等等，我说，"我不就是想故意营造一下气氛吗，我稳住陈涛然后用低沉的声音一个字一个字地说道："我发现，林琪喜欢你。"

"你有毛病吧。"

"你不要怀疑，这是千真万确的事情，我敢以我项上人头做保证。"我很怕死但是我还是敢于用项上人头来保证，因为这是当事人自己说的，现在我就可以用眼角的余光看见她。

"她真的喜欢我？"陈涛一副不可置信的样子。

"当然，很意外吧，是不是心里有抑制不住的喜悦，别憋着了，想笑就笑出来，不然会内伤。"

"她真的喜欢我？"

"是真的，你要问几遍啊，快点说，你对她感觉怎么样。"这句话我是替在二楼的林琪问的，要陈涛给林琪一个明确的答案。问出这个问题，我和林琪都用期待的心情等待着陈涛的回答，我已经开始考虑等阿杰回来要一起出去庆祝一下，并和阿杰商量一下用什么样的办法作弄一下这幸福的一对。

"我对她没感觉。"在思考了几秒钟之后,陈涛给了我一个非常意外的答案。

"你说什么?你再说一遍。"我绝对有理由相信我听错了。

"我说我不喜欢她。"

"你不喜欢她,为什么,她有哪不好吗?要样貌有样貌,要身材有身材,要能力有能力,还对你一往情深,你知不知道她……"

"凌少,我知道林琪是很好的女孩,可是感情这东西还是需要点感觉的吧,我没有那种感觉。"

"你要什么感觉啊,什么样的感觉,你什么时候变成一个靠感觉谈恋爱的人了,你……"我有一肚子的话想说,我怎么也没料到我原本认为的一件美事会发展成现在这个局面,就在我想汹涌澎湃地表达我的情绪的时候,我听见楼上传来关门的声音。

我明白那是林琪听了陈涛的答案回房间去了,那声关门的声音像一根针似的插入我的心脏,让我的心里充满了带有疼痛感的内疚。是我拍着胸脯向林琪保证会是一个大团圆的结果,是我让林琪直接在二楼听我们的对话。我知道是我错了,我不是陈涛,我根本不应该盲目地认定陈涛一定会如我所想一样地接受这件事情。

如果当初我按照林琪的建议,间接地试探一下陈涛,即使得到一样的结果,但是毕竟不会像现在这样,由陈涛亲口说出不喜欢林琪这样刺痛林琪的话。我已经是一个三十岁的人了,我什么时候做事情才能不要这么冲动和盲目?我陷入了极度的自责当中。

"你跟我来。"陈涛拍了拍我肩膀说道。我在无意识的情况下跟着陈涛进了陈涛的房间。

"你别这么内疚了。"陈涛进门后的第一句话将我从混沌的思绪中拉扯回来。

"内疚?"

"你是在觉得自己伤害了林琪而内疚吧。"

"你怎么知道我的想法。"

"我不仅知道你的想法，我还知道刚才林琪就在二楼听着我们的对话，我也早就知道林琪对我有好感，所以伤害她的人不是你，是我。"陈涛的话让我一头的雾水。

"你的意思是，所有事情你都知道，刚才你是故意说出那个话给林琪听的？"

"对。"

"为什么，你这是什么意思啊。那你到底喜不喜欢林琪啊？"

"喜欢。"

"喜欢你说不喜欢，你把话说明白一点，我快被你急得生病了。"

"我知道林琪喜欢我，我也喜欢她，可是我不能和她在一起，我现在这种情况，她和我在一起不会幸福的。"

"陈涛，你不会是要玩那种什么觉得自己配不上她，她应该找更好的人那一套白痴理论吧，你不要没事装什么伟大行不，这本来就是件很简单的事情，她喜欢你，你也喜欢她，你别弄得这么复杂好吗？"我在说别人的时候总是那么有道理，可是我没有想过某一些自己义正词严说出来的道理自己都没有去遵循。

"我不是要装什么伟大，而是我觉得我和她在一起确实不可能幸福。"

"你和她一起都不可能幸福，你还到哪找什么幸福，林琪这样的女孩你都不要，你还想要找什么样的女孩？"

"我不打算找女朋友。"

"你到底什么意思？"

"我没有打算恋爱，更没有打算结婚。"

"陈涛，我知道，我也明白，现在你的状况很艰难，你母亲目前需要照顾，可是你不能因此就放弃所有其他的事情，再说有个人能够和你一起分担一些压力，难道不是件很好的事情吗？"

"凌少，我已经失去了一个最亲的人，我的父亲，现在我随时都有可能失去另外一个最亲的人，我的母亲，我不像你想的那么坚强，我很害怕，我不知道自己是否可以承受那样的打击，我不敢去想象那一天来临的时候我会陷入什么样的绝境，现在的我只想努力地工作，尽我最大的能力去照顾我妈,我没有精力去想其他的事情,也不愿意去发展任何感情。"

我理解陈涛,但是我无法真正意义上体会陈涛的感受,我也无法完全理解陈涛的想法,但是看着陈涛的神情我知道我已经不需要再说什么。

"凌少,我请你帮我个忙,不要和林琪说刚才我和你说的话。"这是陈涛最后的嘱托。

35

自从我和赵妍开始地下情,在公司我们为了避免情不自禁,我们俩连招呼都不打,完全的陌生人一般。也许正是因为这种情况,张栋对我的态度似乎有了好转,也许他觉得我和他同病相怜吧。

"凌少,你下午和刘总一起参加一个聚会吧。"张栋向我交代了一个任务。所谓聚会就是公司高层管理人员去高尔夫球场打打球,联络联络感情,进行人际关系上的沟通。这是好差事,可以见到很多公司和总公司的大领导,说不定能留下个印象,对以后的工作有不少的帮助。

"高兴呢?"张栋走了之后,小美看着我偷笑的样子问道。

"还行。"

"你觉得是个美差?"

"应该是吧。"

"换做是别的领导那可能是美差,刘总……"小美摇了摇头。

"能不能说清楚一点?"

"你去了就知道了,刘总出了名的难伺候。"

小美的话没错,这个刘总根本就是个事儿妈,就从公司到高尔夫球场这段路程,不就坐在车里就到了的事情,我硬是被这个刘总给折磨得半死。下楼帮他背包,车来帮他开门,开出去几百米说忘了带东西,又说掉头不方便，我只好步行回来帮他取东西，东西拿了才上路，又说帮他老婆买的东西要去取，又是闹市区不好停车，我又要步行几百米去帮他拿给老婆的东西，再上车他又想起来……这些还只是体力劳动，最重要他指使人那个态度，如果去演地主老财那比专业演员都要强。

到了地方，他开始舒展筋骨，我却满头大汗，还不知道一会儿要怎么折磨我呢。我帮他背着那重得要死的球包，我都不知道他球打得到底怎么样，装备都挺齐全，用得着这么多杆吗？再说不是有球童吗，干吗非要我背包，敢情就是拿我当球童的。球童还有小费呢，我什么都没有。

我没有来过高尔夫会所（我就在训练场挥过几杆，原本以为拿根棍子打个小球还不容易，没想到还真不容易），我一直觉得那是有钱人去的地方，一群无聊的有钱人为了把一个小球打到一个小洞里的无聊游戏。不过既然是有钱人去的地方，那装潢确实不一样，不过我现在没心情看这个，我就想有没有办法躲开副总的折磨。说自己拉肚子？说自己接到电话，家里出事了？……不管什么借口，我知道反正我不为他服务，他一定记仇，算了，忍忍吧。

我背着包站在一边看着那家伙和别人假惺惺的寒暄，我最讨厌这种场合，明明每个人心里都知道说的都是场面话，没几句真的，为什么还说得这么有劲呢？

"哎，是你啊。"一个声音从我侧面传来。我连看都没看，一定不是在叫我，在这我哪能遇到什么熟人啊。

"喂。"可是那个声音距离我又近了一步，来到我的身边。

"啊，陈总。"我用眼角稍微瞄了一下，看见我们总公司的总经理陈总，简称"皇上"正笑眯眯地看着我。

"你怎么也来了。"

"我陪刘总一起来的。"

"哦，你觉得最近公司食堂的饭菜怎么样了？"

"啊？哦，挺好。"我才想起来上次电梯里我和他说这事来的，我真没想到一个这么高高在上的"皇上"真的会记住我自己都已经忘记的事情，还能记住说自己忘记自己说过的事的我。

"陈总。"我们那个刘副总出现在我们身边,用谄媚的语气叫了这两个字,我都起鸡皮疙瘩。不过也不能怪他,他只是我们公司副总,他和陈总的地位差距,就像我和他之间的差距一样。

"哦,刘总啊。"哎,这年头,"总"是有很多,只是"总"里面也是有巨大差距的。

"陈总,你认识小凌?"刘副总问道。

"认识啊,我和他……"陈总还没来得及说出我和他的关系,电话正好响起,陈总向刘副总示意了一下,接着又向我和蔼地微笑了一下,然后接听电话走开了。

"你和陈总?……"刘副总一脸疑惑地看着我。

"没什么关系。"我用很坚定的语气实话实说。

"哦。"刘副总却一副恍然大悟的样子。

我不明白刘副总是怎么想的,总之接下来的时间我很愉快,包也不用我背了,东西也不用我拿了,时不时的还让我打两杆,虽然我根本不会打。最后,还用他的专车将我送回了家。

"昨天是不是很辛苦?"一大早我才到公司坐下,小美就一脸幸灾乐祸的表情看着我。

"开始是,后来不是。"

"什么意思。"

"就是开始像你所说,确实很辛苦,可是后来就轻松了,不仅不用干活,还挥了几杆,刘总还说我很有天赋,第一次打就打得很不错。"

"真的?"小美一脸不相信的表情。

"凌少,刘副总请你去他办公室一趟。"刘副总的秘书过来叫我。

"看见没,请我去。"

我从一进刘副总的办公室,刘副总不仅起身欢迎,还亲自为我倒茶,然后和我讲述了一大堆觉得我很有能力,现在的岗位大材小用的话,还叫我以后多跟着他出去多介绍人给我认识。我开始明白他应该误会了我和陈总的关系,不过只是我和陈总说了两句话至于对我这么热情吗?

我决定咨询一下我们公司的12580（一按我帮你）小美，看能不能找到答案，在我将发生的所有事情告诉小美之后，小美上上下下仔仔细细地打量了我一番说道："还真有点像。"

"到底什么意思啊。"

"你是真不是，还是装的？"

"那我也要先知道是什么啊。"

"你不是陈总的儿子？"

"你大爷的，你骂人？"

"我才没有呢，你真的不是？"

"我姓凌，他姓陈，有这样的儿子吗？"

"那姓也是可以改的嘛。"

"我没打算背叛生我养我三十年的父母。快点说怎么回事。"

小美告诉了我一件事情，原来传闻陈总的儿子也在这栋大厦里上班，只是没有人知道谁是他儿子。在刘副总的眼里，我一个小员工居然让陈总主动过来和我说话，加上我的大众长相，总有些和陈总相似的地方，所以刘副总误会我……

"不是吧，他认为我是陈总儿子？"

"也许吧，他就算不认定，起码也怀疑，他是个宁可错杀一万，不愿放过一个的，能和陈总攀上关系那对他是多大的吸引力啊。"

"不行，我还是去和他说清楚比较好。"

"你傻啊。"

"什么意思？"

"你怎么去说啊，直接进他办公室说'我不是陈总儿子'？这只是我们的猜测，再说就算是真的，你这么说不是等于说'你个马屁精，拍错对象了'。要你真是陈总儿子也就罢了，可惜你不是，你觉得刘副总会怎么对付你这个假儿子？"

我靠，我真没想到，我有一天会陷入这种怪事里边，我现在不说，刘副总就继续拿我当陈总儿子对待，可是有一天发现不是的时候……

"那我怎么办啊？"

"既然他不明说，你就假装不知道呗。"

"那怎么行，要是被发现了，不是很惨？"

"什么时候能发现还不知道呢。"

"那也不能得过且过，就这么混着。"

"你不是一直都混着的吗，我看你也没打算在这个公司久待。"

"谁说的，以前我是没什么打算，但是现在我变了，我很想在公司继续待下去，并且好好发展。"这段时间以来让我对公司有了更多的了解，虽然有很多人事斗争上的问题存在（到哪里这种斗争都存在），但是公司的前景和对员工的重视都让我觉得是一个可以长久效力的地方。

"那你就麻烦了。"小美说完转身走了。

"哎，你等等，你还没告诉我怎么办呢。"这小美真是的，我知道我麻烦了，这还用你告诉我，你也告诉我一个解决麻烦的办法啊。

36

我和赵妍已经开始有些日子，情感发展却进入了一种错落的状态，从感情上说算是按部就班地正常发展，从形式上赵妍却已经见过我的家人父母，而从肢体接触方面自从我勇敢地亲了一下赵妍的额头，就一直停滞不前，我们走在街上也不能牵手，因为我们是地下情。

我们这一批的男生从第一次谈恋爱开始就喜欢把肢体接触的程度分成一些等级，以这些等级来确定感情的发展程度。在当今社会已经不再适用这一套标准，我的岁数也不应该再使用这一套标准，因为现在的感情种类变得异常"多样化"（肢体接触程度和感情之间已经完全没有了必然的关系）。可惜我已经三十岁了还没能与时俱进改掉保持这个评判标准的毛病。

今天是个好日子，因为林琪回家了，阿杰出差了，陈涛去疗养院看他妈了，几乎是百年难得一遇的好机会让这么大的房子里就剩下我一个人。如果说因为地下情让我们不能在大街上手牵手，那么我将赵妍带到这么一个密闭的空间，有着绝对的私隐，我到底可以和赵妍接触到什么程度呢？

"哇，你这里很不错嘛。"赵妍一进门就四处张望着说道。

"还行。"我只能这么回答，这里是非常非常好，可惜不是我的，我只是个租客。

"今天为什么带我来这？"赵妍突然停下来转身看着我，赵妍喜欢在问问题的时候注视着我的眼睛。

"就想让你多了解一点我，看看我生活的状况，走进我的世界。"我临时想出这么个理由，我总不能回答我想看看到底可以和你亲热到什么程度吧。我是一个很含蓄的人。

"真的吗？那好啊，带我去看看你的房间吧。"

"好啊。"我回答得倒是很快，我告诫自己，含蓄，要含蓄一点。

"嗯，收拾得挺干净的嘛。"赵妍巡视了一遍我的房间，然后又看着我说道："说吧，你还有什么目的。"

"我，我……"都说了这个赵妍什么都好，就是太聪明，总是这么出其不意地问问题，然后紧盯着我的眼睛等待答案。

"我就是想我们在一起也有段时间了，所以我想应该通过某种方式确定一下我们的关系发展到什么程度。"我不是一个特别善于撒谎的人，但是我是一个善于将一件事情的事实用不同的方法表达的人。

"太好了，我也这么想的。"赵妍听完我的回答很高兴地说道。

"真的？"

"嗯，我先说一个，我不想再和别人一样叫你凌少，我们两个人之间应该有一个只有我们两个知道的昵称。"赵妍很认真地说道。

"昵称？"

"对啊，所以我想给你起一个昵称，叫你什么好呢？帅帅？"赵妍这么一声帅帅，我打了一个冷战，起了满身的鸡皮疙瘩，我老爸老妈从三岁开始就不这么叫我了。

"不好。"还好赵妍自己先否定了,她如果坚持,我以后会被我自己的名字恶心死。

"也不能叫什么宝贝、亲爱的、HONEY这么俗套恶心的。"赵妍一边思考着一边围着我转上下打量我。

"你别这么看我行吗,别扭。"

"我知道了。"赵妍似乎突然有了灵感:"我觉得你长得好像阿童木哦。"

"大小姐,你见过三十岁的阿童木吗?"

"见过啊,你啊。"

"你该不会真的想叫我阿童木吧。"

"你可以在阿童木和木木之间选一个。"

……

赵妍帮我确定这个不知道是不是真的会在以后的日子里都伴随我的"昵称",然后说了句让我十分惊讶的话:"好了,我的方式确定完了,你去把门关上吧。"

"关,关门?"

"对啊,你不是这么想的吗?"

"我……"我开始怀疑到底是我比赵妍大六岁还是赵妍比我大六岁,我内心的这么点想法怎么就这么容易被她看穿呢。

算了,我也不要扭扭捏捏地隐藏自己的真实想法了,都三十岁的人了,别总把自己弄得像个纯情小男生,不就那么点事情吗。我转身去把我的房门关上,然后回头看着赵妍。赵妍同样看着我,眼神很平和也很温柔,就这么安静地坐在床沿边。我从赵妍的眼神中可以看到的是"无论你想做什么我都愿意"。

是因为我和赵妍的关系真的发展到我可以任意妄为的阶段了吗?我不知道,但是我突然从心底里有一种想要微笑的感觉。这是一种信任,赵妍对我的信任,我不需要再去用什么所谓的肢体接触程度去确定我们的关系,能够拥有赵妍的这份信任已经是最好的答案。

"来，坐这边。"我在窗台边铺了一块绒绒的垫子，示意赵妍坐上去。然后坐在她的对面，就这么看看她，看看窗外的风景，随意地聊天，偶尔说几个冷笑话，等待赵妍略带瞋视的微笑。赵妍也给了我最好的回应，用她穿着可爱五指袜的脚轻轻踩着我的脚面。我一直都觉得牵手是男女双方关系的重要里程碑，原来也可以是"踩脚"的。

画面如果就这么定格会是一个童话，在童话般的画面里会让人产生童话般的思想。

"凌少。"赵妍没有叫我的新昵称"阿童木"，小声地问道："你喜欢我吗？"

"我不是说过了吗。"

"可是我就是想再听一遍嘛。"我说的吧，在童话般的画面里人就会产生童话般的思想，我不会但是赵妍会。

"喜欢。"

"喜欢谁？"

"你啊。"

"谁喜欢我啊。"

"我啊。"

"连在一起说一遍。"这回答就像是老师在给小学生上语文课。

"我……喜欢你。"其实这是我真实的想法，可是我也不明白为什么我总是很难说出口呢。就算是说了，也显得那么勉强和不确定，也许只有公交车站的那一次我说得最理直气壮。

"那，在你的所有女朋友当中，你最喜欢谁。"赵妍没有介意我说喜欢你的态度，而是紧接着问了一个更困难的问题。

"我……"我知道我犯错了，我不应该迟疑，应该立刻给予肯定的回答，可是我迟疑了，我不仅迟疑了，我还很认真地将我以前所有的女朋友重新回忆一遍以确定我对她们的感情是否不及现在对赵妍的感情，另外，我还非常愚蠢地说出一句连我自己都意外的话："你的意思包不包括以后的女朋友？"

"你……以后还想有女朋友？"

"啊，不是，我不是还想有，我只是不确定我们……"

"你认为我们一定不会一直走下去，所以你以后还会继续交其他女朋友？"

"我不是那个意思，我的意思是万一……"

"万一？你一直都考虑随时和我分手？"

"我没有，我……我错了，对不起。"我真不知道该再说些什么，说多错多，还是什么都不说比较好。

赵妍皱着眉头鼓着腮帮嘟着嘴瞪着我，现在是一个这么紧张的时刻，可是我想的却是赵妍嘟着嘴把腮帮鼓得圆圆的样子太可爱，然后我伸出一个手指在赵妍的脸颊上轻轻地戳了一下。赵妍嘴里的气被我按了出来，不知道赵妍心里的气是不是也随之宣泄。赵妍哭笑不得地狠狠地给了我一拳。

"那我问你，"赵妍重新恢复了情绪注视着我问道："你有没有想过我们将来会怎么样？"

"没有。"

"你说什么？"

"我说没有。"

"那你就是想随便玩玩的吗？"

"当然不是。"

"那为什么没有考虑过我们的将来？"

"因为没有人知道将来会是怎么样。"

"不知道将来会是怎么样，为什么我们还要在一起？"

"我们在一起就是为了知道将来会是怎么样。"

赵妍突然又笑了，绽放了一个笑容，说道："你是在开玩笑是吗？"

"对啊，听出来，我还挺幽默的吧。"

"嗯，挺幽默的，可是现在不是开玩笑的时候，阿童木，我恨死你了。"

赵妍终于用阿童木作为我的昵称，说完起身就遁走了，速度快得连我这个阿童木都没来得及抓住她。我这个阿童木也太不称职了。

赵妍有许多许多优点，其中很重要的一条就是不记仇，即使她总是喜欢用自己那句"你气死我了"以及我教给她的那句"我恨死你了"，但是她似乎从来没有真正意义上责怪过我。

昨天我刚把她气走，今天她依旧愿意继续我们原本定好的约会。我站在百货公司门口等了三十分钟才等到姗姗来迟的赵妍，赵妍知道我不喜欢等待，因为我认为人活在世上太多的等待。从小开始等着长大，上学时等着毕业，毕业了等着发财，平时要等车，谈恋爱要等人，买票要等前面的人买完，人一辈子最大的悲哀就是等死。赵妍和我约会也从不迟到，我想今天应该是故意对我的惩罚。

别说我情愿接受这个惩罚，就算我不情愿，当我看见精心打扮了一番，明艳照人，吸引了周围90%男性目光的赵妍向我走来的时候，我也不可能再有什么怨气。

"你来了。"

"好看吗？"赵妍冲我绽放一个美丽的笑容，似乎早就忘记了昨日的不快。

"还行。"

"还行？"

"嗯，挺好看，不过袖子好像不太对，手臂看着有点胖。"

"阿童木。"几秒钟我就让赵妍从灿烂的笑容变成生气的面容。我上辈子是不是一个打气筒，专门让别人生气，尤其是赵妍。

"你别生气，其实胖一点没什么不好，男人其实不喜欢瘦得只剩下骨头的女孩，大多数男人都喜欢有点肉肉的女生，"我急着想解释，不过好像解释还不如不解释，现在成了骑虎难下之势，我只好硬着头皮继续解释："我也不是那个意思，其实你一点都不胖，你就是属于那种圆身体，看着容易显得肉嘟嘟……"算了，我还是别继续了。

"我不和你吃饭了，我回家了。"赵妍被我气得转身就走。

哎，好好的约会又被我破坏了，我才想追过去拦住赵妍，她已经绕过转角消失在人群当中。我无奈只有带着沮丧的心情，垂头丧气地向公交车站走去，走了几十米，一头差点撞上前面的人。

"你……赵妍？你没走啊。"我开心地看着赵妍，而赵妍站在我的面前用带着气愤的大眼睛瞪着我。

"我说不和你吃饭，你就走了？"

"我想追你的，可是你跑太快了，一转眼就不见了。"

"什么一转眼就不见了啊，我，我根本……那你也不找我一下。"

"你都不见了，我怎么找啊，这里人这么多。"

"你现在是故意气我吗？"赵妍突然放弃生气的表情，改为疑惑的表情看着我。

"没有啊，我没有故意气你啊。"

"那你就真的气着我了，不和你吃饭了。"说完，赵妍再一次转身离开。

赵妍又被我气走了，我觉得我到了深刻检讨自己的时候了，为什么我气人的功力如此之深厚，我的大脑思维一定出现了致命的BUG，需要修理维护一下。赵妍已经给予了我足够的宽容与大度，可是如果再这样继续下去，我想谁都不愿意找一个整天没事气自己的男朋友，除非她有某种特殊癖好。

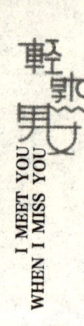

关于这一点我想请教陈涛和阿杰是不准确的,应该去请教同为美女的人,我一共认识三个美女,赵妍,我不可能直接去问她,凌小靓,我问她的结果我担心得不到我想要的结果,那么就剩下最后一个,我轻易不会打扰的唯一的女性朋友——诺诺。

"凌少你今年几岁?"诺诺瞪着大眼睛看着我。

"三十啊。"

"你要是十三岁,还能原谅你,三十岁了还这么幼稚,你说话有没有经过大脑的?"

"当然经过了,完全是我大脑的真实想法。"

"说出你真实的想法不叫经过大脑,将真实的想法进行加工处理才叫经过大脑。"

"那应该怎么加工处理啊?"

"一时间也很难教你细节,你记住一个关键点就行了,就是永远只说好听的,你试试,我现在是赵妍,我们俩今天约会见面了。"

"我今天好看吗?"诺诺问道。

"好看。"

"这条项链好看吗?"

"好看。"

"这条裙子好看吗?"

"好看。"

"你就不会说点别的?回答这么单调。"

"是你说要说好听的,再说,你问问题的方式也这么单调。"

"换一下。"

"换什么?"

"身份，你现在是赵妍，我是你。"

"哦，可我是男的。"

"这就是为什么我永远只是你女性朋友而不会是你女朋友的原因，能被你气死。"

"不至于吧，等等，你的意思是，我如果不是那么气人的话，你有考虑过成为我的女朋友？你不会是一直暗恋我吧？"

"我看我连你的女性朋友也就做到今天了。你到底练不练习？"

"练，我现在的身份是我自己，还是赵妍？"

"你自己，你还能不能做我的朋友就决定于你的表现了。开始。"

哎，今天把女朋友气跑了，跑来请教女性朋友，现在连女性朋友也要气跑了，看来不燃烧一下我的小宇宙是不行了，我还就不信我不会说好听的话。

"我今天好看吗？"

"总是有人夸奖你的美丽，你会不会有时候觉得有些烦。"

"有时候。"

"那真不好意思，我今天又要让你烦了，你真漂亮。"

"什么时候学得这么会讲话了？"

"这不是学来的，我天生是个不善言辞的人，我只是说出我自己心里的真实想法而已。"

"那你喜欢我吗？"

"不喜欢，喜欢不足以表达我对你的感情，可是我又不敢对你说爱，我担心那会给你压力，我只想你能感受比喜欢更多的喜欢，却没有爱的负担。"我说完看着诺诺，可是诺诺没有继续，只是有点发愣地看着我，这又是什么意思啊。

"喂，我表现得怎么样，给个评价啊。"

"你个王八蛋。"诺诺给我这么一个评价。

"这算是夸奖？"

"原来你一直会说，故意装不会。"

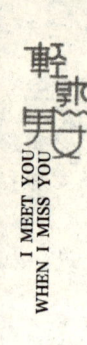

"我哪一直都会啊,我只是被你逼出来的,你是我这么多年仅有的一位能够谈心的女性朋友,也是我最在乎的朋友之一,你都说了是不是朋友就看我的表现,那我再不好好表现,没了你这样一个朋友,会是我最大的损失。"

　　"继续说。"

　　"说什么?"

　　"说我。"

　　"哦,你真的是一个很好的朋友,不过,有时候你也蛮烦人的,性格也有点怪,虽然说你长得是挺漂亮的,可是也老大不小了,都三十了,还整天坚持你那个很奇怪的择偶标准,你……"

　　……

　　我想让我继续说是诺诺今天犯下的最大错误。

40

　　诺诺被我气得半个小时不和我说话,我只好自己看电视,等待诺诺气消。闲着无聊我用余光时刻观察诺诺气消的程度,可是她的表情回馈的信息很复杂,似乎不仅仅是在气我。

　　"你们女孩怎么这么让人不明白。"一个小时之后诺诺恢复了和我的"邦交",又可以进行和平会谈。

　　"女孩是最容易明白的了,一个女孩子爱上一个人,就希望那个人能够对自己好一点,再好一点,有时候刁蛮一点,有时候任性一点,有时候耍一点小性子,有一点不通情理,这一切不过希望对方更体贴自己一点,疼惜自己一点,爱护自己一点而已,女孩绝不是蛮不讲理的族群,她的蛮不讲理只用在她自己爱的人身上,而目的只有一个就是证明对方也一样爱着自己。"

"哇，那被爱的那个不是很悲惨。"

"凌少帅。"诺诺就快忍不住要爆发的情绪了，我气人的这个天赋也太超群了。

"等等，你刚才说一个女孩子爱上一个人，你的意思是赵妍爱上我了？"

"对，通过你关于你们之间发生所有事情的描述，我可以清楚地判断赵妍是属于一个对爱情有梦的女孩子，她是那种找到自己喜欢的人就全心全意地去对待他，全心全意地投入这段感情，很勇敢地去爱的女孩，凌少，你真是走了狗屎运了。"我一直不明白为什么人们喜欢用狗屎运去形容一个人的好运气？算了，又分神了。

"赵妍爱上我？"

"你什么表情啊，难道这么好的女孩爱上你不是一件好事？"

"不能说不是好事，可是爱这个字太重了吧，用喜欢是不是比较恰当？"

"为什么要用喜欢，爱就那么可怕吗？"

"不能说可怕，就是有一点过，这个字轻易还是不要使用的比较好。"

"你们男人都是王八蛋，连个爱字都不敢说，懒得理你，我走了。"

"你不是被我气走的吧？"

"我已经被你气得气不动了。"

"那你去哪？"

"约会。"

"还和那个你说的根本不存在的男人？"

"对。"

"发展得如何？"

"一般，不过我知道他骗我了。他其实不是未婚，而是已婚。"

"我就说……"

"闭嘴，不准发表意见，不准说话。"

"赵妍爱上我了"诺诺的这句话让我产生了很多种感觉交织而成的复杂的无法形容的感觉，对于这个说法我又需要找人确认一下，这个人当然不是赵妍，而是她的好朋友我的妹妹凌小靓。

"你和赵妍是好朋友？"我需要慢慢迂回前进，如果我一开口就问我想问的问题，我这个妹妹给我的答案我都能猜到。

"对啊，我们两个大学时候就是最好的朋友了，一个宿舍的。"

"那我怎么没见过她，你上学那会儿，我也经常去。"

"这我哪知道，你们没缘分呗。哥，你到底是怎么追到赵妍的？"

"你这副表情的意思是不是我和她很不般配？"

"当然。"我这个妹妹倒是一点都不含糊。

"那差距到底有多大？"

小靓没有说话，伸出一根手指。

"差一点？"

小靓摇摇头。

"差一大点？"

小靓又摇摇头。

"那你这样到底什么意思啊。"

"我噎着了。"

……

"哥，你到底想说些什么？"我帮小靓拍了拍后背之后，小靓继续问道。

"我知道我说的下面这些话会受到你的鄙视，不过希望你除了鄙视我之外可以给我一些建议，赵妍是一个很漂亮的女孩，和她接触之后可以了解，她拥有的不仅仅是漂亮，她善良、真诚、聪明，她不介意我只是个小职员，不介意我没有物质基础还寄住于别人的房子，她会在出去玩时抢着付账，会故意挑比较便宜的路边摊，却说因为路边摊的东西比正式餐厅的更好吃，她会体谅你的情绪，在你情绪低落的时候静静地陪着我握着我的手，让我从她的手心感觉到温暖，她大度地原谅我许多的错误，即使我惹她生气，她给我最大的惩罚也就是在几天后故意装作很生气的样子站在我的面前等我牵起她的手……我几乎找不到什么她的缺点。"

"这不好吗？"

"好，她很好，可是我不够好，我并没有优秀得足以和她匹配的条件，漂亮女孩应该配有钱的男人，我们摒弃这个过于现实的理论，可是就算从自身的本质和内涵上来说，我也和赵妍并不相称，和她站在一起的我应该汗颜。"

"你到底想说什么？"

"我想说的是，这也许是我一直以来对赵妍有所保留的原因，她对我越好我就越想逃，因为我想总有一天她也会体会到我和她之间的差距，知道我并不是最适合她的人，她可以找到更优秀的人，拥有更好的生活。"

"所以你谨慎地控制自己的感情，你担心如果一旦爱上她而她选择离开你，你会承受不了那种打击？"

"也许这本就是一个梦，我不想这个梦醒的时候却陷在这个梦里无法醒来。你现在可以开始骂我了。"

"哥。"小靓没有如我预期对我进行痛斥，而是坐到我的身旁靠在我的身边用很轻柔的声音说道："我知道你比我大六岁，比我多接触社会六年，你对事物的看法应该比我更加成熟，我也知道你也许看过很多很多的实例，看过很多很多现实到让你失望的事件，这些实例这些事件影响你，让你对爱情失望，你觉得作为一个已经三十岁的男人，如果不现实一点还相信什么爱情会很可笑，对吗？"

我感谢当年老爸老妈的英明决定，可以让我有这么一个妹妹，虽然几十年来我们都在争斗中度过，可是她始终是那个了解我愿意无条件支持我的妹妹。小靓说的没错，这些年我看过听过经历过太多太多的事情，这些事情在慢慢地侵蚀改变着我，这个世界上美好的事物只能存留在人们的幻想当中，把它拿出来放进现实中，只能变得可笑可悲。

"可是哥，你想得太多了，我不会和你讲大道理，我也没有你更懂得大道理，我只是想告诉你，赵妍就是一个普通的女孩，喜欢上你这样一个普通的男人，你们之间不应该有什么荡气回肠的故事，什么现实和梦想的痛苦挣扎，你要做的只是去喜欢一个喜欢你的人，并且用语言和行动告诉她。"

小靓很会说大道理，而且说得很能触动人心，也许我真是想得太多了，总是在事情刚刚发生就开始预想很多之后的事情，把自己折磨得很累，也把别人折磨得很累。我想我是生病了，我的观念生病了，在经过太多太多的来自于现实社会的污染，我的观念已经变得有些畸形。我是三十岁了，三十岁又怎么了，我就是去谈一场恋爱，真心对一个女孩好，至于将来我们会走到哪一步，会变成什么样，让事情自己去发展好了，我们唯一能明确知道的将来就是将来的有一天我们都会死去，其余的都是未知。

"谢谢你，小靓，我想我明白了。"

"真的，明白什么了？"

"一时间也说不清楚，总之就是不要想太多，认真对对你好的人好，认真地付出。"

"哥，我爱你。"小靓这丫头突然冒出这么一句，把我震慑当场。

"小靓，我，我也……"

"你可千万别说，我只想告诉你，我对你这么好，你也应该对我好吧，我的笔记本坏了，苹果正好出了个新款，你帮我买个新的吧。"

……

42

虽然现在已经是晚上十二点多钟，但是我还是赶到赵妍家的楼下，因为现在我想见她，换做平时的我，一定会考虑很多，她是否已经睡觉，她是否还在生气，这么做是否适当，是否会撞见她的父母……现在我什么都不想，我想见她，那么就去见她。

"你怎么来了？"也许我的出现给赵妍带来的诧异暂时掩盖了她对我的气恼，她带着疑惑的表情问道。

"我想你了。"我说了我平时很难说出口的话，说得挺自然。

"你是怎么了？"我的行为让赵妍进一步地觉得惊讶，却让我自己觉得愧疚，想念自己的女朋友这种再正常不过的事情，原来在我对赵妍的行为中已经成为难得的事情。

"现在晚了，我不想打扰你休息，我只想来看看你，然后告诉你对不起。我不确定我以后还会不会让你生气，我只能说我会尽力不让你生气。"

"然后呢。"赵妍露出笑容静静地注视着我。

"还有，我喜欢你。"

43

我，陈涛，阿杰，三个没有结婚的三十岁男人，现在一个在谈恋爱，一个拒绝谈恋爱，还有一个看来准备开始谈恋爱了。自从阿杰接纳我的建议好好地谈一场恋爱之后，他运用他可以运用的手段搜集大量的目标进行筛选，然后开始大规模的约会行动，可惜一直以来都没有结果，或者说没有预想的结果，因为除了部分女孩又被他发展成了七次情，一无所获。

"这个女孩太好了，真的太好了，实在是太好了。"阿杰今天约会回到家就兴奋地抓着我不停地摇晃，晃得我有点头晕。

"你还学过其他的形容词吗，就剩一个好了？"

"就是……你等我去查查字典啊。"阿杰这家伙，和我一样小时候

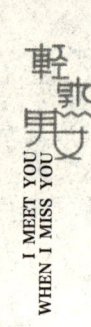

语文没学好，不会形容美好的人事物。

"你，你回来，我来问你。既然让你这么兴奋，这个女孩应该和你以前七次情的对象有很大的区别吧。"阿杰以前七次情的对象也不乏姿色出众的，所以这个女孩一定有不一样的特点。

"你说对了，这个女孩最大的不一样就是清纯，一身淡雅的装束，皎洁晶莹的皮肤，不施粉黛依旧白里透红，尤其是那一双清澈透明的眼睛，阳光灿烂的微笑，给人一种清新脱俗的感觉，让人心醉，和以前约会的那些女孩相比，那些女孩就变成了俗物。"

"看来不用查字典也会挺多形容词的嘛，心醉了是不是又要把人家拿下了？"

"错，这一次绝对不一样，她的清纯让我都不忍心去破坏，再说，和女孩是不能轻易上床的，一旦上了床你很快就没有兴趣了，所以你要爱她，就不要和她上床。"

你要爱她，就不要和她上床，听上去是句蛮蠢的话，不过却是现在男人的一个写照。男人对待女人，有没有发生关系，有着巨大的差别，巨大得有时候女人无法理解，男人自己都不敢相信。

"那你这次是真的准备很认真地谈这段感情？"说实话我不太相信阿杰会突然之间有如此大的转变。

"嗯，我现在才明白原来谈恋爱的感觉比上床来得有趣多了，上床说到底就是为了那几秒钟的快感，而谈恋爱时时刻刻都会有快乐的感觉。"

"看来你是喜欢上这个女孩了，你确定女孩也喜欢你吗？"

"当然，有什么女孩，不喜欢我这样，长得帅，又幽默，工作稳定，收入丰厚，爱好广泛，内涵深厚……的男人。"

"你等一会儿，长得帅，我认可，幽默如果和贫嘴一个意思的话，你也能算，可是后面那些你确定在说你自己？……你小子，该不会还是和别人撒谎吧。"阿杰在网站上登个人资料的时候就干过这种事情。

"我也是无奈，之前见其他女孩的时候我都没撒谎，都实话实说的。"

"那这个女孩你为什么又撒谎？"

"因为我紧张啊，我太喜欢她了，我如果不抬高一点自己的身价，我怕她看不上我。"没想到一向自负的阿杰，原来也有这么不自信的时候。

"那你也不能骗人家啊，你是不是想和她好好发展？"

"当然。"

"那你发展到最后，难道就不怕被揭穿？"

"揭穿需要一定的时间，我会用这段时间让她爱上我，那时候再向她坦白。"

"也就是说你让她爱上你，然后再告诉她她爱上的不是真实的你，让她又气愤，又无奈，陷入一种挣扎的痛苦，面临不知道该如何抉择的困境，即使她选择你，也不知道是否应该继续相信你，从此你说的话在她的心里都会不自觉地打折扣，遇到一点点的问题她就会怀疑你是否在骗她，不选择你，可是又爱上了你，又在这段爱上你的日子对你有了许多的付出……"

"行，行了，你别说了，真的会那样吗？"

"你觉得呢？"

"那好吧，我明天就去向她坦白。"

"这就对了。"

"可是我们才刚认识，向她坦白了，她要是看不上我了怎么办？我是不是再接触一段时间，再坦白？"

"林琪马上回来了，我帮你问问她的意见，听听女孩的想法比较准确。"陈涛走过来插嘴说道。

"行了，我明天立刻去坦白。"阿杰回答得很快。我们都明白要是让林琪知道这种事情，那我们就要经受山呼海啸的灾难了。

第二天阿杰再回来的时候，一脸沮丧，进门后一句话不说默默地走向自己的房间。

"阿杰，你怎么了，是不是坦白之后，那女孩怪你了？"

"嗯。"阿杰无力地点了点头。这让我有些不忍，虽然告诉阿杰不应该欺骗别人是正确的行为，可是却使得阿杰刚刚燃起的对恋爱无限的

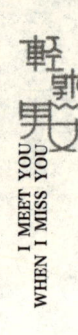

憧憬被打得粉碎，看来阿杰真的很喜欢那个女孩，这次的失败会不会又把阿杰推回到他的七次情生活当中？

"阿杰，对不起，不过，我想那个女孩也许是因为一时间气愤，所以……其实你本身的条件还是很好的，和你说的也差不了多少，你等女孩气消了……"

"哈哈，你真的上当了，我的演技不错吧。"阿杰突然大笑起来，我知道我又上这小子的无聊当了。

"你的意思是女孩没介意你骗她？"

"没有，这得感谢你，我及时地向她坦白，她不仅没有责怪我，还对我的行为表示赞赏，现在我越来越喜欢这女孩了。"

"嗯，你是越来越喜欢她了，我越来越烦你了，没事装什么啊，还害得我替你担心，很好玩啊。"我不悦地看着阿杰。

"你生气了，我就开个小小的玩笑。"

"这种玩笑很好玩吗？你不觉得无聊啊。"我的语气有些气愤。

"真生气了，对不起，我没想到你会这么生气，我……"

"哈哈，上当了吧，我这才叫演技好。"

林琪和陈涛两人走了过来，看着我和阿杰无奈地摇了摇头，我也突然感觉到我怎么还这么幼稚。

44

每当时间逼近下午下班的时候，大多数员工的工作效率就开始变得低下，因为都在等待下班时间的到来，有些不是那么紧急的工作，等待明天再做。明天再说，是每个人都存在的惰性。我也一样，不过最近我努力了很多，也许是因为心情好吧。

"下班后，老地方见。"赵妍主动给我发来消息，让我很开心也很为难，因为我不知道老地方指的是哪里。我和赵妍约会已经有一阵子了，可是每次的地点并不相同，就是下班后见面的地方也是根据当天的不同情况做不同的调整，现在突然说老地方见……

我却不能回消息问老地方在哪里，那显得我也太不用心了，我不希望我自己的行为总是惹赵妍生气。

我决定赌一次，我将这段时间和赵妍下班后见面的地方都罗列了一下，大概有七个地方，少于三次的应该算不上老地方被排除之后还剩下三个地点。第一，公司大厦最近的公交车站（赵妍说在公交车站见面不会被人怀疑，因为我们俩下班都要坐停靠这里的公交车）。第二，公司后面的小餐馆（这是公司员工不在食堂吃饭时最喜欢去的餐馆，但是赵妍说最危险的地方就是最安全的地方，在这里见面别人会以为我们只是来就餐巧遇）。第三，距离公司两条街的百货公司门口（之所以选这里不是因为有什么特殊的原因，是因为赵妍有所有女孩都有的"毛病"喜欢逛街，这家百货公司是她最喜欢逛的一家）。

你问我三个地方怎么选择？我回答你，人是要有智慧的，尤其是像我这样唯一只有智慧这样东西可以炫耀的人，一定是有办法的。

下班之后我就来到小餐馆，确定赵妍不在之后，等待十分钟左右打电话给赵妍问赵妍是否到了，如果赵妍回答已经到了，我就告诉赵妍下班又被领导叫去，所以出门迟了，然后立刻向百货公司方向飞奔，路上会远远地路过公交车站，我搜索一下橘红色（赵妍今天外套的颜色），确定没有，则继续向百货公司飞奔。

一切如我所想，等我到百货公司门口找了一圈却没有发现赵妍的踪影。难道我刚才路过车站的时候没有看清楚，或者因为今天天气有点热，赵妍没穿外套。我决定再赌一次。

"喂，赵妍啊，我已经到了，没看见你啊。"

"哦，我在楼上逛呢，马上下来。"

还好我赌对了，如果在公交车站或者小餐馆，就这么点大的地方，说看不见以我的智慧也没办法解释了。

五分钟后赵妍带着特别可爱的表情出现在我的面前。

"你来了。"我回应的是一个特别温暖的笑容。

"你怎么知道老地方是这里啊？"

"那我能不知道吗，作为你的男朋友，连这一点都不知道，不是太不称职了。"

"是吗？"

"当然。"

"你少骗人啦，我们俩根本就没有老地方，我们每次约会的地点都不一样。"

"那更能说明我们两个心灵相通，一下子都想到是这里了。"

"又骗人，我看见你下班先去了小餐馆，然后又飞奔路过公交车站，然后才来这里的，我一直跟着你，只是没你跑得快，所以才晚到五分钟。"看来智慧这东西有时候也不这么牢靠，想的计划完美，但是实施的时候出现漏洞，忘记知己知彼这么重要的原则。

"那你这是故意作弄我啊。"

"嗯，我就是故意的，以前你总惹我生气，现在我想报复，我想让你也生气。"

我不禁笑了起来，这算哪门子报复行动，面对这种报复行为，我实在很难生气。

"那你惹我生气了，我是不是应该给你点惩罚？"

"你想怎么惩罚我？"

"嗯，罚你陪我逛街。"

赵妍冲我露出最灿烂的微笑，能够让一个女孩绽放如此的笑容是一件多么令人幸福的事情，原来我也是可以做到的。

我和赵妍进行"地下活动"已经有两个月的时间了，开始的时候警惕性极高，两人始终保持一定距离，随时观察周围情况，可是随着时间的推移,这种警惕心理开始在不知不觉中降低。终于在今天出现了失误,我和赵妍并排前行的时候迎面撞上我以前公司的领导(我还在那家公司时对我颇为照顾),她的目光已经锁定在我和赵妍的身上,并且露出些许异样的眼神。虽然她不是我现在公司的员工,但是由于同在一个行业,她多少和我们公司也有一定的联系,所以我决定提前一步解决眼前的这个危机。

"赵姐,你好。"我主动上前打招呼。

"你好。"

"给你介绍一下,这是我表妹,这是我以前公司领导赵姐。"我主动将赵妍介绍给赵姐,表现得落落大方,我对于自己的反应和演技非常满意。

"是吗,她是你表妹?"赵姐露出一个不太相信的眼神,让我有点不太满意,我为什么就不能有这么漂亮的表妹,别说表妹,我自己亲妹妹那也长得是如花似玉的。

"对啊,她是……"我带着略微不满的情绪刚想确定这个不是事实的事实,但是被赵妍打断了。

"小姑妈。"赵妍不好意思地怯怯地说出这个词,差点没让我晕过去。

"姑,姑妈?"

"凌少,一直不知道原来我们还是亲戚啊。"

现在的我很想找个没人的小岛躲起来,可惜我做不到,我只能硬着头皮面对如此尴尬的局面。

"你们俩谈恋爱呢?"赵姐带着那种让我惭愧的微笑问道。

"啊,我们……就是同事,下班正好……顺路一起回家……"我都不知道该怎么编,赵妍回家也不走这条路啊,赵姐是她姑妈难道还会不知道。

"是,我们在一起了。"赵妍用简单明了的回答替我解围。

"哦,好啊,那一起吃饭聊聊吧。"赵姐倒是不客气,明知道我们是一对,还非要掺和一下。

接下来我们就三个人一起共进了晚餐,其间赵姐对于我们如何开始,开始多久,目前状况进行了详尽细致的了解。由此我可以知道赵妍和她这个小姑妈的感情非常亲密，因为她是有问必答，答必详尽。

持续了两个多小时，赵姐几乎问遍了所有情况，才很满意地离开。

"你怎么什么都说了啊。"赵姐一走，我就立刻问出这句我最想问的问题。

"那是小姑妈，为什么不能说啊。我和我小姑妈最亲了。"

"可是，不是你说要保密的吗？"

"那是两个多月前，现在我觉得，可以是公开的时候了。"

"啊，要公开啦。"

"你不想吗？你害怕别人知道？"

"我，我哪有，一开始说保密的又不是我，有你这么好的女朋友，我一直都很想向全世界宣布的。"我终于开始学会说"实话"，这句话说得赵妍露出一个很满意的笑容。

"那我们明天就回公司宣布吧。"

"怎么宣布啊。"

"就是告诉大家我们在一起了啊。"

"我们又不是结婚，哪有人谈恋爱还正式向别人宣布的？"

"没有人吗？"

"没有。"

"那正好，我们做第一个。"

……

第二天站在公司门口我就犯难，你告诉我这个事情怎么办？难道我真站在所有人面前宣布我和赵妍在一起了？那不是有毛病吗。可是，这是我女朋友赵妍下达的命令，她一定认为我连承认和她在一起的胆量都没有，或者又会胡思乱想我根本不想别人知道我们在一起之类的，那我不是很冤枉。

我站在自己的位置上，环视周围的人群，每个人都在做自己的事情，我知道接下来几分钟的时间我会成为他们关注的焦点，然后成为他们议论的主题。

赵妍适时地出现，向我款款地走来，看来她是来监督我完成这个光荣而艰巨的任务。

"喂，大家注意一下啊，我有事和大家说。"我咬了咬牙，狠了狠心，准备开始宣布了。

"你做什么？"在我开口之后，赵妍一个箭步来到我的面前，瞪大眼睛看着我。

"啊，不是你叫我宣布我们俩在一起的消息吗？"

"我也没有叫你像发通知似的这么宣布啊。"

"那怎么宣布？"

"我现在不是过来了吗，只是我走到你身边，和你亲密地讲几句话，然后顺手帮你整整领带什么的，一定会被别人看见，然后别人自己就会知道了。"

"那你也不说清楚，我以为你叫我一个个地通知所有人呢。"

"哪有你这么傻的。"

"喂，凌少，你有什么事要说，快点说吧。"旁边一位同事插话了。

"还什么事，你傻啊。"小美抢在我前面说话了。

"他没说我怎么知道什么事？"那位同事很执著。

"你瞪大眼睛看看你前边这两个人，还看不出就去眼科治治。"

"哦……"这位同事恍然大悟，接着所有人都恍然大悟。

我终于宣布了我和赵妍在一起的消息，经过两个月的地下活动，终于走向了光明。

自从上一次我自以为是拍着胸脯向林琪保证促成她和陈涛的事，却让林琪听到陈涛明确的拒绝之后，我一直都不太希望单独面对林琪。不过今天避无可避，家里又剩下我们两人。林琪正拖着吸尘器打扫客厅，不知道从什么时候起，林琪对于她自己制定的居住规则越来越宽松，对于我们的某些行为越来越宽容，也不知道从什么时候起，在我的眼里，她的女强人的形象越来越不清晰，取而代之的是一个温婉贤淑的居家好女人。

"你起来了，桌上有饭，自己去吃吧。"林琪看到我之后微笑着说道。

"哦，好的。"我在桌边坐下，看着满桌的早点，愧疚之情又一次升起："林琪，对不起。"我一直欠林琪这句道歉。

"好好的，为什么对不起。"

"我上次……"

"上次是我要你帮忙去问他的，应该谢谢你才对啊。"

"你别这么说了，你就让我有个道歉的机会吧。"

"那好，我接受你的道歉，这样可以了吗。"

"嗯，不过我能问你一个问题吗？"

"我有那么凶吗，别和我说话总这么战战兢兢的，直接问。"

"我想问你，陈涛已经明确表达了他的意思，你什么打算？"

"你觉得我能有什么打算，别人明确表示不喜欢我，难道我还死缠烂打地纠缠别人？"

"那倒是。"虽然我很希望林琪不要轻易放弃，可是我知道这是个现实，这种背后议论中的拒绝甚至要比当面拒绝更加严厉。

"不过那是其他人，我还是选择再坚持一下。"

"真的？"

"嗯，不过我不会死缠烂打，但是也不会像之前那么含蓄，反正他现在已经知道我喜欢他了，我就明确一点地追求他。"

"我喜欢你，也绝对支持你，我对陈涛有着十几年的深刻了解，大到他的人生观、价值观，小到他喜欢穿什么颜色的袜子，什么样式的内裤我都可以给你提供准确的情报，完全可以帮助你制定出一套非常有针对性的，打击他弱点的追求计划。"

"我不要，我只想让他知道我喜欢他，有多喜欢他，我就是我，我不要去迎合他，我要他喜欢真正的我，而不是迎合他的我。"

"既然这样，那我依旧表示我的支持，那你努力，我出门了。"

"你去哪，你还要帮我呢。"

"帮你什么？"

"告诉我陈涛最喜欢吃什么菜，我今晚做。"

"等一下，你不是不要迎合他的喜好的吗，要做真实的自己。"

"对啊，现在最真实的我就是想做一道他最喜欢的菜给他吃啊。"

47

我开始觉得生活变得美好起来，我放下了总是喜欢思前想后的坏习惯，凭着自己的直觉去和赵妍谈一个简单的恋爱，阿杰放弃了他七次情的坏毛病真正地去喜欢一个女孩，陈涛虽然依旧忙碌在自己的工作和母亲之间，但是他身边有了一个愿意守护着他的善良女孩。

这一切都停留在这种状态是个美好的状态，不过事情还是会继续地发生变化，也许向好的方向，也许向坏的方面，最先变化的是阿杰。

阿杰秉承着自己的理念和他的清纯女朋友朵儿进行着不上床的纯洁恋爱。不过我不相信阿杰能够做到，所以我和陈涛打赌，赌他坚持不到一个月。半个月对于阿杰来说已经是一个奇迹了，不要期望奇迹中的奇迹，所以我赢了。

"你昨天晚上说你要和你那个清纯无敌的女朋友突破界限了，为什么今天回来是这个表情？"昨天阿杰兴高采烈地出门，今天却沮丧地回来。

"是你那个清纯女朋友,不太适应这方面的事情,最后拒绝你了?"

"不是,她没拒绝。"

"那是她没什么经验,过程不顺利?"

"不是,而是她表现得非常非常……好。"

"哇,那你真的幸福了,找到一个在外清纯可人,回家性感勾人的,那是每个男人的梦想。"

"可是这个梦想稍微过了一点点。"

"什么意思。"

"这么说吧,我一直以为我自己是一个有着过人技巧的高手,可惜我在这方面的知识却只有她的几分之一,她让我体验了以前从来没有过的感受,让我了解原来这方面的事情还有更高的境界。"

"真的假的?如果像你说的,那她也是经过无数次实践才练就的这一身的本领。"

"我问她和多少男人……她竖起一根手指。"

"一个?"

"错。"

"一车?"

"错。是一栋十二层的住宅楼居住的居民数量。"

"哇,那和你有一拼啊。"

"是有过之而无不及,那住宅楼一层是四户人家。"

"哇,三口之家的话,那就一百多了,也太夸张了,看来她完全摧毁了在你心目中的清纯形象,你是不是不想继续了?"

"为什么不继续,现在都什么年代了,难道女人在那个方面稍微放纵一点就那么不能被接受?在那个方面稍微开放一点也不影响她的清纯,清纯不在于她的行为,在于她的内心。"

"你确定用稍微这个词是正确的?你确定在这个方面很开放的人还很清纯?"说实话我不同意阿杰的观点,和上百个男人发生过特殊关系,如果她不是阿杰的女朋友,我可能会用非常贬义的词汇去形容这样的女孩。我也不相信一个这样的女孩会保持内心的清纯？

"好吧，她是比较开放……OK，非常开放，那又怎么样，我还是喜欢她。我还很确定即使她很开放，她还是有很清纯的气质。"

我开始觉得我小看了阿杰，一直以来我都以为他和所有男人包括我自己一样，严于律人，宽以待己，没想到他能有如此胸怀，换成我绝对做不到这一点。

"那你什么意思啊，你又不介意她的过去，你又得到了超越从前的享受，回来还一副苦瓜脸？"

"他是因为觉得自己唯一值得骄傲的长处被别人超越了。"陈涛终于插了句话。

你大爷的，这是什么理由啊。

有人说吃醋其实不酸，没有吃醋的权利更酸。这个时候为什么要讲这么一句话，我也不知道，好不容易记得一句有深度的话，说出来显得自己有文化呗。

眼看就要下班，外面突然下起了大雨，每当这个时候人们都会对天气预报做一番抱怨，听说国外的天气预报都是报道降雨的概率，不明白我们国家的天气观察机构为什么总是这么有"信心"地直接告诉我们是下雨还是不下雨。

突然想起赵妍今天和同事出外勤，去了城市的另外一边，连天气预报都没有预测到的大雨，我想赵妍一定也无法预知，这是一个表现自己的好机会，我决定去城市的另外一边接赵妍。一路上我就开始幻想当赵妍看到我出现时的惊喜表情。我一直觉得愿意为别人制造惊喜，是因为自己可以获得快乐。

可是事情有时候总是和预想的不太一样，我一路上想了许多种赵妍看见我时的表现，但是我没有想过我看见赵妍时的心情。我站在大雨

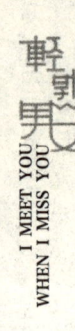

中等待赵妍从那栋她出外勤的大厦走出来站了四十分钟，可是看到的却是赵妍和一个我不得不承认长得比我帅的（其实这应该很容易）男人一起有说有笑地走出大厦，然后男人撑开了一把雨伞（这家伙还真比天气预报有远见，我的伞是半路用高价买的，我看应该让他去负责天气预报），赵妍和那个男人站在一把伞下，靠得挺近，男人举起了一只手臂，看似很自然地搭在了赵妍的肩膀上。

在这种情况下，我来不及考虑是应该迎上去还是躲开的时候，赵妍的目光已经投向了我这个方向。她的眼神如我预想般一样露出了惊喜的神色，只是我觉得在惊喜之中多了一点点的歉意，这个歉意影响了惊喜神色的纯度。

"你怎么来了。"赵妍开心地从一把伞下面跑到了另外一把伞下面。

"我，正好有事路过，然后无意中想起你好像也在这里。"

"你就不能说实话啊。"

"好吧，我特地来接你的。"

"这还差不多，"赵妍给了我一个满意的微笑，然后转身对那个和她一起走出来的男人说道："有人来接我了，谢谢你，电话联系。"

我可以看得出，那个男人带着失望和嫉妒的复杂情绪但又故作镇定地微笑着离开了。随后我和赵妍一起坐上了回程的公交车。

"你为什么不问我他是谁啊。"在经过几站，我们找到了位置坐下之后，赵妍问道。

"我为什么要问他是谁啊。"

"因为他和你女朋友我在一起啊。"

"他是谁啊？"

"他是腾易公司的×××（我记不住这个名字，我对他严重没有好感）。"

"哦。"

"你为什么不问我和他什么关系啊。"

"我为什么要问他和你什么关系啊。"

"因为他帮你女朋友我撑伞，如果你没有出现的话，他还会送你女朋友我回家啊。"

"他和你什么关系？"

"就是工作上的关系，因为突然下大雨，所以他要送我回家。"

"哦。"

"你生气吗？"

"我为什么要生气？"

"因为我相信你一定也可以看出他对你女朋友我有好感啊。"

"如果我看见一个对你有好感的人我就生气，在公司我已经气死了。"

"可是你女朋友我没有拒绝他送我回家啊。"

"下这么大雨，难道要你拒绝他，然后自己冒着大雨回家。"

"你真的不生气啊？"

"不生气。"这句话是实话，我都三十岁的人了，作为一个三十岁的男人应该有成熟的心态，不能像小孩似的为这种事情生气，我很清楚两个人交往的前提就应该是互相信任，我信任赵妍，这是我成熟的表现。

"一点点都不生气？"

"不气。"

"那太好了，其实我也觉得他人挺好的，那你不介意我跟他继续联系吧。"

"不介意。"

"那他想约我周末一起吃饭，你也不介意吧。"

"啊，不……介意。"

"他说吃完饭想带我去一个特别的地方，可以吗？"

"可……当然不可以。"这都什么玩意啊，下雨天趁着打伞的机会搭我女朋友的肩膀，周末约吃饭，吃完饭还去一个特别的地方，什么特别的地方，有什么好特别的，还不就是想弄些不切实际的东西去麻痹赵

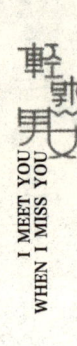

妍的思想，达到他不可告人的目的。我是个三十岁的男人，应该表现得成熟，可是不用成熟到让别人约会自己女朋友吧。

"你生气啦？"

"当然生气了，下雨天和你一起打一把伞那是因为你没伞也就罢了，还周末吃饭，周末是什么时候，是不用工作的休息时间，休息时间除了供自己使用以外，那就应该留给自己最亲密的人，什么是自己最亲密的人，首先是家人，然后就是我，你男朋友。和他吃饭，吃完饭还去个特别的地方，有多特别，能有什么特别，为什么要特别，这就是居心不良的明显企图，我告诉你不准去。"我尽量压低声音，但是毫不吝啬地表现我不满的情绪。

"好啊。"对于我这么有点蛮横的态度，赵妍给了我一个很爽快的答案。

"我说的不是不准去特别的地方，是吃饭也不准去。"

"好啊。"

"不仅不准和他去吃饭，下次再下雨也不准让他送你回家，你要打电话给我，然后等着我来接你。"

"好啊。"

"你最好以后也别和他联系了。"

"好啊。"

"等等，你不觉得我刚才提出的要求某些部分有些许的霸道？"

"不觉得啊，我本来就蛮讨厌那个人的，说了不要他送，还非要送，居然还搭我的肩膀，要不是正好看见你来了，我恨不得踩他一脚。"

"那你刚才和我说你觉得他蛮好的。"

"谁叫你看见别人搭你女朋友的肩膀都不生气的。"

……

看着赵妍逼着我吃醋的得意表情，我从心底涌出一种甜蜜。

"我想你是疯了吧,你要敢踏出这个门口,我就打断你两条腿。"我一进门就听见我老妈高声的训斥,这一般都发生在我身上,可是这一次不是我,那么就只有我那个人见人爱的老妹会受到这种待遇了,不过在我记忆里这种事情最近发生的一次,也在五年前了。

"你就是打断我两条腿,我爬也会爬出去。"我这个老妹别看平时在爸妈面前是个贴心小棉袄,倔起来的时候,那就是一个翻版我老妈。

"好,那你就爬出去,爬过这道门你就再不是我女儿。"

"不是就……"人在气头上什么话都说得出口,可是当气消的时候就会后悔不已,这个道理我懂,作为旁观者的时候。

"哎,你想说什么?"我及时出声打断了我老妹的话。

我老妹愣了一下,眼神中闪过一丝歉意,但是依旧倔强地转身回房间去了。

我扶老妈在沙发上坐下,给我老妈倒了杯水,让她平息一下怒气,然后站在她身后帮她捏捏肩膀,其实我觉得有时候我也有做贴心小棉袄的潜质。

"骂累了吧,休息一下,养精蓄锐,一会儿再骂。"

"你也想找骂啊。"

"我可没有,我们兄妹俩气你那是有定额的,今天的被小靓占了,我就没份额了。"

"又贫嘴。"老妈给了我一下,露出一丝笑容。

"妈,什么事把你给气成这样,我看一个月的份额都被用光了。"

"你妹妹,要搬出去住。"

"那也不是什么坏事啊,她毕业快两年了,想学着独立也挺好的。"

"想学着独立是挺好的,可是她要搬出去和男朋友同居。"

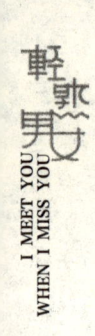

"说了不是男朋友,是男性朋友。也不是同居,是合租。"小靓的声音又从房间里传了出来,我就知道这丫头会偷听我们说话。

"什么合租,进出是一个门就是同居,不是男朋友,不是男朋友就更不能同居了。"

"同居怎么了,我已经二十五岁了,就没有一点自由吗,你要管我管到什么时候。"我老妹今年二十三,年底才真正满二十四,她喜欢说"虚"岁,而我现在更喜欢说实岁了。

"二十五怎么了,只要我活着,七十五你也归我管。"

"可是我不听,我已经决定了。"小靓打开房门强硬地抗争着。

"你试试看,你要是敢踏出这个门口,我就打断你两条腿。"我老妈和老妹还真体贴我,为了让我更加了解事情的原委,重新将刚才发生的事情又演了一遍给我看,现在又回归我刚进门的那句话了。

"行了,你能闭嘴一会儿吗,回房待着去。"我冲小靓吼了一嗓子,其实我也不确定我吼她到底有没有用,她一向只喜欢和我斗嘴不服我管的,不过今天好像很管用,小靓看了我一眼老老实实地回房间去了。

老妈又一次在沙发上坐下,我坐在旁边静静地陪着,你说这个凌小靓,我刚把老妈的气给平息下来,她非要出来捣乱。

"少帅啊,你去和你妹妹谈谈吧。"

"我?"

"嗯,你爸也不在家,家里看来就你管得住她了,她从小就最听你的话,也只有你讲话她能听进去。"

"不是吧,她最听我的话?那应该是她十岁前的事情吧,十岁后我怎么从来也没觉得她听我的话啊。"

"那是你没心肝,你妹妹从小就崇拜你,她是沿着你的足迹走过来的,她上你上的小学,听老师夸你是如何聪明如何出类拔萃,上你上的中学,听年级组长讲述一个学生如何从年级倒数十几名用三个月的时间完成奇迹的大逆转以全校前十名的成绩考上大学,和你上一样的大学,听老生们吹嘘以前有一届老生在学校里成为绝唱的风云事迹,和你学一样的专业，毕业和你做一样的工作，拿着你曾经做过的那个获得巨大成功的案子，在同事们面前炫耀，你说她不听你话，可是你仔细想想，她除了喜欢和你斗嘴，有什么时候真的不听你话了？"我一直觉得小靓是个没心肝的丫头，他老哥我对她是呵护备至，她却总是对我进行嘲笑打击，原来真正没心肝的人是我。

我推开小靓的房门带着一种骄傲自豪的感觉，为我有这么一个妹妹骄傲，为我是她哥哥自豪。小靓坐在床上赌气，看到我脸上立刻浮现出委屈的表情，眼眶一下子红了。看着这丫头的样子，我庆幸当年我老爸老妈的那次意外，让我有了这么一个妹妹，我多了一个可以全心全意去呵护去爱的人。

"愿意和哥聊两句不？"

"嗯。"小靓向旁边挪了挪，在她的身边给我腾出了一个空间。

"事情我大概应该明白了，能跟我说说为什么这么想出去住吗？"

"因为家里离公司远啊，每天都要坐地铁再转公交车。"

"那为什么要和男同事一起住呢？"

"就是碰巧了，中饭闲聊，我说我想找找公司附近的房子，同事说他合租的人正好搬走了，所以有空房间，我去看过他那里环境不错，离公司也近，房租也便宜。"

"你确定是本来房租就便宜，还是他收你的房租很便宜？"

"哥，我知道你想说什么，我承认啦，他确实一直想追我，所以收房租才这么便宜的。"

"那你也喜欢他？想给他追你的机会？"

"不喜欢。"

"不喜欢还占人家便宜，不符合你的个性啊，我看你本来也没打算和他一起住吧，不过是回来随口一说，却遭到了老妈的强烈反对，你那个倔脾气一上来，就非要对着干了是吧。"

"嗯。"小靓被我说得露出害羞的表情，将头顶在我的肩膀上，乖乖地承认。

"这也不能怪你，要怪还得怪老爸老妈，你说我们兄妹还不是他们出品的，我们这个驴脾气还不都是他们DNA遗传的特质，他们现在用他们自己的特质来打压我们的特质。"

"就是。"

"但是那是老妈，无论怎么打压，你也不应该那么气她吧，老妈虽然看着很年轻，可是你哥我都三十了，他们也老了，我们不能总气他们吧。"

"平时你气得多，我气得少。"

"是，哥承认，那一会儿我们俩一起去给老妈道个歉，好不好？"

小靓没有立刻回答我，我知道刚吵完架，虽然很明白自己的错误，可是情绪一时还不能完全转变过来。

"其实我的错比较多，哥自从上大学就在外漂泊，工作之后也没在家住过，所以一直都是你在家陪着爸妈，现在你也搬出去了，儿女没有一个在身边，其实老妈不是想反对你出去住，说什么和男朋友同居，你换个女同事一起住不就解决了，最重要的其实是老妈舍不得你，可是她那个倔脾气又说不出口……"

"行了，哥，你别说了，我去道歉还不行吗。我终于领教了，你还真的挺会煽情的，难怪你在大学骗了这么多女孩。"

"你又听谁乱说的，你哥我上学那会很纯情的。"

小靓终于忍不住露出了笑容很不屑地看着我。

"你这什么表情，我说的可都是实话。"

"行了，不管你过去怎么样，现在好好对待赵妍就可以了。说到赵妍，哥，你想不想更了解一点关于她的事情？"小靓这丫头摆出一副很神秘的样子，虽然我很想克服我的好奇心，可是我知道我做不到。

"给哥讲讲，但是不许提附加条件。"

"赵妍的家庭环境很好，虽算不上富二代，但是比一般人强很多……"小靓开始了对她眼中的赵妍的叙述。

"从她穿的衣服，用的东西看得出来。"

"但是她父母的关系却不是很好，从她懂事的时候起就在她父母不断的争吵中度过……"

"是吗，这样看起来我们俩幸福多了，我们俩很少听咱爸妈吵架，整天都是他们听我们俩吵架。"

"你要是再插嘴我就不说了。"小靓终于忍受不了我的行为。我只好用力闭上嘴表示我的诚意。

"一般在这样环境生长的孩子总会对婚姻有些畏惧和疑惑，但是赵妍没有，她还是很坚定地相信爱情，相信婚姻，并且希望自己可以在二十五岁之前就走入婚姻的殿堂。"

赵妍想在二十五岁之前就结婚，她和小靓一个年纪，如果算虚岁的话，明年就是二十五岁，如果不闪婚的话，总要相处个半年相互了解，然后再花半年进一步进入谈婚论嫁，从认识这个人到嫁给这个人怎么也要一年的时间，那么她就应该在二十四岁认识这个她要嫁的人，她现在已经二十四岁，而目前她的男朋友……是我。

"她家里有钱，可是家庭并不幸福，所以她不觉得物质和幸福之间有什么必然的联系，她更相信两个人之间的感情才是幸福的关键，所以她对感情很执著很坚定，她不轻易地去喜欢别人，可是如果她一旦喜欢一个人，那么她就一定会全身心地投入。她在大学的时候交过一个男朋友，她很喜欢他，也非常投入地经营他们的感情……"小靓说到这里停了下来，而我疑惑地看着小靓。

"你就不想说点什么？"小靓问道。

"不是你不让我插嘴吗。"

"可是这里你可以插嘴，如果你不想听，我可以不说。"

"为什么不想听？"

"因为是关于她前男友的事情啊，你不会介意吗？"

"你哥我没你想的这么小气吧，谁没有过去，二十三岁还长得这么漂亮的姑娘，没谈过恋爱那不是有毛病吗？"

"你说谁呢？"小靓突然气愤地瞪大眼睛盯着我。

"我又没说你，你不是和那个李什么的谈过吗，还有小黄，还有那个什么……"

"我没有，我和他们只是很好很好的朋友，不是谈恋爱。"

"你又不是明星，什么好朋友，好朋友有你们那么亲热的吗。"

"我什么时候和他们亲热过？"

"我就看见过，有一次我去学校看你，亲眼看见那个李什么搂着你的腰，那还不叫亲热。"

"那是因为我脚受伤了，他帮忙扶着我而已。"

"可是你们那种关系绝对不能只用好朋友来形容。"

"那也不是男女朋友，那叫暧昧关系。"

"朋友就朋友，恋人就恋人，搞什么暧昧。"我不得不承认自己年纪大了，因为我年轻的时候发誓无论我多少岁我都要勇于接受新鲜事物，可是暧昧已经不算个新鲜事物，我却接受不了，尤其接受不了一个人同时和很多人保持这种暧昧关系。我眼前就有一个，我的妹妹小靓。我这个宝贝妹妹已经二十四岁，长得是如花似玉，屁股后面追求的人是成群结队，可是她却没有正式地谈过恋爱，因为她觉得男人是不可靠的动物，一旦得到就不会珍惜，所以她喜欢那种若即若离的感觉，另外她喜欢被很多男人宠着的感觉。

"小靓，我和你说啊，你这种思想是不对的。"我一直想找个机会好好教育一下这个妹妹，她总是这么游荡于男人之中，搞这种暧昧，我担心总有一天她会吃亏伤到自己。

"我不听，我不听，你现在是要教育我，还是继续听赵妍的事情？"

看着小靓的表情，我知道现在不是一个教育她的好时机，还是先来关心关于赵妍的故事吧。

"那个男生是一个在别人眼里各方面条件都非常优秀的男生,外形优秀,学业优秀,各种娱乐活动体育项目优秀,家庭富足,生活有品位有质量,人也幽默风趣,在外人眼里他是一个近乎完美的男生,"小靓继续叙述道:"赵妍喜欢他,全心全意地付出,没有一点的保留,可是也许那个男生太优秀了,也许外界对于他的诱惑太多了,所以他不能将自己的感情完全地投放在一个人的身上,他一次次地欺骗赵妍,一次次地伤害赵妍,可是赵妍是那种选择了就一心一意的女孩,所以赵妍包容了他很多次,给了他很多次的机会,但是结果他始终还是让赵妍失望,赵妍用了很长的时间才很艰难地走出那段感情经历,而这一次她选择了你,哥,你可千万不要再让赵妍失望,不要再让她受到伤害了。"

我明白小靓和我说这段话的目的,她是想让我了解赵妍是一个对感情很执著的女孩,曾经受到过感情的伤害,小靓希望我能够担负起作为她男朋友的责任,全心全意地去呵护她,疼爱她。可是在这些之外,我却解读出一些其他的含义,那就是赵妍曾经在一个条件非常优秀的男生身上吃尽了苦头,身心俱损,所以她现在选择一个平凡的男人,一个看着眼睛就可以看出他是不是在说假话的男人,这样更安全,更稳定。我明白这是我狭隘的思想作祟的结果,我也明白自己是一个平凡的男人,但是我的心里隐隐地还是有一些说不出的感觉,也许我希望在我的女朋友心里我是不平凡的。

51

我和赵妍终于宣布了我们的恋爱关系,可以在众人面前光明正大地牵手,接受别人对我们幸福的"嘲弄"。可是任何事情都会有两面性,所有人知道了我和赵妍在一起,张栋自然也就知道了。上次他故意让我去"侍候"刘副总,结果不仅没有让我为难,反而让刘副总对我"另眼

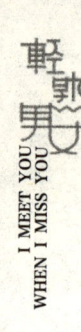

相看"，现在我又和赵妍确定了关系，张栋对我的仇恨值达到了巅峰。

虽然我做好了和张栋斗争的准备，可是当一个普通职员被自己的直属领导针对的时候，任何斗争都显得那么无力，虽然他没有辞退我的权力，但是他有安排工作，表现考评的权力已经足以让他对我肆意妄为。他对我的报复行动到了明目张胆的地步，完全不考虑其他人的眼光和议论，我明白他正处于一个自尊心严重受伤的疯狂期。

我想张栋的报复行为是有效的，因为他让我在大学毕业九年的时间里第一次在工作上感觉到如此的挫败，我甚至在早上醒来的时候产生害怕上班的想法。换做以前的我也许早就将张栋痛骂一顿之后然后转身摆个潇洒的姿势扔掉我胸前的工作牌。可是这一次我没有，我强大的逆反心理和同样强烈的报复心理让我选择坚持。我清楚地知道这不是一次正面意义的坚持，更多的是我对张栋报复行为的反抗。

我想到了一个可以对抗张栋的筹码——副总对我的"误会"。虽然我妈从小就教育我们做人要诚实，可是人逼到这份上能利用的资源我觉得有必要利用。我开始尝试主动接触副总，并"适当"地透露一些信息让那个误会进一步的加深。我尝到了做坏事的好处，副总对我的"礼遇"让张栋的报复行为受到了打击，副总甚至下达了我的工作安排由他亲自负责，我直接向他汇报的行政指令。这样使得我虽然没有一官半职，但是却取得了一个不受张栋控制的局面。

我感受着这两种有着巨大差异的局面带来的幸福感，我可以深刻地体会一个词的含义——小人得志。小人指的就是我自己，因为当我可以嚣张地面对张栋，对他表示不屑的时候，我也有了报复的快感。

公司组织活动，无聊的吃饭加唱歌的活动。如果是一群志同道合兴趣相投的人组织这种活动，我当然还是乐于参加，可是一旦变成公司行为，尤其是当高层也参加的时候，就会变成非常无趣的拍马屁活动。今天这个活动虽然是以我们部门为主，但是有刘副总的参加，还有赵妍的参与。

一切都如我所料，吃饭的过程中充满着虚假的寒暄，无趣的话题，相互之间似乎情谊深厚的推杯换盏，心里却不知道在想些什么。我不会这一套应酬的技巧，我更不屑于这种虚假的应酬，但是因为有刘副总这个目前对于我来说非常关键的人物存在，所以我也加入其中。尤其当着张栋的面我更要表现出我与刘副总的"亲密关系"。

吃饭过后的唱歌活动和吃饭一样地无聊，会有人为刘副总点好歌曲，递上麦克风，然后似乎很陶醉地听他扯着破嗓子五音不全地乱吼一通，还一个劲地鼓掌加大声喝彩。以往我会觉得这群人的神经系统里没有恶心这个条件反射，现在我也是这群人中的一个，还是叫得最大声的一个。

"刘总，听说你舞跳得很好，跳一曲吧。"张栋那个王八蛋也尝试着拍刘副总的马屁，这又不是舞厅，好好的KTV跳什么舞？

"哎，不好吧。"刘副总假装推辞，但是我完全可以感受到他蠢蠢欲动的心情。

"有什么不好，歌曲我都选好了，赵妍，你陪刘总跳一曲。"那个王八蛋把我们家赵妍给推到了刘副总的面前："刘总你看，人家女孩都邀请你了，你不能这么没风度。"

"啊，那我只能勉为其难了。"刘副总带着假装为难却抑制不住满脸笑容的脸站起身，把赵妍一把给搂在怀里。为了不让刘副总在KTV包房跳舞这件事情显得太过突兀，张栋那王八蛋又推起几对男女一起跳舞。真他妈的牛B了，把KTV当舞厅，没人唱歌，一群人在这么狭小的空间"走路"。

最可恨的是，这王八蛋居然把赵妍送到刘副总的怀里。我忍不住恶狠狠地瞪了他一眼，可是却看到他意味深长的眼神，我开始意识到这一切都是他有意安排的，用来挑拨我和刘副总之间的关系。我终于明白在职场斗争中，我实在太弱不禁风了，跟在刘副总后面拍马屁已经是我能做到的极限了，可是没想到张栋还有这样的手段。

刘副总的好色是出了名的，公司里多少女员工被不同程度地骚扰过，只是因为不想丢掉工作以及我们国家对于性骚扰法律的不健全，委曲求全的忍受下来。赵妍不属于刘副总管理的部门，但是赵妍的姿色刘副总也许已经垂涎很久了，今天怎么可能放过这么好的一个机会。

我看见刘副总和赵妍从安全距离到越跳越靠近，他恨不得把自己的身体压到赵妍的身上。赵妍无奈地向我投以求援的眼神。我又看了一眼张栋，张栋的表情更加得意，我想他一定想好了如果我出现替赵

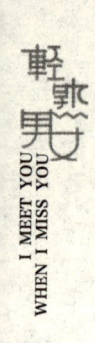

妍解围，无论我使用什么样的方式，他都会予以揭破，并且制造最大难堪给副总，并且将责任嫁祸在我的头上。我想不出他会用什么样的方式，可是我知道以他在这方面的经验和能力，他可以给予我技术性击倒的打击。

我现在在公司的处境已经非常艰难，作为一个新进员工，作为一个没有后台的员工，还作为一个岁数比别人大职位比别人低的员工，最重要的是被自己的直属领导仇视，刘副总是我最后的一根救命稻草，现在要我自己亲手折断这根稻草？

陈涛的话在我耳边响起，我是一个已经三十岁的人了，自己的事业还一无所成，难道我还要面对又一次的失业，在刚刚结束失业几个月之后，上一次应聘的经历告诉我现在的我已经远不像以前可以轻松地找到另外一份工作，这份工作是我在应聘了不知道多少家公司之后才获得的，这还是一家颇有发展潜力和空间的公司。尤其上一次的旅游更体现这家公司给予员工的福利待遇相当丰厚……

我的脑海里各种想法纷至沓来交织纠缠在一起，在这不算长的时间里，刘副总已经更近距离地压迫着赵妍，并且将手从赵妍腰部开始有向臀部移动的趋势。赵妍投向我的眼神焦急且渴望，她等待着我——她的男朋友在这个时候挺身而出。换成几个月前的我，我早就跳起来不顾后果地将赵妍从刘副总的身边拉开，说不定还会直接以自己被辞退的代价嘲讽刘副总几句，可是现在的我居然还坐在位置上没有任何的举动。

我是怎么了，难道真的是被压迫得太久，终于妥协了，还是不愿意看到张栋那个小人的阴谋得逞，又或是自己不愿意放弃目前的工作，因为我一直觉得自己在工作能力上可以轻易击垮张栋从而取而代之，开始我很有前途的事业。

赵妍的眼神已经由求助变成了疑惑的注视，刘副总的手已经摸向不该摸的位置，我终于忍不住想站起身说话了。在我想站起身的那一刻，我又看见了张栋得意的笑容。

我再一次地迟疑了，就在我迟疑的瞬间，赵妍自己推开了刘副总，以要去洗手间作为借口遁走了，在离开房间的那一刻投给我一个失望的眼神。我知道我伤赵妍的心了，作为她的男朋友，在看到自己女朋友被别人骚扰的时候居然没有一丝的行动。我再看向张栋，依旧是得意的微笑，他没有成功地挑拨我和副总的关系，但是却离间了我和赵妍的感情。

回家的路上，赵妍一句话都不和我说，如果不是我坚持，她甚至不愿意让我送她回家。赵妍的沉默让我也不知道该如何开口，因为我今天是做了一件我自己都觉得可耻的事情。

"我到了，你走吧。"经过一路上漫长的沉默，赵妍终于停下脚步说道。

"赵妍，我……"

"你不要说了，我不怪你。"不怪才是最大的责怪，那会让我将内疚和羞愧膨胀到最大值。

"赵妍，我……"

"我上去了，再见。"赵妍没有给我说话的机会，转身上楼去了，看着赵妍的背影，我想我给她留下了一个创伤，同样也给了我自己一个创伤。

我站在赵妍家楼下不知道该去哪里，该做些什么，脑袋里一片的混乱，思维的混乱，心情的混乱。

凌晨我才回到家中，原本以为陈涛他们应该睡去或在各自的房间，没想到这三个人聚在客厅里打斗地主。

"回来了，快点过来，四个人斗地主比较有趣。"我一进门阿杰就说道。

"哟，脸色不好，遇到什么事了吧？"陈涛说道。

"有事别一个人闷在心里，过来和我们说说。"林琪说道。

我一句话都还没有来得及说，三个人已经把我按在了桌边的椅子上，然后用期待的眼神注视着我。

"说说吧。"三个完全不同性格的人居然齐声说道。也许他们只是出于好奇心，但是我却有一种温暖的感觉，这是我的朋友，如我的家人一般，在我有委屈的时候我很想和他们说说。所以我说了所有事情的原委。

"那小子太孙子了，这招够阴的。"听完我的述说，阿杰激动地说道。

"你也太孙子了，自己女朋友被骚扰，你居然可以一动不动，你还是我认识的那个凌少吗？"陈涛说道。

"不是你叫我成熟一点，任何事情要学会忍字当头。"

"可是我没叫你什么事情都忍，我不是很明白，你为什么那么顾忌你们的那个刘副总。"陈涛问道。

"因为他是能帮我解决目前在公司困境的唯一人选。"我将在公司发生的一切又做了一遍叙述，之前我没有用过多的文字去说明我在公司张栋对我的报复行为，也没有过多地描述刘副总介入之后我获得的巨大好处，我现在只想说明，前后之间有着巨大的差距，是一个奴才和红人之间的变化。

"就因为这个？"林琪终于开口了："凌少，我原来对你的很多观点行为都不赞同，可是对于你骨子里那点傲气和面对压力和困境时候的淡定从容，还是很佩服的，可是现在你连这一点都丢掉了，你还有什么，为了自己的利益连女朋友被人骚扰都可以忍受，我只能说，我很鄙视你，非常鄙视你。"

林琪总是丢下一句话就回楼上去了，可是每次丢下的话都相当地有分量，她鄙视得我痛恨自己。陈涛和阿杰也冲着我摇了摇头各自回房去了，又留下我独自一个人。

随着年龄的增加，我一直骄傲的是我自己没有太多的改变，不仅是外貌上的"青春依旧"，还有心态上的"年轻活力"，可是现在我发现我变了。也许三十岁的年龄和生活的压力，让我在不知不觉中改变了，原本我坚持和为之自豪的原则都开始可以被妥协和放弃。这究竟是一种成熟的表现还是一种堕落的开始。

我躺在床上想着赵妍给我的带着怨恨的眼神和对我说的那句"不怪

我"。在迷迷糊糊中我睡去，然后在梦中惊醒，醒来后我不记得我做过一个什么梦，只知道我一身的冷汗。

接下来的几天，我都没能和赵妍有过谈话，即使在公司相遇，我还没有开口，她已经转身走开，下班她也会故意邀请其他同事一起回家。除了赵妍对我的态度，我回家还会遭遇林琪鄙视的眼神和阿杰陈涛很无奈的叹息。我这是怎么了。

"赵妍还在生气？"第五天一进公司，小美就小声问道。

"啊？嗯。"

"对不起啊，是我不好，是我邀请赵妍一起参加的，我没想到张栋会用那么阴险的手段。"

"和你没关系，你不邀请赵妍，他也会找到别人邀请的。"

"别人不明白你为什么会那样，可是我能理解，最清楚知道你之前受到张栋怎样的压迫和你在接触刘副总之后处境改变的人就是我了，你也是很无奈，不要太责怪自己。如果赵妍还生气的话，我可以帮你解释。"小美是个善良的女孩，也如她所说是最清楚我在公司经历的人，更是在这件事情上唯一站在我的立场安慰我的人。

"谢谢，我想我还是自己来处理这些事情。"

"你打算怎么处理啊？"

"做我自己。"

我决定做我自己，凭自己的本性做事，不考虑后果，不计得失与对错，这种行为许多次被别人形容为幼稚不成熟的行为，可是这一次却显得正确，无论遭遇什么样的结果，起码我还能说一句"我对得起自己"。我走进刘副总的办公室，将所有发生的事情解释清楚，明确地告诉他我和陈总之间没有任何的关系，并且告诉他赵妍是我女朋友，起码那天的时候是。

然后我走到张栋面前想告诉他我要请假，即使明天不用再来上班，我今天也要请假。可是事情发生了一点小的波折，张栋那张看着让我恼火的脸和他口中不断刺激和嘲讽我的话语，终于让我失去了自我控制的能力，我一拳将张栋打倒在地，让周围的同事将最诧异惊讶的眼神投给了我。我不是一个喜欢使用暴力的人，但我也不是一个绝不使用暴力的人。

　　我想这次我是真的不用再来上班了，得罪了副总，殴打了直属主管。我提前收拾了一下私人物品，和公司目前唯一真正的朋友小美说了声再见，迎接我第九次失业，也许失恋也同时发生。

53

　　接下来的两天我都睡了懒觉，然后每天打开报纸的招聘版和网上的招聘网站，准备在接下来几个星期，开始辛苦的面试工作。第三天早起，打开电脑想看看邮件中是否有应聘资料发出后的回复，可惜这个我为找工作新注册的信箱和刚注册的时候一样的"干净"。在沮丧的情绪中听到门铃的声音。

　　"赵妍。"我打开门看见故意装作没有表情但是却有很多表情的赵妍："你怎么来了。"

　　"你几天没上班了？"

　　"啊，我……"

　　"你不上班也应该请假啊，为什么连假都不请。"

　　"我想我用不着请假了吧。"

　　"你以为你是谁啊，你是老板啊，不用请假。"

　　"我的意思是……"

　　"我知道你什么意思，可是现在公司还没有辞退你，所以你还是公司的员工，你就要遵守公司的规定，不上班要请假。"

　　"可是……"

　　"我的话说完了，我走了。"赵妍说完就准备离开。

　　"等一下。"我及时叫住赵妍："你能进来坐一下吗，我有些话想说。"

赵妍迟疑了一下，最终还是答应我的要求，进门坐到了沙发上然后静静地等待我开口。

"赵妍，对不起，不仅为那天的事情，还为我自己这段时间所做的事情，我因为张栋对我的行为产生的报复心理以及利用副总后获得的好处让我丧失了自己做人的原则，这也是我那天行为表现的原因，那天的行为不值得原谅，而这个原因就更不值得原谅。和你交往以来，我有过很多开心的时间，或者说几乎都是开心的时间，可是我却一而再再而三地惹你生气，我跟小靓说，我要好好地放下自己的心防去面对我们的感情，可是我还没有做到这一点的时候，却在其他方面又犯了错误，我原本想说我不奢求你的原谅，只想把我真实的想法告诉你，可是我还是想说真话，我希望你原谅我，让我有证明自己的机会。"

"你跟小靓说你要好好地放下自己的心防去面对我们的感情？"

"嗯。"

"那小靓说什么关于我的事情了吗？"这个丫头还真不关注事件的重点，现在是我在承认错误的时间吧。

"说了很多。"

"这个小靓，出卖我，我要找她算账。"

"算账有的是时间，你还没告诉我你能原谅我吗，总要给我个结果吧。"

"不原谅。"赵妍给了一个明确的结果。

"哦。"这个结果不应该在意料之外，可是我还是有些失落。

"我那天都和你说了，我不怪你，既然没怪你，干吗要原谅你。其实，我那天也有错，我本来可以自己解决那个问题，可是有你在我身边，我就希望能够依靠你，可是我却没有去考虑你的处境，其实一直以来你遇到的困难我都看在眼里，可是在那个时候我却只顾着自己忽略了你的感受。"

"你不怪我，你那天生那么大气，这么多天都不理我。"

"不怪你和生气有什么关系啊，不怪你是理智上分析的结果，气你是……是……就是气你嘛。"我又把赵妍气得嘟起了嘴。看着她的样子，我真的觉得我上辈子最起码也是个慈善家，不然哪来这么好的福气有一个这么好的姑娘喜欢自己，在我看来一个完全应该是我错的事情上还会体谅我的心情，顾及我的想法。

"你别高兴太早了。"可是就在我刚开始露出我并不很好看的笑容的时候，赵妍又阻止了我的行为："可是你这几天的行为让我生气了，你处理这些事情的行为太冲动了，你还使用暴力动手打人，打人的时候还说脏话，打完人不请假就不上班，最重要的是你认为自己犯错了还不来找我承认错误，害得我等了这么多天，你知不知道我担心你啊，你知不知道等得急死我了。"

"我是想找到工作再去找你道歉，我觉得我应该……"

"找什么工作啊，你现在还没失业呢。"

"可是快了。"

"你以为你得罪了刘副总，打了张栋，肯定要被辞退了，但是你没有，不仅没有，王总还要和你谈谈呢。"

"王总？"王总是我们公司的总经理，由于身份特殊（具体我也不太清楚，似乎兼任许多公司的老总），所以一年总有大半年的时间不在公司，这才使得大权被刘副总这种小人把持。

"嗯，王总看了你做的对公司发展的建议书，很有兴趣，所以想和你好好谈谈。"

"王总怎么会看到我的建议书？"那份建议书是我自从上次决定该在事业上有所努力时，经过这么长时间不断地撰写、总结、修改、完善的针对目前公司业务方面新发展的方案，我从来没有这么用心地花这么长时间去做一个方案，这份方案可是我工作近十年来最好的一份。我一直想找个机会交给领导，但是刘总绝对不是一个合适的目标。

"你不要看着我，我才没帮你呢，是小美帮你交给王总的，还帮你请了三天的病假。"小美果然是个值得交的朋友。

"也就是说王总现在对我很有兴趣，所以我暂时不会被辞退了？"

"嗯。"

"那你呢？"

"我什么啊。"

"现在还生我气吗？"

"气。不过虽然你处理这些事情的方式不好，但是你的行为我还是有一点点，就一点点啊，感动的。"

"那就是不生气了。"

"谁说的，感动和生气也是不能抵消的，我现在这一半很生气很生气，这一半有一点感动。"赵妍比画着自己的身体，将左右区分成两个部分，左面是生气，右面是感动。

"那暂时别管生气这边，感动这边能不能……"说着我就凑近赵妍，哎，我都觉得自己是西门庆转世，怎么这么色呢，这个时候还有亲赵妍脸颊一下的冲动。

不过赵妍倒是很配合，将右脸颊侧了过来。可是就在我即将亲到的那一刻。赵妍毫不客气地一把将我推开。

"你这什么意思。"

"我什么啊，推开你的是我还在生气的左手。"

……

54

男人的自尊到底是什么，会有什么样的表现形式，也许男人自己也说不清楚。

"凌少，你……最近手头宽裕吗？"我和陈涛坐在沙发上一起看球赛，三十分钟前我就察觉陈涛有话想说，三十分钟之后他才把这句话说出口。

"还行，你要多少？"

"你能有多少？"

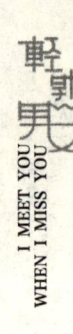

"五千吧。"这已经是我的所有财产，每个月的薪水除去房租，剩不了多少，没想到我已经三十岁还是加入了月光族的行列。要不是之前的公司补了我三个月的薪水，这五千元我可能都拿不出来。

"那你给我三千吧。"人们说亲兄弟明算账，可是我和陈涛之间是不算账的，这个习惯从大学开始延续至今，我没钱的时候向陈涛拿，反之亦然，我们不说借，也不用还。

"五千你全拿去。"

"你就五千，我全拿走了，你怎么办。"

"我还有点零钱，再说过两天就是我们公司发饷的日子了。"

"那我拿四千吧。"

陈涛最近急需用钱，因为她的母亲的病情加重让最近的开销变大，也由于照顾母亲分散了更多的精力，做销售的陈涛这两个月的业绩并不理想，收入自然也少了不少，一进一出造成了目前的局面。

"你还差多少？"以我对陈涛的了解，看他的表情我就知道我这四千元没有解决问题。

"这些付药费，疗养院的费用又要缴，还差一万多。"

"问问阿杰吧。"

"算了，他花钱大手大脚的，从来都是他向别人借钱的，自从他和家里闹僵了就剩他自己那点薪水，还不够他自己用的。"

"那我回家问家里要点。"

"不用了，你都三十岁了别总想着向家里要钱，你现在应该是给家里钱的年纪。"这个时候陈涛还不忘记教育我两句。不过他说的没错，三十岁的我虽然还没有结婚，也没有孩子，但是我的爷爷奶奶外公外婆都已经相继离开，在我们的家庭里我已经是第二代，是应该撑起家庭的一代，可惜我还没有能力从父母手里接过"顶梁柱"这个需要极大的责任心和能力的职务。

"那你怎么办？"

"我再想办法。"说完陈涛站起身回房，球赛对于现在的他原本就没有什么吸引力了。

我知道这只是一句敷衍我的回答，向别人借钱这件事情也许对很多人来说是很平常的事情，但是对于陈涛来说很难，在他父亲去世之前无论是他自己还是他的家庭扮演的都是借钱给别人的角色，不是很亲的人他开不了口。

看着陈涛的背影，我有些难过，不仅仅是为陈涛难过，也为我自己，因为我没有能够帮助朋友的能力，一万多元对于一个已经三十岁工作了九年的男人来说，不应该是一个非常难以筹到的数额，可是我却拿不出来。

"凌少，凌少。"一个很轻的声音传到我的耳朵里，如果不是因为这个声音是一个女声，我很难判断这个声音属于林琪，因为她说话的嗓门我是领教过。

"叫我？"我转头看向声音的方向，看见林琪站在二楼的楼梯口。

"你过来。"

"什么事？"

"我这里有两万元，你帮我给陈涛。"我明白林琪的意思，她拿给陈涛，陈涛是不会要的，陈涛住在这里已经是他能够接受林琪最大的帮助。有时候陈涛倔得让人很难理解，我就理解不了他为什么不接受林琪这样一个好女孩，何况他亲口承认他也喜欢林琪。

"你想不想见见陈涛的母亲？"我不知道怎么突然会有这种想法，但是我相信林琪没有见过陈涛的母亲，如果让林琪和陈涛的母亲认识，让陈涛的母亲喜欢，也许对于他们两个之间能够产生好的影响。

"见陈涛的母亲？"虽然林琪用的是疑问的口气，可是我看得出她眼中的肯定答案。

陈涛的母亲生病已经许久，身体很虚弱，每天只能躺在床上，但是当我向她介绍了林琪的名字的时候，她的眼神立刻亮了起来，精神也似乎好了不少。

"你就是林琪啊。"陈妈妈用很小的声音但是很喜悦的口气问道。

"对，我叫林琪，阿姨好。"

"好，好，来，孩子，快点坐。"陈妈妈指了指自己的旁边，示意林

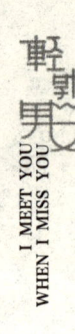

琪坐下，从陈妈妈的语气和神情中不难看出陈涛一定向她说起过林琪，还一定是经常说起。也许这一次我做对了，我想应该给她们更多单独相处互了解的机会，我起身去帮陈妈妈缴纳疗养院的费用，用林琪的钱。

回家的路上，林琪的心情很好，好得有点像小女孩，完全找不到往日在别人面前女强人的形象，拉着我一会儿要吃雪糕，一会要吃路边摊，虽然一句都没有提陈妈妈，但是我想她的好心情就来自于那里。

晚上，林琪做了一桌丰盛的菜肴，给大家享用，当然更希望给陈涛享用。我想得知疗养院的费用解决了，陈涛的心情应该会舒缓许多。可是陈涛进门的表情却十分地凝重，径直走到林琪的面前。

"钱，是你缴的？"陈涛问道。

"是我缴的。"我担心会造成尴尬的局面，抢先回答道。

"但是是林琪的钱。"

"啊……是。"我没办法否认，因为我知道否认也没有用。

"谢谢你，钱我会尽快还给你的，不过以后我自己的事情还是让我自己负责。"陈涛说道，虽然他的话很客气，语气也很平静，但是林琪却涨红了脸颊。

我一直以为我了解陈涛就像陈涛了解我一样，可是我现在完全无法理解他的行为，难道真的是那一点男人自尊在作祟？

我又一次让林琪受伤了，我又错了吗？

自从上次我得罪副总，殴打张栋之后，我没有被辞退，因为我这段时间辛苦工作的成果，那份对于整个公司业务发展的建议书。这段时间王总和我进行了多次的沟通，进一步地将我的建议书细化到可实施的具体项目。

在经过几次主管会议的反复讨论论证之后，终于通过立项，并且准备成立专门的项目部门来负责这个项目的具体实施。今天将是正式公布这个项目部门负责人的日子。

"凌少，现在是不是特别激动啊。"坐在我对面的小美似笑非笑地看着我。

"我激动什么。"

"激动地等待宣布这个专案项目部门的主管是谁啊。"

"反正不可能是我，我只求能够顺利调离现在的部门，不再受到张栋的排挤就心满意足了。"这是一句谎话，我当然想脱离现在的部门，但是我更希望我可以成为这个专案项目部门的主管。每个人都希望自己的付出得到认可，索求回报不是什么可耻的事情，不劳而获才是。从心底里我甚至认为这个主管的位置非我莫属，我有近十年的工作经验，我有负责这个项目的能力，最重要的是这个项目的方案从头到尾都是我设计的，没有人比我更适合负责这个项目。

经过漫长的等待，王总召开了特别会议，列席的人员全部是从各个部门抽调即将加入这个专案项目部的人员。我迅速地将所有人员扫描一遍，再经过分析，在场的人员都没有比我更有资格负责这个项目，这让我尽力保持平静的心态开始变得激动。

王总向所有人员说明会议的目的，介绍项目的概况，这些我都已经非常清楚，我只是在等待宣布项目部门的主管，等待听到我自己的名字。

"公司成立了专案项目部门，下面就为大家介绍一下这个项目部的主管人选。"总经理终于说到了我想听的话题，但是我却突然有了不祥的预感。果然，总经理停顿了一下继续说道："这个人是我们特意从别的公司挖脚过来的专门负责这个项目的，欢迎……"我知道我不应该这么做，但是我的身体不自然地前倾做好站起来的准备，可是我却没有听到我的名字，而是听到一个我很熟悉的名字——王杰。

王杰，听到这个名字就让我的头皮发麻，该不会是我认识的王杰吧。如果今天宣布的主管人选不是我，虽然我会非常地失望，但是我也能面对这个现实，可是如果是阿杰来出任这个主管的话，我却难以接受。

世界上叫王杰的人千千万万，但是出现在会议室的却是我认识熟悉的那一个。我都不知道我是怎么控制住自己没有当场走人，一直等待到会议结束之后我才第一个破门而出。

"凌少。"我听见阿杰在我身后叫我，可是我现在最不愿意交谈的人应该就是他了，我没有和他说话的兴致。

"凌少，你等等。"阿杰就这么一边叫我的名字，一边追赶，一直追到消防楼梯的僻静处将我拉住。

"你怎么了？"阿杰一脸茫然地看着我，似乎完全不明白我现在的心情。

"我怎么了？你就一点不知道？"

"我真的不知道。"

"你……"我有很多话想说，但是却一句也说不出来，现在说出来又有什么用呢？

"说啊。"

"不想说。"

"你一定要说。"

"凭什么？凭你现在是我的主管，我应该听你的吩咐，我是不是应该对你溜须拍马，要不要我给你擦擦鞋？"

"你这么说就没意思了，我们都是兄弟……"

"兄弟？哎哟，不好意思，我们还是兄弟呢，我能高攀主管大人您吗？"

"凌少，你到底怎么了，你干吗这么生气？"

"我就是生气了，没有理由，别烦我行不行。"我近乎咆哮地对阿杰吼完转身离开，留下一个茫然伫立原地的阿杰。

我如此生阿杰的气，因为他抢走了一个原本应该属于我的好机会，这个项目是我几个月来利用业余时间努力工作的结果，我没有获得付出的回报，被阿杰拿走了，不仅拿走了，甚至连提前告知一声都没有，让我在众人面前失望丢脸。这是我不断告诉自己的理由，可是这真的是全部的理由吗？也许更重要的是自己的那点自尊心。阿杰比我小两届，他毕业之后是我带他走入这个行业，他和家里闹翻，是我替他推荐安排的工作，他的许多工作都有我的帮助，不客气地说我算是阿杰的半个师傅，而如今他成了我的上司，负责我一手策划的项目。一直以来，身边的朋友都说我比阿杰有才华，我也比阿杰更努力更勤奋，可是现在……

我尝试告诉自己不要去嫉妒阿杰，可是却做不到，我以前总觉得老天给了阿杰又高又帅的外表，给了我智慧才华也算是一种公平，可是现在这个又高又帅，整天游手好闲到处泡妞的家伙却轻松地坐上了我一直渴望的位置。

漫无目的地游荡，我觉得我已经想清楚我生气的理由，可是我却无法控制自己的情绪。我也不知道到底游荡了多久，一直到有个人站到我的面前。

"赵妍？你怎么来了？"出现在我身边的人，是那个我最希望她出现的人，男人有时候也很脆弱，在受伤的时候也希望有个人可以靠靠，听自己发发牢骚。

"因为我知道你想我来啊。"赵妍一直就是这么聪明的女孩。

"可是你是怎么找到我的？"

"现在都几点了，我找了四个多小时了。"赵妍坐到我的身边，语气似乎在责怪我，却拉起我的手将她的手放在我的手心。

原本我想将我自己觉得委屈觉得不平的事情一股脑地都向赵妍倒出来，可是当我握着赵妍的手我却突然间什么都不想说了。为什么？我不知道，也许就这样握着赵妍的手并肩坐着已经足够了。

"别给自己太大的压力。"这是我送赵妍回去，她最后回头对我说的话。她的话让我明白我为什么控制不住自己的情绪，也许因为赵妍的优秀，也许因为前几天我无法帮助陈涛的窘境，也许是因为三十岁的年龄，让我觉得自己的人生有些失败，急迫地希望找寻一个突破口。

我站在自己住所的楼下，却没有上去，因为我不知道我该用什么样的心情表情去面对阿杰。

"还在生气？"陈涛不知道什么时候出现在我身边。

"你都知道了。"我想陈涛应该是听说了发生的事情特意来找我的。

"嗯，现在心情好点没有？"

"没有。"

"那我来让你心情好点。"

"别和我说笑话，笑现在对我来说是种折磨。"

"不用担心，我说的笑话一向不好笑，我也没打算和你说笑话。"

"也不要帮阿杰解释。"

"这点我不能答应你，我一定要帮阿杰解释，因为你确实误会他了。"

"我误会他？"

"当然，你认识阿杰这么久了，你觉得他是个那么有心计、故意不告诉你让你当场丢脸的人吗，他不告诉你只是因为他认为你看到他会很高兴。"

"高兴？他高兴吧。"

"对，他高兴，他就是因为觉得能够和你一起工作了高兴，所以也认为你和他一样会高兴。凌少，阿杰到你们公司去最重要的原因其实都是因为你。你带他入这行，他当你是半个师傅，认识这么多年，他当你是兄弟，他希望能够和你一起工作，尤其是做你亲自设计的项目，他了解你虽然有才华，但是却不具有和领导相处沟通的能力，而这刚好是他的强项，他希望能够到你身边和你联手，兄弟同心，他从来没有想过他是你的上司，还是你是他的上司这个问题，他只是希望可以和你一起打拼。"陈涛的话让我有些汗颜，因为他说的都是实话。我自私的嫉妒心理，让我的行为看起来幼稚可笑。阿杰一心想和我并肩努力的想法被我曲解，阿杰在本质上比我单纯多了。

"现在可以跟我一起上楼了吧？"陈涛说道。

一进家门就看见阿杰从沙发上弹了起来，紧张地看着我，想打招呼又不知道是否合适的样子。

"看什么看，没看过啊。"虽然我已经原谅阿杰，可是口气不能软，谁叫男人都好个面子呢，下午发这么大的火，现在认错开不了口。

"还生气呢?"

"谁生气了,别一副扭扭捏捏受欺负的小媳妇样子,你又不是女人。"

"那就是不生气了。"阿杰乐呵呵地说道,这小子,心态比我好多了。本来就不完全是他的错,现在便宜也都让我占了,我还气个屁啊。

"嗯。"我无奈点了点头。

"呵呵,那就好,不过我还是不明白,你下午为什么发那么大火啊。"这小子顺竿爬,我不过点头嗯了一下,他就当什么事都没了。

"没有为什么。"

"不可能,你还是告诉我吧,我好奇心很强的。"

"我不告诉你。"说完我就转身回房。

"你告诉我吧。"阿杰不依不饶地跟着我身后。

"你再跟着我,我又要发火了。"我大声威胁道。

"说实话,我其实一点都不怕你发火,你不可能真生我的气的。"

……

56

今天是赵妍一个朋友的生日,赵妍希望我陪她一起参加,也希望通过这次机会我能够认识她的朋友。我为了不让自己在这群平均比自己小六岁的人当中显得太突兀,我特意挑了身看上去很有活力的衣服,我也设想了许多我应该表现的方式,希望可以在赵妍的朋友中树立一个既成熟稳重又不失活力的男人形象。

我原本认为赵妍应该是她朋友圈里的焦点人物,那么作为焦点人物的男朋友第一次出场应该会受到很多的关注,用《大话西游》的台词,我猜中了开头,那就是赵妍确实是她朋友圈中的焦点,可惜我这个焦点人物的男朋友并不受到关注,除了开始介绍时很冷淡的礼貌点头,之后基本上没有人答理我,包括赵妍。

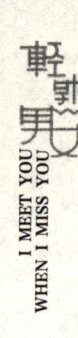

过生日的是个男孩，他是今天的主角，另外一个主角就是赵妍，因为她似乎总被朋友们安排和那个男孩待在一起，我很快意识到那个男孩应该一直对赵妍有好感。看来我今天的出现不是一个恰当的时机。也许因为赵妍的家庭条件优越，也许因为赵妍的自身条件优越，也许因为她的年龄，她的这些朋友都是些很"潮"（我被迫用了这个字，因为我不是太清楚这个字确切的含义，只能希望我用得准确）的孩子，而且似乎家庭条件都很不错，就饭店门口的那几辆他们开来的车都可以开个小型车展。

我唯一能做的就是独自在旁边看着赵妍和她的朋友们开心地嬉闹，也许是故意的排挤，整个生日PARTY我不仅坐在最边上的位置，就连生日蛋糕我也没有分到一块，我不是一定要吃到蛋糕，只是那个时候我真的有点饿。

生日晚宴结束，和一般的传统庆祝活动一样，他们要转战KTV。从他们的眼神我可以看出他们并不希望我继续参与，而我也不想继续参与。

"你去吗？"赵妍终于有机会依偎在我的身边问道。

"我就不去了吧。"

"那我去吗？"

"你当然要去，不然不是扫了他们大家的兴致。"

"你会不会生气啊。"

"你太看不起你男朋友的肚量了。"

"那你会不会担心啊。"

"你指的是那个过生日的男孩？"

"嗯。"

"你今天叫我来，我想就已经说明了你的态度，我相信你可以处理好这些事情。"

"哦。"赵妍的声音显得有些意兴阑珊。

"不过我还是有点担心的，所以我要给你提一个要求，不准喝太多酒。"

"知道了，没有你在的时候，我不会喝酒的，结束了给你打电话。"赵妍开心地说道。

"不，快结束了给我打电话。"

"为什么？"

"我去接你。"

我没有陪同赵妍一起去唱歌，也没有走远，因为我要接她。我在附近找了一间咖啡馆坐下，找了几本杂志，看着窗外这个城市一派灯红酒绿的模样，突然发现自己是否已经距离这个世界很远。曾几何时，我也是和三五朋友在这样的夜晚出入于这样的场合，留意着身边的美女，惦记着如何下手……可是从什么时候起我离开了这种生活？

赵妍朋友的生日会看来非常尽兴，因为我一直坐到这家咖啡馆的服务员很礼貌地请我离开，我依旧没有接到赵妍的电话。我找到街边的一处长椅坐下继续等待，终于在凌晨两点多钟收到了赵妍的短信。赵妍和我说过她的家规甚严，十二点之前必须回家，可是现在看来家规也是可以改变的。短信的内容是"结束了，可是太晚了，不想你太辛苦了，所以不用来接我了，我自己打车回家，你早点休息"。看着短信我的脸上泛起了一丝的微笑，我加快步伐走向KTV的门口。

可是我在距离KTV十几米的地方停了下来，因为我看见赵妍和她的朋友开心地走出来，然后上了那个过生日的男孩的车，随着那辆价值不菲的名车的发动机发出响亮的轰鸣声，几秒钟后那辆车就消失在我的视线中。

57

自从大学毕业之后，像我这般酷爱体育运动的人运动量也急剧地下降，不仅仅是因为工作的原因，也因为找不到和你一起运动的人。现在和阿杰、陈涛又能在一个屋檐下居住，所以又恢复了一些从前的运动。

打完篮球回到家就闻见厨房里传来香味，看来林琪今天心情不错，

193

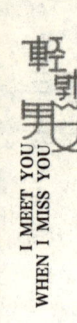

我们三个又有免费的晚餐可以享用。

"今天做什么新菜？"我走到林琪身后问道。

"你最喜欢吃的红烧肉。"

"你怎么知道……赵妍？"林琪不知道我最喜欢吃红烧肉，可是赵妍知道，现在站在厨房里我面前的人不是林琪，而是赵妍。

"哇，这位是谁啊？"我还没来及问赵妍为什么会出现在这里，阿杰走过来问道。

"这是赵妍。"

"你就是赵妍啊，我向你表示道歉。"

"为什么？"赵妍疑惑地看着阿杰。

"因为凌少总和我们说他女朋友多么多么地漂亮，我认为他就是为了面子自我吹嘘，今日一见，才知道他太缺乏形容美丽事物的能力。"

"你应该是阿杰吧，凌少也经常说起你，说你人长得帅，又能说，迷倒很多女孩，我也以为他是吹牛，今天看到你真的很帅。"

"谢谢啊，你说这个凌少怎么就这么好命呢，有我这么帅的朋友就算了，还有你这么漂亮的女朋友，好事怎么都让他给占了呢。"

"有你这样的朋友能叫好事？"我忍不住插了句嘴。

"你继续做菜，赵妍，来，客厅坐。"阿杰把赵妍手中的锅铲交到了我的手上。明明是赵妍在为我做菜，怎么就变成我了呢。

"妍妍，酱油买回来了，是你说的这种吗？"林琪的声音响起。妍妍？我知道赵妍很有诱惑力，那是对男人，原来对女人也这么有亲和力的？这么快就感染了林琪这种需要长时间接触才会了解她内心火热的女人。我和赵妍谈恋爱也有段日子了，我都没叫过她"妍妍"这么亲密的称呼。

一个晚上，那三个家伙对赵妍都保持高昂的兴致，赵妍似乎也很开心，四个人聊了大半个晚上，要不是陈涛够兄弟及时中止了他们的谈话，我担心今天又没我什么事了。赵妍在她自己的朋友中受瞩目也就罢了，在我的朋友当中怎么也这么受瞩目呢，我开始有点鄙视自己，我居然有点嫉妒自己的女朋友和自己的朋友相处得过于融洽。

"他们都回房了。"赵妍终于来到我的面前。

"嗯,不早了,我送你回去吧。"

"我今天不能回家。"

"为什么?"

"因为我和我妈说今天在一个女同学家睡觉。"

"哦,那我送你去你同学那吧。"

"可是我没有告诉我同学,我今天要去她家。"

"那你去哪啊?"我承认某些时候我还是很笨的,就这架势摆明了今晚是要住在我这里了。我心里挺高兴的,虽然这不是我第一次看见赵妍打破她十二点之前必须回家的门规,但是这一次是为我。

"你做什么?"看着我抱起被子拎着枕头的动作,赵妍问道。

"去客厅睡觉啊。"

"为什么要去客厅。"

"不去客厅难道在这,不行的,阿杰陈涛就在隔壁,林琪就在楼上,这样不好。"

"什么不好啊,你想到哪去了,我……你去客厅吧。"赵妍把我给赶出了房间。

我想到哪去了,我能想到哪,还不就是一个正常男人的正常想法。面对赵妍这样一个美丽的女孩,还是自己喜欢的女孩,如果同床共枕想做到恪守规矩,那就是一种酷刑,我宁愿睡沙发。

不过沙发平时坐着挺舒服,用来睡觉却显得不那么合适,朦朦胧胧地睡着,梦见了赵妍。人做梦是很奇妙的事情,有时候很清楚知道自己在做梦,现在的我就是这种感觉,我梦见赵妍从房间里出来,来到我的身边。

这个时候我睁开眼看了看身边的赵妍,这个举动不是梦里的行为,是现实的,结果吓了我一跳,因为赵妍真的就在我身边,托着下巴注视着我,窗外的月光映射在她的脸上,虽然很美丽,但是突然看见也挺吓人。

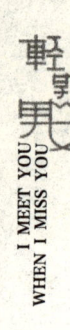

"你怎么在这，几点了？"

"两点了。"

"两点了你还不睡觉。"

"我睡了，又醒了，睡不着，就来看看你睡觉的样子，你是不是做梦了？"

"嗯，梦见你了。"

"发生不好的事情了吗？"

"没有啊。"

"那你为什么一直皱着眉头？"

"习惯吧，我梦见自己发财的时候，可能也皱着眉头。"

"哦。"

"都两点了，你还是快点去睡觉吧。"

"你困吗？"

"挺困的，现在还迷糊呢。"

"那好吧，你睡觉吧。"赵妍不情愿地站起身，走了两步又停了下来："我今天晚上留在你这里，是想好好和你说说话的，好长时间我们俩都没有机会好好地聊聊了，我想有一个晚上就我们两个可以安安静静地谈谈心，说说自己，说说我们。"原来这是赵妍今晚留在我这里的原因。也许我和赵妍之间真的太缺乏交流了，我将许多事情都收在自己的心中，将许多自己的感受都埋藏起来，赵妍是否也是这样呢？我们俩真的应该拥有一个这样的夜晚能打开自己的心房，聊一些平时不能说，不愿意说的真心话。

"那我也不睡了，就好好聊聊天吧。"我翻身坐了起来，但是神经系统不受我控制的，我打了一个不合时宜的哈欠。

"算了，我看得出你累了，你还是休息吧。"

随着时间的推移，林琪对我们的管教约束越来越少，现在我们三个可以躺在沙发上喝可乐吃零食甚至在有些时间可以喝点小酒。可是今天不是那个时候，因为林琪一冲进门看到我们三个就开始宣泄她的情绪。

　　"我告诉你们三个，十分钟之内给我把所有东西收拾干净，将所有摆设还原，否则你们三个今天晚上就准备在街上过夜吧。"每当林琪说出要我们在街上过夜这句话时就说明事情很严重，所以我们三个以最快的速度将家里收拾干净。不过除此之外还要派一个人去了解一下林琪情绪不好的原因，以确定事情的详情以及思考相应的对策，当然这个人选以陈涛最佳。

　　陈涛跟着林琪进了房间，而我和阿杰在门外偷听。

　　"林琪，你没事吧。"陈涛的开场白一向这么苍白。

　　"这不废话吗，这个陈涛。"阿杰的想法和我一样。

　　"要是你，你怎么说。"

　　"我会说，这位美女，需要有个帅哥陪你聊聊天吗？"

　　"我突然觉得陈涛的开场白很好。"

　　在我们说话的这段时间，林琪并没有说话，门里边处于一种沉默的状态。

　　"你要是不想说，那你休息一会儿，我先出去。"一段时间的沉默后，陈涛说道。

　　"陈涛，你等一下。"林琪说道。听林琪的语气，我觉得林琪应该遇到了烦心事，而且现在很脆弱，陈涛应该及时地将林琪搂在怀里给她一个坚强的臂弯，不过我知道陈涛不会那么做。

　　"我……我爸妈要离婚。"林琪终于开口说道。

　　"你爸妈要离婚？为什么？"

　　"自从我妈提前退休之后，这几年他们总是吵架，我经常要回家劝架，虽然累点但是都能平静一段时间，可这次不一样，我妈说我爸有外

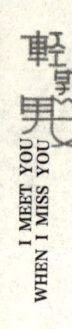

遇,死活都要离婚,怎么劝都不听。"

"啊,外遇,是不是有什么误会,好好解释清楚吧。"

"我妈说不是误会,她是亲眼看见了。"

"这个……"我知道陈涛现在一定有点蒙,不知道该说什么,换成我我也不知道该说什么。

"哇,老爷子还挺风流。"阿杰知道要说什么,只是不适合说给林琪听。

"要不,我们问问凌少和阿杰的意见,多个人多点办法。"

"给那两个家伙知道这件事,我多丢脸啊。"

"可是那两个家伙已经知道这件事了。"这个陈涛,这么就把我和阿杰出卖了。林琪的速度果然惊人,我和阿杰仅仅相视了一眼还没来及逃跑,门已经打开了。

"你们男人就没有一个好东西。"林琪冲出门之后的第一句话,你说这个老爷子犯错,我们也跟着受苦。

我们四个人在桌边围坐,共同商议我们的父辈因出轨引发的婚姻危机。

"你们两个,到底有没有办法啊。"林琪瞪着我和阿杰。

"我们首先要确定你想要什么样的结果,才针对这个结果想办法啊,你是想他们离婚还是不离婚?"阿杰这个家伙属于没事找抽型的,这个问题还要问,有几个人希望自己父母离婚的?对于我来说我压根就没想过会出现这种问题。为了避免林琪的火气更大,我及时先给了阿杰一嘴巴,阿杰很配合地做了个受力的动作。

"我觉得吧,虽然是我们长辈的婚姻问题,但是基本上婚姻问题都属于同一个范畴,首先,伯父出轨呢是不对的,所以应该先劝说他和第三者划清界限,其次呢,伯父伯母这么多年来也有深厚的感情,加上有你这么一个美丽大方的女儿,所以多和他们谈谈,说清楚其中的道理,动之以情,晓之以理,我觉得基本上也就这么个解决办法。"我说道。

"我妈已经去我舅家了,所以我叫我爸明天来我这住,凌少你就负责劝他和那个第三者分手。"

"我？为什么是我？"

"你们男人之间好说话啊，能互相理解。"

"那为什么不是陈涛或者阿杰？"

"陈涛没你那么会说话。"

"但是阿杰比我能说。"

"你觉得这种事情阿杰适合吗？"

……

林琪的父亲比母亲小三岁，二十出头就生下了林琪，所以现在不过五十岁左右，而且保养得相当好，如果单靠目测就和四十岁没两样，一看就知道林琪基本遗传了他老爸的摸样，从林琪的姿色就知道林琪的父亲是个老帅哥，难怪会有外遇。

"你们三个快点去啊。"林琪瞪着我们三个。

"可是林琪，你爸是长辈，年纪比我们大，阅历比我们多，我们去教育他总觉得不合适吧。"

"你们三个加一起年纪就比他大了。"晕倒，还可以这么计算的。

无奈之下，我们三个只能硬着头皮走到老帅哥面前，最倒霉的应该是我，阿杰被林琪勒令不准说话，陈涛一向说话精练，很无奈的我就变成主讲了。

"叔叔好。"我也只能礼貌开场。

"啊，好，好，你们也好。"林琪老爸一脸亲切的笑容，一点都不像正处在离婚烦恼中的样子。

"叔叔，我，我们……"我说什么啊？我想和你谈谈关于你离婚的

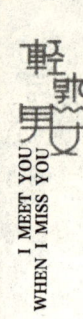

问题？说不出口啊。

"谢谢你们三个一直帮我照顾林琪啊。"倒是林琪老爸先开口了。

"啊，不是这样的，是林琪一直照顾我们。"

"哎，不用客气，我们家这个姑娘啊……"林琪老爸开始畅谈许多关于林琪的事情，还一发不可收拾，从现在说到从前，一直快说到林琪穿开裆裤的年代，林琪在一边不断对我们使眼色，可是我找不到打断林琪老爸话的机会，只好一直听林爸爸述说着林琪的童年趣事，开始是被迫听后来是很想听，不知不觉中让林琪老爸说了近两个小时，才发现林琪的面色已经"发绿"，我不得不办"正事"了。

"叔叔，不好意思，咱们也聊半天了，我们都是奉命行事的人，你还是给我们个机会完成我们的任务吧。"

"好啊，什么任务？"

"和您聊聊……关于您婚姻出现的危机。其实我们也知道我们是晚辈，不应该对您有什么说教，不过我们就想帮林琪了解一下情况。"

"呵呵，没关系，其实我也想听听你们的意见。事情是这样的……"林琪老爸毫不忌讳地向我们讲述了整件事情的经过，基本上就是因为两个人结婚许多年，女儿林琪现在又非常独立，林琪老妈退休之后缺乏个人爱好，变得很不适应，而林琪老爸，才五十岁出头，无论事业和身体都还在巅峰状态，许多年轻女人对林琪老爸都有爱慕之心，这让林琪老妈更加疑神疑鬼，所以对林琪老爸进行严密的监控，查通话记录、查短信、查钱包、信用卡账单……总之电视里演过的林琪老妈都照做（可见电视教坏多少人啊）。即使如此林琪老妈还是怀疑林琪老爸有外遇，不停地进行精神轰炸，所以近年来时常发生斗争，不过一直都还处在"人民内部矛盾"的阶段，可是这一次林琪爸出差的时候和林琪妈说是一个人出差，可是林琪妈跟踪去了车站发现林琪爸是和一个女同事一起出差，所以……我们也能充分理解林琪爸给的解释，有个一直对自己不放心的老婆，撒个谎真的是不想多事。

"你们说，我应该怎么办？"

"我靠，要是我老婆这么对我，我早跑了。"阿杰总是喜欢最快地表达意见。

"你不记得你不准开口了？"我瞪了一眼阿杰。

"叔叔，如果真是这样，那主要还是阿姨的问题。"陈涛说道。

"这和我说的不是一个意思吗？"阿杰又插话。

"其实我也知道林琪她妈提早退休在家很不习惯，我也很尽力地想多点时间回家陪她，但是毕竟我才五十岁，工作上现在也很忙，为了能够打消她的顾虑，我一有时间就打电话回家，有什么应酬或者加班都提前通知，通话记录、短信随便查，她还是觉得我在骗她，说我删除了记录，偶尔买点小礼物什么的，希望给她点惊喜，她说我一定是做了亏心事，有个女同事和我打个电话，就说我和别人有暧昧，还跑去我公司里监视我，你说我这个日子怎么过。"

"是太过分了，这阿姨也是……"还好阿杰的话被端水过来的林琪阻止了。

"那叔叔是怎么打算的？"

"这是想问你们的，如果你们遇到这个问题，你们会怎么办？"

"是我的话，就离婚。"这个阿杰抢话的速度咋就这么快呢。

"别瞪我，叔叔叫我们发表观点的，这是我的观点。"他还解释。

"凌少，你呢？"

"是我的话，尽量沟通吧，看能不能解决这个问题。"

"已经沟通过很多次了，没有效果。"

"那可能只好离婚了吧。别瞪我，这是我的观点。"

"陈涛，你呢？"

"我觉得先相互冷静一段时间吧，您就先在这住着，等阿姨冷静一段时间，再找机会好好谈谈，把事情都说开了。"

"我们分开住已经不是第一次了，她回林琪她舅那已经不记得是第几次了，每次回去娘家哭诉，就会得到她娘家人的大力支持，回来不仅没有好转，还变本加厉。"

"这样的话，看来只好离了。行了，看我干嘛，我们不是观点一致吗。"

"你们聊得怎么样？"终于是面对林琪的时间，林琪用期待的眼神看着我们三个。

"你妈确实太过分了一点，我们觉得很难解决。"陈涛说道。

"你爸已经做得很好了，这样都不行，我看日子确实没法过了。"我说道。

"我认为解决的唯一途径，就是——离婚。"阿杰总结道。

"这就是你们给我的回答？是不是我原本叫你们去劝我爸妈离婚的，我忘记了？"

"我们不是这个意思，不过按照目前的状况，确实没有更好的办法。"陈涛说道。

"你爸能忍到今天已经是个奇迹了，像你爸这样的男人太难得了。"我说道。

"你妈应该是更年期了，我看还是去医院看看病吧。"阿杰又总结道。

"你，你们三个……"

"我们说的都是实话，有些事情真的不能勉强。"

"你们三个，明天都给我搬家。"

我们三个当然不会搬家，这么好的房子，这么便宜的房租，赖也要赖着，再说我们现在也非常清楚林琪是个面冷心热的女孩，她总是恶狠狠的样子其实就是对自己的一个保护，内心有时候也许比一般女孩还要敏感和脆弱。

"林琪，有时候有些事情你不能光考虑自己的感受。"虽然陈涛是我们三个当中话最少的一个，但是在这种时刻，尤其面对的人是林琪，还是由陈涛开口最为合适："每个人都希望自己能有个完整幸福的家庭，可是有时候会事与愿违。"说到这里陈涛停顿了一下，气氛变得有些凝重，我们了解陈涛想起了自己的家庭。

"我们的父母有他们自己选择的权利，如果他们真的不适合在一起生活，分开对于他们来说也许是一个好的决定，仅仅因为你不想他们分开，让他们每天过着争吵不休的生活，也是一种痛苦不是吗？他们已经度过了人生的一半，也许在那一半的岁月里的大部分时间都是为了你而活着，现在你长大了，他们也老了，让他们去过他们自己想要的生活，难道不好吗？"我接着陈涛的话帮他说完。

"可是，他们在一起快三十年了，难道这份感情说丢就丢了？"

"他们之间的感情到底有多深厚，我们不知道，最清楚的应该是他们自己，其实我们三个也只是听你和叔叔说发生的事情，他们之间进行过多少次争吵，多少次谈话，多少次反复，你应该比我们了解，我们问你一个问题，你觉得他们之间的矛盾还可以调解吗？"

"都这么大的人了，还非要离婚吗？"林琪没有正面回答我们的问题，不过侧面地说明她自己都知道父母的问题经历过无数次的反复已经到了不可调和的地步。人说宁拆一座庙，不毁一桩婚，我们三个似乎犯了大忌，还是一桩已经三十多年的婚姻。

"我们并不是赞同轻易地就离婚，但是我们不应该因为他们的年纪就认定他们不能离婚，为什么现在年轻人不合就可以离婚，年纪大的就要终身厮守？你的父母不是没有经过努力，尤其是你父亲，我觉得他已经为这桩婚姻放弃和牺牲了很多，依旧换不来好的结果，那么给他一个自己选择的权利不可以吗？"

"不可以，我不能让我爸妈离婚！"林琪很坚定地说道。

一直以来我都觉得我们这一辈的人对于爱情太物质太现实，那种单纯伟大的爱情更多的只能在我们父辈的身上得以体现。林琪父母的事情打破了这个一直建立在我心目中的神话。"执子之手，与子偕老"是一句多么简单，也多么难以做到的话。

林琪并没有放弃平息她父母之间矛盾的努力，一次又一次地做着调和的工作，可是最终事与愿违。也许我们始终无法真正了解林琪父母之间的症结所在，原本我们以为林琪的父亲更应该选择离婚，可是最后的

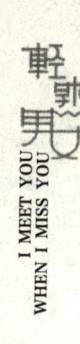

结果反而是林琪母亲的态度十分地坚定。这一点让我对之前的判断产生了一丝的怀疑，是否因为我和陈涛阿杰都是男人，所以在考虑问题的时候都不自觉地从男性的角度出发，而且我们只听到了林琪父亲的"一面之词"，事情的真相到底如何，我们不得而知。

林琪的父母终于还是走上了离婚的道路，今天正式办理了离婚手续。在这段时间里，陈涛一直陪伴在林琪的身边，没有理由，因为只有他是最好的人选。今天林琪和陈涛自进家门就没有说一句话，林琪一身疲惫地上楼去了，陈涛也只是冲我们摇了摇头。我和阿杰也知趣地返回自己的房间。

凌晨两点多，我结束在电脑前的工作（这是我自己给自己安排的工作，也许赚不到一分钱，可是让我觉得充实，给自己一点点信心和安全感）走出房间，发现两个身影坐在窗边的长椅上。我知道那是陈涛和林琪，我无心去偷听他们的对话，可是我还是听见了。

"陈涛，我真的好累，其实我知道他们分开也许对他们更好，我也知道他们都很在乎我，可是为什么我还是会有成了没人要的孩子的感觉？"

"你不会是没人要的孩子，我会一直陪在你的身边……还有凌少，阿杰，不也一直都在你身边。"我知道林琪的处境完全激发了陈涛一直自我抑制的感情，所以前面的话是他脱口而出的真心话，而后面的话是他恢复理智后掩饰真心的话。

"为什么爱情就这么不可靠呢，都说时间久了爱情会慢慢地转化为亲情，亲情是这个世界上最稳定的情感，可是为什么连亲情都这么不可靠呢？陈涛，你还相信爱情吗？"

"信。"

"你觉得世界上还有坚定不移的爱情？"

"是。"

"你觉得还有人能够做到全心全意的付出？"

"对。"

"谁可以？"

"我。"

这样的一段对话，如果换做阳光灿烂的白天，如果换做任何一个其他人，我都会觉得不过是欺骗女孩的甜言蜜语，或者是不成熟的孩子头脑发昏说出的幼稚话语。可是在这样的一个夜晚，这样的一个环境，陈涛的话却让我有一种信任的力量。

我悄悄地关上房门回到房间，决定不洗澡不刷牙上床睡觉，因为我不忍心打破外面那个奇妙的环境。我不知道这个夜晚陈涛和林琪的对话会给他们的关系带来怎样的改变，又或者当阳光照射进房间的时候一切都没有改变。

61

这段时间里，阿杰都处在一个相当甜蜜的状态，几乎每天都和他那位外表清纯无敌，却拥有一身"好本领"的女友朵儿约会，共同演习"双修大法"。每天回来阿杰脸上都洋溢着笑容，用他自己的话说"幸福来得太突然了"。阿杰放弃了他一直坚持了好多年的七次情，几乎删除了电话里所有七次情的目标（说是几乎因为还保留了几个，他说不是为了什么，只是觉得这几个女孩给他留下了深刻的印象，想做个留念），他开始向我和陈涛讲述爱情的美妙，反省自己这么多年沉沦在对"肉欲"的低俗追求当中，忽略了崇高的精神交流。我和陈涛几乎都有些认不出眼前的这个阿杰，女人的魅力真的有这么大，可以如此颠覆性地改变一个男人？

今天是我第二次看见这个对于阿杰拥有这么大魔力的女人，却是一个令人非常意外的场景。我外出公务的时候看见了她，同时也看见了她身边的男人，一个年轻帅气的男人，但不是阿杰。我只见过朵儿一次，所以我担心是自己看错，所以走在他们的侧面进一步求证，目送他们态度极其亲密暧昧地进入一家酒店，同时我却确认了那个女孩就是朵儿。

很多人在遇见这种事情后会在是否告诉朋友的问题上很犹豫，但是我不会，我会选择告诉阿杰，因为我无法看着朋友被欺骗。只是我

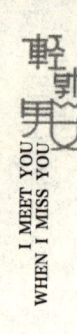

想采取稍微柔和一些的方式，因为也许会有极小的概率可以找到合理的解释。

"今天没出去约会？"回家后我到阿杰房间看见他坐在电脑前。

"没有，朵儿今天有事。"

"和你说什么事了吗？"

"说是和同事出去玩了。"

"你信吗？"

阿杰听到我这句话停下了手中的鼠标，转身看着我笑道："你什么意思，我为什么不信？"

"她也许会骗你，也许她是和其他男人在一起。"

阿杰笑得更厉害了，摇了摇头说道："大哥，你今天够奇怪的，不是你告诉我两个人相处应该互相信任，这是一段正常感情的基础。"

"我是这么说过，可是你不觉得朵儿很奇怪吗？"

"哪里奇怪？"

"你告诉我们她是个清纯可爱的女孩，又告诉我们她在那个方面非常地熟练，你拥有那么多的理论知识和时间经验都不如她，可见她……"我想我的意思表达得已经很清楚，不需要说得更露骨了。

"凌少，说实话一直以来我都当你是我哥哥一样的兄弟，因为你经常提点我，告诉我一些道理，让我的路不至于走得太歪，可是在这一点上，我要说说你了，一个女孩是否清纯和她是否和别人发生过……无关，就像一个女人如果结婚了，她一定会做那些事情，可是她一样可以清纯可爱，重要的不是她的身体，是她的心理。"

"可是身体是心理的表现形式，她在这个方面如此地开放，怎么可能还有清纯的心理？"

"大哥，现在都什么年代了，给自己的大脑系统打个补丁吧，升级一下你的道德观系统。我们不要总是把那种事情看成肮脏的行为，那本来就是一种用于传宗接代的神圣行为。"

"是，两个人相爱，为了孕育新生命，那就是神圣行为，可是仅仅为了快感，随意地和任何人发生关系就是肮脏的行为。"我承认我是一个很传统的男人，虽然我极力地想追上这个世界的变化，但是一时间我还比较"落后"。

"我承认我之前的那种行为确实不对，你怎么骂我都行，可是你不能因为我就认定朵儿也是那样啊。"

"她不是那样怎么解释她和上百个人发生过关系？难道每个都有感情？那感情也太丰富了吧。"

"凌少，你到底想说什么？"

"行，我们不讨论她之前怎么样，我问你，如果她现在和你交往的同时，还和其他人一起呢？"

"不可能。"

"不是不可能，是事实，今天我看见她了，和一个男的在一起，态度很亲密。"

"那也许是她爸，或者她叔叔。"

"年纪还没我大呢，能当她爸吗？"

"那就是哥哥，或者弟弟。"

"你和你妹妹会十指交扣相依相偎地在大街上走路吗？"

"那也许……你什么意思？"阿杰被我的话惹得有些恼怒，声调也提高了许多。

"我的意思是我看见她和别的男人去酒店开房，并且我可以肯定那个男人和她没有血缘关系。"

"你在告诉我我女朋友和别人乱搞？"

"你用的词太不书面，不过意思准确。"

"你滚蛋，你女朋友才和别人乱搞呢，我昨天还看见赵妍和别的男人在一起呢。"阿杰皱起眉头用力地挥了挥手臂。

"赵妍昨天……你小子脑袋有病了是吧，我好心好意地告诉你我看见的事实，你扯我干吗。"

"那是你看错了。"

"不可能，我就怕看错，跟了两条街，看得很清楚。"

"那我也看见赵妍了，我也没看错。"

"我……你找事是吧？"

"不是我，是你，麻烦你尊重点别人，别没事乱在别人背后嚼舌头。"

"你用的这叫什么词，我是你兄弟，担心你被别人骗了，好心提醒你，你什么态度？"

"我谢谢你的好心，不过不需要，我自己的事情自己处理，麻烦你以后别那么多事。"

"我多事？我说的那是事实，事实就是你女朋友和别的男人去酒店，开房，上床……"我被阿杰说得也有些急，人一急的时候说话就开始缺乏控制，我试图将话说得更露骨一些刺激阿杰能够清醒一点。

"够了，凌少，我们十几年兄弟，之前的话我不和你计较，可是你要是再诋毁朵儿，我和你朋友都没得做。"阿杰真的被我刺激到了，只是刺激后的结果和我预料的完全不一样。

"不和我做朋友？"我也被阿杰刺激到了，我们十几年兄弟感情，就为了一个女人立刻和我翻脸，况且我只是陈述了一个事实，我只是好心好意地希望他不要受骗受到伤害，我也开始恼怒："我稀罕，这些年什么时候不是你非要赖着我的。"

"我赖着你？我是你养的狗啊，非得跟着你，你当你是什么玩意？"

"你不是我养的狗，我养条狗，起码还会……"我知道我的话要失控了，可是我没法阻止我自己，幸好在这个时候陈涛出现在了门口。

"你们俩吵什么呢，都多大的人了，三十岁做了半辈子的兄弟，谁不稀罕谁？该干吗干吗去。"陈涛将阿杰按回座位，将我拉出房门。

走出阿杰房门的一瞬间，我已经有些后悔，我想得太简单了，我以为这种事情是再明确不过的事情，自己的另外一半瞒着自己和别人在一起，分开是我认定的唯一选择。我没想到阿杰会有现在的反应，没想到阿杰原来真的喜欢或者说爱上了这个女孩，更没有想到当阿杰真正喜欢上一个人的时候，神经是如此地敏感。也许这就是别人不选择告诉自己朋友这种事情的原因吧,也许我真的没有重视过阿杰的情感,他整天混迹于女人中的形象在我的脑海太深入。

62

在我的眼里,赵妍一直是一个活泼开朗阳光青春的女孩,不过再阳光的女孩也有情绪低落的时候,现在我眼前的赵妍就嘟着嘴一脸沮丧的表情,不过这个样子的赵妍我也喜欢。

"怎么了,遇到什么烦恼的事情?"

"和我妈吵架了。"

"为什么吵架?"

"我叫她不要乱动我的东西,她还是乱动,结果把我电脑里好多资料都弄没了,那里有好多东西都是我辛辛苦苦收集的,现在全没了。"

"哦。"

"哦什么啊,你不应该说点什么?"

"你妈太不小心了。"

"你怎么可以这么说我妈,我妈也是一片好心,帮我收拾东西,不小心才误删了我的东西的。可是我却对着她大吼大叫的责怪她。"

"那是你不对,你怎么能对你妈大吼大叫呢。"

"大吼大叫只是我夸张的形容,那我的东西都没了,总是会生气的嘛,情急之下我才说了她几句。"

"人在这种情况下,难免会情绪失控,情有可原。"

"一点都不情有可原,我妈这么辛苦地养大我,我却总对她发脾气,今天还摔门跑出来,不是很过分吗?"

"是有点过分,自己的父母对自己有养育之恩,我们应该懂得尊敬和孝顺他们,即使有什么问题也应该好好地谈谈,摔门走人是种很不负责的做法。"

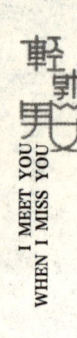

"那我也不是有意摔门的，我说了她几句，我觉得很愧疚，又不知道怎么面对她，所以才想跑出来的嘛。"

"那……我说小姐，你到底想我怎么表达观点啊，你自己不是什么都知道吗。"

"是你墙头草似的，我就想听你给我一个最终的建议嘛。"

"我最终的建议就是，你应该回家向你妈道歉，没有哪个当妈的会记儿女仇的，说几句贴心的话，你妈什么气都没了。"

"我应该怎么说？"

赵妍这个问题算是问对人了，在对付女人的问题上，进行分类之后，对付老妈这个类别是我的强项，然后是老妹，毕竟经过几十年的斗争掌握了丰富的斗争经验。

"这个还不容易，你就回家用最诚恳的表情对你妈说'妈，对不起，都是我不好，刚才不应该对你发脾气的，你别生气了好吗'，一般这个时候老妈已经没什么气了，可能多少有点面子问题，故意装作不理你的样子，要是我们当儿子的那就用傻笑，你们做女儿的就用撒娇（这一点是我在看我老妹对付我老妈的斗争中学习的），围着老妈磨上几十秒钟，老妈一定什么事情都忘记了。"

"我知道你说的都是对的，可是我现在心里还有一点点转不过这个弯，自己还有点生气呢。"

"那你就休息一会儿，平静一下自己的情绪，等心情回复了，再回家。"

"不行，我不想我妈太担心我，让她气这么久，我想现在就解决这个问题。"这个赵妍，孝心十足，脾气又倔，一面不愿让老妈生气，一面自己的气又顺不过来，那怎么办啊。

"我有办法了。"赵妍突然眼神中闪烁一丝狡黠的目光，我立刻有一种不祥的预感，果然赵妍接下来拉着我的手臂说道："你这么有经验，你跟我回家，帮我和我妈和解。"

"不是吧，我跟你回家？用什么身份啊。"

"还有什么身份，男朋友啊。"

"那，那，不就变成见家长了？"这事情是怎么演化到目前的阶段的，开始不是母女之间的内部矛盾，现在怎么上升到见家长这种政治层面的。

"见家长有什么不可以，你都见过我小姑妈了。"

"那不一样，这样也太突然了，见家长这种事情怎么也要正式一点啊，准备些礼物，穿一身西装什么的。"

"又不是叫你去提亲，哪用这么正式，我觉得现在这种情况就挺好的，你第一次见我妈，就帮我们母女俩和解，我妈一定对你印象很好，这反而是个好机会。"我开始怀疑这件事情从头到尾是不是赵妍故意给我做的一个口袋，我就这么给装了进去。虽说又不是提亲，可是见家长确实属于男女交往中的一个里程碑，赵妍已经见过我妈，我再去见赵妍妈，那事情就由两个人的事情向两家人的事情过渡，开始冲着变成一家人大踏步地前进了。

"可是我没有心理准备啊。"

"这要什么心理准备啊，我妈又不会吃了你。"

"可是，可是……"

"没有可是，你就回答我，你去还是不去吧。"

"我……去。"我选择了妥协，虽然我觉得我还没有做好见赵妍父母的准备，可是我不想看到赵妍生气。

第一次见到赵妍的母亲，和我的想象有很大的差别。根据小靓的描述，赵妍的父母婚姻不合，因为赵妍的关系勉强在一起生活，赵妍的父亲经常不回家，而母亲也自有自己的娱乐。在我的脑海里按照常规赵妍母亲的形象变成一个打扮妖媚，有些霸道的女人形象。可是，现在坐在我面前却是一个很有气质，很有母亲形象的慈祥大姐（赵妍的母亲看上去年轻得我只能用大姐来形容）。

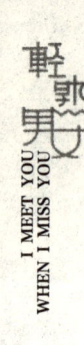

赵妍母亲给了我热情但又没有压力的招待，让我有很温暖的感觉，我谨慎诚实的态度也让赵妍母亲露出相当满意的微笑。见到我们相处甚欢，一旁也和我一样保持紧张心情的赵妍也放松下来，自个去房间处理一些其他事物。

　　"吃水果。"赵妍母亲又招呼我道："听赵妍说，小靓是你的妹妹。"我老妈对赵妍很熟悉，看来赵妍母亲对小靓也有不少的了解。

　　"对，亲妹妹。"

　　"你比小靓大几岁啊。"

　　"六岁。"

　　"哦。"赵妍母亲轻声应了一声，小靓和赵妍同年，我明白这个问题等同于我大赵妍六岁。

　　"那你今年三十岁了？"

　　"对，三十了。"

　　"不错啊。"赵妍的母亲对于我和赵妍之间的年龄差距没有异议，点头继续说道："也算是年轻有为啊，听赵妍说你自己开公司的。"

　　赵妍母亲的问题让我愣了一下，我是开过公司，那是五年前的事情，而现在我只是一个小职员，每个月领着四千左右的薪水，但是赵妍对她的父母并没有如实地相告。

　　"啊，对，我五年前创立的公司。"我也没有坦白交代，而是用谎话的方式说出了实情。

　　"年轻人自己创业不容易啊，能坚持五年更不容易了。来，吃水果。"赵妍母亲满意地称赞我，她说的没错，如果我创立的公司能够坚持五年之久，也许应该已经走上轨道，有不错的盈利，可惜我创立的公司没能坚持这么久，在三年前就已经倒闭，而在运营的两年中一直都是亏损，没有盈利过。

　　赵妍母亲继续问了一些关于我和我家庭的基本情况，在这样友好和平的气氛中完成了我和赵妍母亲第一次的会面。

"你今天和我妈聊得怎么样?"结束会面,赵妍将我送到楼下时问道。

"挺好的。"

"那你现在为什么神色这么凝重啊。"

"没有,有点紧张。"

"都已经出来了,还紧张啊,那我告诉你个好消息,我妈对你挺满意的,你现在不紧张了吧。"赵妍看着我露出微笑。

我很想说当赵妍母亲知道我并不拥有自己的公司,而只是一个小职员的时候也许就不会像现在这样满意,但是我说不出口。

64

我和陈涛、阿杰都是很好的朋友,很好的兄弟,可是我和陈涛之间从来不吵架,但是和阿杰这么多年没少吵过。我没想到这一次我会和阿杰有这么长的冷战时间,也许我需要找一个机会向他道歉。

"你愿意和我说话吗?"经过这些天的冷静,阿杰直愣愣地站在我的面前问道。

"愿意。"

"和你说对不起,你能接受吗?"

"能。"

"那就好,我和你说个事啊……"

"你等会儿,你还没说对不起呢。"

"都多少年的兄弟了,还整那个表面形式,你心里明白不就行了。"阿杰又一副耍赖的架势,我知道我是听不见那句对不起了,不过我也不需要这句对不起,原本错就不是他一个人。

"说吧,什么事。"

"经过这几天我的观察了解，我发现朵儿确实有在和其他人交往。"

"那你决定怎么办？想明白了？"

"想明白了，我要向她求婚。"

阿杰的话震慑了我，让我哑口无言地看着他，以确定他不是在以玩笑的心态整蛊我。

"你确定这是你想明白的事情？向一个对待感情不专一的女孩求婚？"

"对，不仅想明白了我自己，我还想明白了朵儿为什么这么做，其实这是一种认真负责的态度，女孩在没有结婚之前多接触多认识多了解一些人，其实只是为了更好地选择那个可以和自己共度一生的人，朵儿选择和别人交往并不是一件坏事，这说明她对待自己的未来很认真，这样的女孩当她一旦选定一个人的时候，她就会一心一意地和这个人走下去，因为她已经了解过其他的男人。"这就是阿杰的理论，一个我完全不同意的观点，或者认为根本就是谬论，但是我却哑口无言地看着阿杰，我很想去攻击他的理论，可是当一个理论的漏洞太多，我反而不知道该从哪里下手。

"那你为什么不等她选择，而是主动求婚？"

"因为等待是被动的，而我喜欢主动，我要主动让朵儿明白，我才是那个最适合她，最疼爱她，会照顾她一生一世的人，求婚就是最好的证明。"

"阿杰，你能不能先不要这么冲动，有很多事情……"

"你别劝我了，我下定决心了。"阿杰打断了我的话，转身回房间去了。

虽然他说他下定决心，可是我依旧想动摇他的决心，我站起身准备进一步和他沟通，陈涛却拦在了我的面前。

"你干什么，我要找阿杰聊聊。"我试图绕过陈涛却依旧被他拦住。

"别聊了，让他去吧。"

"怎么能让他去呢，我们且不说朵儿到底是个什么样的女孩，可是他们才认识多久，就求婚？"

"人一辈子谁没干过点荒唐事呢。"

"可是这么荒唐的事情不是我们这个岁数应该做的。"

"正因为如此,才应该让他去做,我们的年纪只会一天天变大,我们的心态只会一天天变老,然后我们做任何事情都会思前想后,小心谨慎,荒唐事会距离我们越来越远,我们俩都已经三十岁了,阿杰还差一个月,就让他在三十岁之前做点不计后果的事吧。"

陈涛是个理论大师,起码对我来说是,他的话总是能击中我心里最薄弱的位置。我们都三十岁了,都要走向所谓的成熟,年轻的冲动热情会一天天地消失,让阿杰在还能够荒唐的时候彻底地荒唐一次,这也许是他迎接三十岁到来的最后一次。

一直以来我都觉得阿杰的思想相对比较幼稚,因为他的性格过于不切实际,我一度怀疑他是不是受了偶像剧的毒害。今天我知道只有像阿杰这样不切实际的性格才能准备出这么一场精心策划、"劳命伤财"的求婚行动。

我都不知道他是怎么找到并租下这么一个地方的,一个面积不小的空中平台,从这里可以看见这座城市最美的湖泊以及远处有名的在华东平原上海拔400多米的山峰。落日的余晖从另外一个方向照射在湖面上辉映在山峰间。我都产生了"剽窃"阿杰的创意带赵妍来这里坐坐的想法。

灯光、鲜花、音乐将本来已经很美的场景催化到了极致的浪漫。阿杰牵着那个女孩的手缓缓地走进这个带有童话色彩的场景。我又一次看见朵儿,虽然在我的心目中她已经是一个很坏的女孩,可是我也不得不承认当下我也产生了迷惑的感觉,因为她一身的装束显得如此的清新脱俗。

这就是一出偶像剧的拍摄现场,不仅朵儿的美丽让人咋舌,连阿

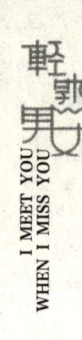

杰都让我再一次惊讶,我十几年前就知道阿杰是一个帅哥,但是看了十几年慢慢地也麻木了,可是今天他一袭正装一洗往日那种有些轻浮的感觉,让人感觉很诚恳很踏实,一种成熟的惊艳。

阿杰花了十几天苦练了一个魔术,可以神奇般地将戒指变到女孩的面前,为了确保效果,之前我们找了一位姑娘临时排练一下整个过程,在如此浪漫的环境,当阿杰将戒指变出递到姑娘的面前,然后缓缓地跪下,用带有磁性的男中音说出那句动人心魄的话:"你愿意嫁给我吗?"那个来客串演习的姑娘差点就晕得想直接说句"我愿意"然后飞扑到阿杰的怀里。

彩排过后的正式"演出",女主角朵儿虽然比客串的姑娘漂亮许多,但是再漂亮的女孩终究还是女孩,在面对这样一个场景的时候一样会目眩神迷,我可以看到她眼神中闪烁的兴奋的神情。

"朵儿,你愿意嫁给我吗?"阿杰终于跪下说出这句话。我手拿礼花筒已经做好了冲出去的准备,陈涛也随时准备点燃那大型的礼花。这一刻,我发现我不仅仅为阿杰高兴,更强烈的是我嫉妒阿杰。他比我勇敢,比我更敢于承担,他走出这一步愿意为一个女孩做一生的承诺,也许王子公主的童话本就该属于阿杰。

朵儿的眼神变了,可惜不是变得更激动更喜悦,而是变得疑惑、迷茫。

"阿杰,你起来,你这是做什么啊。"

"向你求婚啊。"

"我,可是我们才认识不久啊。"

"时间的长短并不重要,重要的是我做好了守护你一生一世的准备。"

"可是我没有做好嫁给你的准备。"

"我知道你还有很多犹豫,还想更谨慎地选择,这一切我都能够理解,所以我不需要你今天就给我答复,向你求婚,只是想告诉你,我做好了准备,我会等待,等待你也做好准备。"

"我……"朵儿看着阿杰沉默了许久,似乎下定了决心般地说道:

"阿杰，你还是别等了，我根本没有结婚的打算，我还年轻，我还没有玩够……"

"这些我都知道，我……"

"你别打断我，让我把话说完，我很感谢你为我做的一切，可是你找错目标了，我不是你想找的女孩，我和你相处只是玩玩而已，除了你之外我还和好几个男人保持这种关系，我不是一个想定下来的人，我喜欢受到更多的男人的关注。谢谢你，你还是去找个愿意踏实和你过日子的女孩吧。"朵儿如此坦白地说出这个普通人都无法接受的理论，然后飘然离开了，剩下阿杰一个人傻傻地跪在原地。

在场的所有人除了朵儿没有人会想到今天的一切会以这样的方式结局（即使是我早就不看好这场求婚，却没有料到朵儿是如此的决绝）。朵儿走了，难得聚在一起准备一夜狂欢的兄弟们散了（阿杰坚持要叫来所有兄弟见证他的爱情），就剩下我和陈涛陪着阿杰坐在湖边的草地上（因为那个平台租用的时间过了）。

阿杰坐在那里已经四个小时一句话都没有说，月亮已经升到正当空，今天应该是靠近十五的日子，月亮很大很圆。我和陈涛也不想去打扰阿杰，一左一右陪着他坐在草地上。

"凌少，陈涛，你们相信报应吗？"沉默了四个小时的阿杰终于开口说话了，问了这样一个我们难以回答的问题。

"这也许就是我的报应吧，"没有等我们的回答，阿杰继续说道："不过，凌少，陈涛你们知道吗，现在除了难过之外还有一种情绪，就是高兴，并且高兴这种情绪正在慢慢地压倒难过。"

我和陈涛对视了一眼，我们应该都在想阿杰不会是因为一时伤心过度导致思维暂时性紊乱吧。

"我说的是真的，我活了三十年，我和我自己都记不清数字的女孩发生过关系，但是我从来没有恋爱过，准确地说，我从来没有受伤过，这一次我终于感受到了这种感觉，很痛但是也很真实，所以我很高兴，我一直以为我是一个根本不会去爱别人的人，一个根本不会受伤的人，那样就太可悲了，可是现在我知道我会受伤，而且会伤得很痛，我太高兴了。"阿杰的思维是真的有一点混乱了，但表达出来的

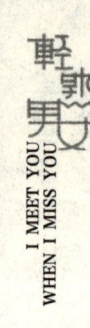

信息却是清晰的。

我和陈涛不知道到底是应该安慰他还是替他高兴，我们就选择和他一起这么坐着，已经许久没有这样三个男人在野外的草地上坐着，什么也不说，就这样看着除了反射的月光其余一片黑暗的前方。这种感觉原来也挺好。

66

陈涛最担心的事情莫过于他母亲的病情，可是最担心的事情终于发生了，陈妈妈的病情起了变化，已经不能再保守治疗，必须接受手术。手术的费用及术后持续治疗的费用高达四五十万，陈涛又一次地陷入困境。

面对如此困境，陈涛放弃了不向别人借钱的习惯，向几乎所有能开口的朋友请求，看着陈涛不断地向别人低头，不断地向别人说着同样的话，然后哪怕在拿到很少的援助甚至一无所获的情况下，不断地向别人说着谢谢。陈涛不再是我眼中那个一直都有些优越感的陈涛，现实的生活逼迫他无奈地低头。

经过最大的努力，多方的筹措，最终陈涛也只借到了二十万。

"要不，我回家跟我妈认错吧。" 阿杰说道。阿杰的家庭是个富足的家庭，二三十万对于阿杰的家庭来说不算很困难的事情，可是阿杰因为自己母亲逼着自己去找一个对家族事业有帮助的儿媳妇和家里闹翻离家出走，到今天已经是第三个年头，无论他生活再苦再难，他都没有向家里屈服过。

"不行。" 陈涛很坚定地否定了阿杰的建议，因为陈涛知道认错是需要付出代价的，这个代价极可能是阿杰必须向母亲低头，并遵循他母亲的意思去找一个"门当户对"的女人结婚。刚刚受到打击不久的阿杰也许真的会就此屈服。无论那是不是一个美好的结局，陈涛不会同意阿杰因为自己而改变自己选择的道路。

"要不……"我想说的自然是林琪,她是第一个也是目前唯一一个我可以想到的能够帮助陈涛也愿意帮助阿杰的人。

"凌少,别说下去。"陈涛也知道我想说什么。

"他不说,我来说。"我和陈涛话题的主人公出现在我们的面前,手里拿着一张本票。

"这里有三十万,加上你筹到的钱应该够阿姨的手术费用了。"

"我不能要你的钱。"陈涛很直接地拒绝。

"你能告诉我一个理由吗。"这一次林琪没有因为陈涛的拒绝而退缩,坚定地注视着陈涛问道。

"没有理由。"

"怎么会没有理由,难道不就是因为你那点大男子主义,那点莫名奇妙的自尊在作祟吗,你看似为人谦和低调,其实却自大高傲,你忍受不了接受别人的施舍,尤其是女人的帮助,难道我说的不对吗。"林琪的语气变得激昂起来,也许她已经压抑得太久了,终于到了需要宣泄的时候。

"对,你说的没错。"可惜林琪的话并没有让陈涛也激动起来,他平静地接受了所有林琪的指责。

林琪此刻的心里应该更难受,这就像一记硬拳击出,原本希望得到硬碰硬的回应,可是却打在了一团棉花之上,让原本想通过一场激烈的吵架来宣泄情绪的林琪却无处使力。

"我问你,你到底收不收我的钱?"林琪再一次用更激动的语调问道。

"不收。"陈涛也再一次用很平静但是很坚决的语气回答。

"你王八蛋。"林琪终于抑制不住气愤,将那张本票揉成一团用力地砸在陈涛的脸上,我明白此刻林琪的愤怒,可是在如此气愤情绪下的林琪还是将那张本票用了另外一个方式留了下来,她的内心依旧希望可以帮助陈涛渡过难关。

大家散去,我捡起那张本票犹豫了很久,走进陈涛的房间。

"你不要林琪的钱,那你打算怎么办?"我从来没有和陈涛吵过

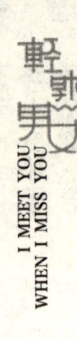

架,可是这一次我的语调有些激动,因为我也想不明白陈涛的行为,我甚至开始觉得他的行为有点不可理喻。

"我想去找我四叔试试。"

"你四叔?就是那个借了所有亲戚的钱去做生意,发财了之后就不和你们家来往的四叔?"陈涛的四叔在十年前发财了之后就再也不和亲戚之间走动,尤其是陈涛他们家,因为当初他借钱做生意的时候,借得最多的就是陈涛他们家。

"嗯。"

"你觉得你四叔会借你吗?你能想象你去找你四叔会遭遇什么情况吗?你宁愿去和你那个所谓的四叔借钱,都不愿意用林琪的钱?你到底是怎么了,你已经放下了你的自尊,你去和所有可以借钱的人借钱,你的亲戚,你的朋友,你的同事,甚至朋友的朋友,为什么你就不能收下林琪的钱呢,难道她在你心里,就不是朋友?"

"不是,我从来没有把她当过朋友。"陈涛的话让我心里一惊,之后的话让我更加惊讶。

"她是我喜欢的女孩,是我希望能够成为我老婆相守一生的女孩,但是我现在的生活和状态实在没有时间和心情去谈恋爱,所以我没法和她开始,但是我一直希望有一天能够和她开始,所以我希望在我们开始之前我们的关系是平等的,不掺杂任何其他因素,你可以说我偏执,但是我始终认为钱可以改变很多东西,让很多事情变得复杂,如果我现在接受林琪的钱,还是这么一大笔钱,那么会成为以后我和她之间的障碍,会影响我们的感情,所以虽然我现在不能去爱林琪,但是我还是希望能够保留一个可以去爱她的机会,一个纯粹的机会。"

我一直是一个自作聪明的人,可是这一次我没有,但是我后悔了,如果这一次我可以让林琪停留在门外听见陈涛这段话,也许后来的一切都会变得不一样了。

"可是你从不对林琪说你的想法,她有一天也许不会再继续为你等下去,也许会选择离开你。"

"我不可以这么自私,自私地让她体谅我现在不能够谈恋爱的心情,自私地让她去等待我,自私地让她接受我一切的处境和想法,她如果离开那也是她的选择。"

"那你还要保留一个纯粹的可以去爱她的机会,她要是离开了你就什么都没有了。"

"我保留一个机会和她是否离开没有关系,一个是我的选择,一个是她的选择。"

我很想骂一句"你大爷的",这小子不过就比我在三十岁多待了几个月,怎么就整出这么多我想不明白却又莫名感动的道理呢?

每个人心里都存在一些秘密,有些是值得回忆的,有些是封存不想的,有光明温暖的,也有阴暗扭曲的,可是无论是哪一种秘密,既然是秘密就是不愿意被别人知道的。

算算时间已经过去了五个多月,我和赵妍似乎没有经历过太多值得回忆的大事,但是似乎又觉得经过了许久的时间。我告诉过自己要放下心防去真心面对赵妍,可是我做到了吗?我自己也不清楚。

"我们别看电影了好吗?"我们已经站在电影院里,赵妍说了这句话。

"那我们去哪?"

"我们去酒店开房间吧。"赵妍的话让我"大惊失色",我上下打量着她,以确定自己没有像最初和她认识时一样误解她的意思。

"你知不知道开房间的准确含义?"

"当然知道了,我们都是成年人了,走吧。"说着赵妍就挽起我的手臂,依偎在我的身边,顺从地等待我带她去……一副一切我说了算的样子。

这一次我没有误解赵妍的意思,因为赵妍很清楚地表达她的意思。进了酒店,她就去洗澡,然后围着块布性感撩人地站在我的面前,如果

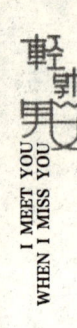

说这样还不算什么暗示的话，那就是存心作弄。

一切发生得很真实，但是我觉得很虚幻。男女朋友交往五个多月才发生关系，在现在这种快速的年代，我和赵妍已经算是蜗牛级的速度了。按道理一切都不应该有任何值得疑虑，可是我隐隐地总觉得有些不妥，我一直觉得我老妈神奇的第六感没有遗传给我，但是这一次我的第六感发挥了它的潜力。

这是我和赵妍的第一次亲密接触，所以我的动作很轻很柔，生怕一丝的莽撞会破坏眼前的气氛。可惜眼前的气氛只持续到我的脸靠近赵妍的脸庞，因为从她的唇间轻轻地吐出了几个字："我是第一次。"

这几个字让我的神经被震撼了一下，同时也下意识地中止了我的行动。

"你怎么了？"赵妍又轻声地问道。对啊，我怎么了，现在的男人为什么变得这么奇怪，一面希望自己找个冰清玉洁的女孩，一面遇到这样的女孩却有些害怕和顾虑。

"啊，我没事，我渴了，倒杯水喝。"我非常清楚我的举动是错误的，但是我却无法阻止自己做出这种错误的举动。我转身走到桌边倒了杯水一饮而尽。

"你是不是害怕了？"赵妍站起身走到我的身后。

"啊，没有，我怎么会害怕，应该是你怕我吧。呵呵。"我笑得好勉强，好假。

"那我们聊聊天吧，好久没有认真地聊聊了。"赵妍没有去追问这个问题，而是转换了一个话题。

"好啊，聊什么呢？"虽然这个转换显得有些突兀，但是急于摆脱尴尬的我非常赞同。

"就聊聊我们俩啊。"

"好啊，你先说。"我不知道从何开始。

"你喜欢我，这不是一个问题，是一个肯定句，那你爱我吗？"喜欢这个词我花了很大的力气才能比较顺畅地说出口，可是赵妍又将描述感情的词汇提升到了更难说出口的词汇上。

"啊……我……"

"其实你不用回答,我知道答案。你不爱我,对吗?"

"我——"拖长音是我一贯喜欢使用的逃避方式,可是现在我即使拖再长的音也无法逃避眼前的赵妍,尤其是她注视着我的那双眼睛。

"我不是不爱,是我根本不知道什么是爱。"我终于找到了一条理由,一条很蠢的理由。

赵妍没有继续说话,只是专注地看着我,很久很久,似乎想将我的一切看个通透。我不知道她是否能够看得明白,因为现在我都不明白我自己。

"你不是不爱,也不是不知道什么是爱,你是不敢去爱。"赵妍开始叙述她眼中的我:"你害怕婚姻,害怕承诺,害怕责任,虽然你已经三十岁,可是你根本没有做好准备。我很努力地想走进你的内心,可是你一次次地把我挡在门外,你不是不懂得温柔,不是不懂得浪漫,更不是不会说甜言蜜语,只是你不愿意那么去做,你不愿意对一个人彻底地敞开你自己,你将自己完整地保护起来,你认为不去爱就不会受到伤害,所以你压抑自己的情感,收敛自己的感觉,我从来不怀疑你喜欢我,可是你从来不敢去爱上我,每当你心里有产生爱上我的念头的时候,你就会退缩、躲避,我说的对吗?"赵妍从来就是一个聪明的女孩,这一次聪明的她又一次将我彻底地"解剖"了,她说的对吗?我不知道,可是我不喜欢被人这样赤裸裸地解剖我的内心。

"我也许有很多地方做得不好,可是我告诉过你,我会学着放下自己的心防去对待这份感情,我也一直在努力,不是吗?我学会说我喜欢你,学习去哄你开心,尝试着去融入你的朋友圈子,去见你的母亲,尽力去满足你的一切要求,难道这些都不是付出吗?"

"是,都是,我从来没有否认过你做出的努力,可是你做这些并不是因为你爱我,而是你要求自己对我好一点,你做了那些事情,是因为你告诉自己应该去做,而不是由心而发地想去做。"

"我的出发点都是希望你能够开心快乐,无论是我告诉自己应该这么做,还是所谓由心而发去做又有多大的区别呢?"

"当然有,你告诉你自己这么去做,是因为你的善良,你的道德观,你的责任感,而不是因为你爱我,你告诉自己这么去做,是一种压力一种负担，总有一天你会承受不了，而你因为爱我才去做，才是一种幸福，一种快乐。我希望和我男朋友之间不要因为责任，因为义务，而是因为纯粹的爱。"

"纯粹的爱？这世界上根本没有这种东西存在，别这么幼稚好吗，不要说爱，这世界上根本就没有所谓纯粹的事物。"

"你为什么要这么悲观地看待这个世界呢，为什么一定要认为相信爱就是幼稚，不相信就是理智，是明智呢。"

"咱们换个话题行吗，这个问题根本就讨论不清楚，几千年来也没人能说得清楚。"

"不行，就要说，想说清楚所有人的爱是不可能，但是说清楚我们俩之间的感情是可能的。"

"行，行，那你要怎么说吧。"

"你不要这么不耐烦好吗？我觉得我们俩之间的感情出了问题，我希望我们俩能够好好的沟通解决问题，这样不好吗？"

"不是不好，而是有的问题不需要讨论，本来就是一个事实摆在那里，你希望我对你是纯粹的爱，可是没有这种东西，你敢说你对我的感情是纯粹的爱吗？"

"敢。"

"敢也不代表就是。"

"哪里不是？"

"我不想说。"

"我非要你说。"

"我不说。"

"不说就是借口，是你根本没话可说。"

"我没话可说？你不要逼我。"

"我就逼你了，因为我知道你根本就是在狡辩。"赵妍不依不饶地用她那双大眼睛直视着我，一副挑衅的表情，我打小就最受不了这个表情，我知道我的情绪要失控了。

"是你要求的，那我就说了，如果你对我是什么纯粹的爱，你会告诉你妈我是个小职员，而不是一个公司老板，你会告诉我不用接你是因为有人送你回家，而不是自己打车回家，你也不会故意说来开房间，其实就是为了故意试探我。"前两点是埋藏在我心里一直没有"化解"掉的问题，而最后一点是我自己的猜测，今天的事情发展到目前的局面，让我觉得是赵妍故意设计的一次行动。

"是，我是故意试探你，我就想试探你到底怎么看待我们之间的感情，可是我没想到会试探出你这么多的想法，表面上说自己不在乎，原来心里记得这么多事情。还有吗，一口气都说出来吧。"赵妍说完又再一次摆出那种我最受不了的挑衅表情。赵妍坦白地承认她是在故意试探我，刺激了我现在十分敏感的神经，我在被步步紧逼暴露了自己阴暗扭曲的秘密之后，我急迫地需要一些让我平衡的理由，赵妍故意试探我的行为，让我觉得这是非常不尊重我的行为，让我找到了攻击她的理由。

"有，你说你爱我，爱我什么？你和我根本就不在一个水平线上，看看你那些朋友，那些追你的人，有长得水灵的（我知道这个词不适合形容男人，我故意的），有钱多得不知道该往哪放的，对你又是这么执著，你为什么就看上我呢，还不就是你之前谈过那样的男朋友受伤了，所以你就找个我这样的，长得不帅又没钱，还给我个善良有责任感的帽子，说白了，还不就是图个安全好控制吗！"我又一次灵魂出窍了，我看着面前的凌少，为了自己一时的痛快，说着那些会深深地伤害别人的话，这是人说的话吗？这是我说的话吗？

赵妍被我的话刺激得嘴唇都开始颤抖，我看得出她在极力抑制自己的情绪，赵妍是个很倔强的女孩，她可以忍受常人所不能忍的事情。所以，她忍住了自己就要爆发的情绪，变得极其地平静，然后静静地看着我说出一句话："我们分手吧。"

赵妍走了，留下我一个人还没有反应过来，傻傻地伫立在这间房间里。许久许久之后，我的大脑才开始恢复工作，而我的心脏产生了一种空洞的感觉。

我是个懦夫，感情的懦夫，我第一次的恋情并不是多么山盟海誓，刻骨铭心的恋情，可是第一次受伤的痛楚却是强烈的，在之后的日子里，我不断地在记忆里对那种痛楚的感觉进行强化升级，到现在我已经不记得自己当初是有多么的痛苦，我记得的只是自己不断告诉自己的"痛苦"。第一次受伤的经历让我在不知不觉中将自己封闭了起来，保护自己不再受到任何的伤害，所以我谈恋爱，却不去爱，因为爱会痛，而我不喜欢那种痛的感觉。我总是很好地保护自己，吝啬着自己的感情，不愿更多的付出，每当觉得自己要陷入的时候我就会立刻逃走。

我不仅是个懦夫，还是一个自卑的懦夫，赵妍的美丽、善良、温柔、体贴……一切一切的美好的本质，对于我来说却是一种巨大的压力，我从一开始就疑惑、不安，怀疑为什么赵妍会喜欢上一个像我这样没钱没貌的平庸男人。在我的内心认定赵妍喜欢我是在时空转换中的一次错位，所以最终当一切回归正常的时候，赵妍离开我是一个必然的结果。

我对小靓说对诺诺说对我自己说，我要放下心防去好好地对待赵妍，我有这样的想法却没有做出相应的行动，因为保护自己已经成为一种自我运作的机制，不由我自己掌控。可笑，可悲，一直以来我都骄傲地认为，我属于出淤泥而不染的类型，在这样一个复杂甚至肮脏的现实世界中，我保留自己内心的纯净，拥有自己的理想和不为现实而屈服的傲气。可其实我早就被这个世界所"污染"同化，我势利且让人恶心地将人通过各种标准进行分类，然后认定不同类别不同层次之间的人不可能有交集，一直标榜自己相信爱情的我，根本就认为那是一个虚幻的童话，不，也许童话中都不存在。

赵妍离开了，如我最初所料一般，她和我恋情开始得顺利，结束得也快捷。这是我认定了必然的结果，可是产生这个必然结果的原因却是我自己，是我自己将这个结果变成了必然。

我和赵妍分手了，我可以看出赵妍的决心，因为她面对我的情绪是如此的平静波澜不惊，人只有在伤到了极点才会有这种返璞归真的表现。

这些天来，我每天做得最多的事情就是发呆，上班发呆，下班发呆，躺在床上继续发呆。我不明白我自己对赵妍的感情到底是什么，我也不明白为什么现在我所有的感觉就是一种空空的感觉，既不是疼，也不是痛，不想哭，更不想笑。我不明白我到底是怎么了。

不知道是第几天，我坐在窗边发呆的时候，我终于有了一个想法。其实我就是一个混蛋，却整天要拿好人的标准来看待自己。我何苦非要标榜自己是个好人呢？正因为如此，我才整天地思前想后，把自己弄得左右为难。既然是个混蛋，就老老实实地做混蛋，以混蛋的标准用混蛋的心情去做混蛋，才是一个混蛋应该做的事情。

"那小子坐在那两天了。"虽然我在发呆，并不代表我的听觉系统丧失了功能，何况阿杰距离我不过三米远而已。

"你又不是不知道他失恋。"

"看他这个样子，对赵妍还是很留恋的，不如回去哄哄人家。"

"他有个原则，当女孩说分手他绝对不会挽留，因为他觉得求回来的爱情不是爱情。"

"幼稚，多大的人了，还找爱情呢。"

"不是每个孩子都清楚圣诞老公公是虚构的，也不是每个人都知道爱情并不存在。"

"哟，难得你第一次同意我的观点。"

"我是从字面上同意你的观点，但是我们俩对这个观点的解释完全不同。"

陈涛说的没错，阿杰不相信有爱情的存在是因为他只注重男人和女人之间肉体上的关系，陈涛不相信爱情的存在是因为他觉得男女之间不可能产生一种感情和他理解中的爱情一致。我相信爱情吗？我相信，我只是认为爱情是一种非常不稳定的化学反应，产生这种化学反应的条件苛刻，适合存在的环境要求极高，所以它非常难以获得并且不易保存。

"我们要不要和他聊聊，劝劝他？"

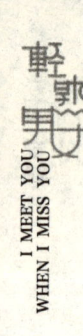

"和他聊什么？"

"也是，现在六点多了，要不带他去吃个饭，然后晚上去夜店转转，我找十个八个漂亮姑娘围他旁边，什么烦恼都没了。"

"你觉得他会去吗？"

"去，为什么不去，十个八个漂亮姑娘啊，要是找不来，阿杰你就等着受死吧。"我站起身说道。

我选择去首先当然是因为十个八个漂亮姑娘对我确实很有吸引力，其次我突然意识到自从二十八岁之后我再也没有踏足过夜店这种地方，我会觉得那里无趣，会觉得那里很吵闹，我总认为自己成熟了，现在想想也许是自己老了吧，我要去寻找一下逝去的青春活力。

我总是说阿杰是个挺花的人，其实这种定义也许不那么准确，他只不过是选择了一种生活方式——每晚找不同的女人上床。听上去是很花，可是那些每晚愿意和他上床的女人呢？阿杰也不欺骗别人，总是很直白地表达自己的想法，愿意则愿意，不愿意绝不勉强。

阿杰是个有花的资本的人，他不仅仅是我们三个当中长得最帅的一个，就是在所有男人当中他也是长得很帅的一种，他不仅仅有华丽的外表，还有一张男人总想扁他，女人却为之陶醉的嘴。

虽然他没能找到十个八个的漂亮姑娘围着我，但是他确实在进入夜店之后不到半个小时就找来五六个穿着火辣的让你不太去注意她到底是否长得漂亮的女孩和我们一起。

我身边坐着一个我总担心她是不是会着凉的孩子，在昏暗的灯光下她裸露和没有裸露的部分确实也会让我有一些遐想，她喝着酒随着音乐的节奏晃动着身体。

"你经常来啊。"我总觉得有必要聊点什么，所以我先开口。

"什么？"音乐的声音淹没了我的声音。

"我说你经常来啊。"我靠近女孩的耳边提高音量。

"你说这边？这边不常来，今天跟朋友来的。"

"你多大？"我知道我的话题很无聊，但是我想不出更有趣的话题，也许我是应该检讨一下我自己这几年的生活，我丧失了调侃的能力。

"你问哪啊。"

"哪？年龄啊。"不然我应该问哪？

"别说话了，费力，走吧，去跳舞吧。"女孩也许厌倦了我无聊的话题，拉着我进了那个狭小的舞池，里面已经站满了人，即使轻微的扭动肢体也会和旁边的人发生碰撞。

女孩和我面对面地站着，她旁若无人的扭动她的身体，我随着节奏摇晃我的身体。她和我的距离也许是因为人群的关系越来越近，她几乎快要贴在我的身上，也许她为了节省空间，所以她干脆将手臂绕在我的脖子上。虽然我不排斥一个穿着火辣的女孩贴近我，可是我还是不那么习惯，也许是本能地往后避了避，不小心撞到了身后的人。

"啊，对不起。"我费力地从女孩手臂环绕的情况下侧身向身后的人说声他也许听不见的道歉。

"凌少帅？"我仿佛听见有人叫我的名字。接着又一只手搭在我的肩膀上。

"赵妍？"我紧张的回头看见一个确实会让我紧张的人。

"你在干嘛？"赵妍一脸气愤地瞪着眼睛看着我，准确的说是看着那两条还绕在我脖子上的手臂。

"啊，我……"

"你跟我出来。"

我跟着赵妍走出夜店,赵妍猛然停下脚步转身瞪着我:"你怎么会在这。"

"我和阿杰陈涛一起来的,阿杰提议的。"

"你知不知道你自己现在处在什么状态?"

"什么状态?"

"你现在刚刚失恋第三天,你就跑来这种地方,还和别的女孩……"

"那你好像也刚刚失恋第三天,你怎么也跑来这种地方,还在那种人贴人的鬼地方跳舞。"

"我是因为我朋友薇如过生日安排在这里没办法才来的,我之前就和你说过的,还叫你和我一起买了礼物呢。"

"那我也是因为我朋友阿杰说要来,我才勉为其难陪他一起来的。"

"阿杰有过生日吗,你有必须要来的理由吗?你不仅来还和别的女孩那么亲密。"

"那……那我们不是分手了吗,你还在用我女朋友的身份在质问我的行踪?"

"我没有用你女朋友的身份,我用的是和你分手两天的前女友的身份。"

"那前女友你想我怎么样。"

"不是我想你怎么样,而是一个刚刚失恋三天的人,不应该出现在这里,很开心地搂着一个女孩,还被自己刚刚分手三天的女朋友看见。"

"那我就应该待在家里伤心,深刻反省失恋的原因,检讨自己不对的地方,想着曾经我们一起度过的快乐时光痛心疾首?"

"对。"

"你要我这么做,你怎么不这么做,哎呀。"我的小腿被赵妍狠狠地踹了一脚,然后赵妍投给我一个大于失望小于绝望的眼神就转身进了夜店,我看着赵妍的背影突然有了一个意识,也许这两天赵妍正是这么做的，如果今天不是她好朋友的生日，她依旧会继续这么做，而我……

我终于明白前几天我为什么没有心疼的感觉，是因为我始终不认为赵妍真的和我分手了，而这一次，痛楚的感觉从我的心里冒了出来，源源不断。

70

阿杰又开始他的七次情，陈涛依旧努力地照顾着母亲，林琪似乎也恢复了从前一贯的冷冰冰的女强人态度，而我一如既往地上班下班，遇见赵妍时不知所措。

今天是个特殊的节日，一个对于我这样的人悲哀的节日——情人节。我是一个光棍，是一个自己把自己变成光棍的笨蛋，我狭隘的思想，被这个物质社会扭曲的观念让我将原本美好的爱情葬送，在这个节日里，我只适合两个字——活该。

下了班，我到楼下的会所找个靠窗的位置喝着茶看着窗外甜蜜的一对一对，也许我这种自作自受的人就应该这样度过。可是走进茶馆，我看见那个我原本想坐的位置已经有人，我在那个人的对面坐下。

"你怎么也在这？你不是去恢复你的七次情了吗？"我对面的人自然就是阿杰，下班的时候我打过电话给他，他说想去恢复他的七次情，继续游戏人间。

阿杰笑了笑没说话，我不知道阿杰对感情的看法会变成什么样，可是我知道他不会继续他的七次情了。

"正好，我们俩一起过吧。"

"一起是没问题，可是怎么觉得有点别扭，你说别人会不会以为我

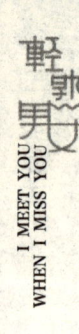

们俩是同性恋啊,情人节两个男人在一起约会。"

"那加上一个我,会不会好点。"随着声音,陈涛坐到了我的身边,这下好了,三个光棍。

"你没约林琪啊?"我问了一个明知故问的问题。

"你没约赵妍啊?"陈涛回答了一个同样的问题。

就这样,三个男人,三个加在一起九十岁的光棍大眼瞪小眼地坐着。我不知道那两个家伙在想些什么,我在想的是其实在这样的日子我们三个身边原本都可以有一个女孩,陈涛可以有林琪,我可以有赵妍,阿杰可以有一个刚认识不久甚至连真名都不知道的女孩。可惜,陈涛拒绝了,我搞砸了,阿杰放弃了。这么想来最蠢的那个还是我,如果上天再给我重来一次的机会,我会怎么做?我不知道,但是我知道接下来的十五分钟里,我们这三个三十岁光棍男人的身边多了三个女人,说了三句话。

林琪第一个到来对陈涛说:"我要出国了。"

赵妍第二个到来对我说:"你还要做我男朋友。"

第三个进来的是诺诺,诺诺说的不算是一句话,她先说:"我怀孕了。"接着说,"你们谁愿意做孩子的爸爸?"

第一季完